WHAT MY BONES KNOW
by
Stephanie Foo

我的骨头没有忘记

[美] 斯蒂芬妮·胡 —— 著
高语冰 ———— 译

广东经济出版社
·广州·

果麦文化 出品

推荐序：疗愈是可能的

这本书讲述的故事，用一句话概括，是一个人的疗愈之旅。

一位聪明、古怪、较真的女孩，长期受"性格问题"的困扰，在被诊断为复杂性创伤后应激障碍之后，寻求各种治疗方法，让生活变得好起来。很简单的故事。

但这个故事引起了世界范围的重视，因为它提供了一种诊断、一些反思，和一点希望。

这种诊断叫作"复杂性创伤后应激障碍"，跟单纯的"创伤后应激障碍（PTSD）"不同，这是一种最近才"流行"起来的诊断。我们更熟悉创伤后应激障碍，它是一种跟具体事件相关的困扰，在经历过战争、火灾、地震、车祸等重大人身威胁之后，频繁出现噩梦、闪回，甚至在日常生活中时时撞见"扳机"，陷入惊恐和应激状态——麻烦归麻烦，但好像还算一种可辨识的痛苦，有人甚至把它当成一个"梗"来调侃，比如"我对起床的闹铃声有PTSD"。你清楚自己在哪里受过伤，也知道伤痛已经过去，只是还会为过去的记忆所困。

但在创伤后应激障碍前面加上"复杂性"三个字，就是一种完全不同的诊断了。

复杂性创伤，是指病人在从小到大的成长过程中持续地遭遇伤害，尤其来自亲人的伤害，构成了某种"日常"，以至于成为病人自我认同的一部分。他们无法再将"我"和创伤分开看待，将创伤带来的反应笼而统之地知觉为自身的一部分。也就是说，很多病人甚至不认为自己得了一种"病"，他们发自内心地认为，自己生来就是这样一个人。

这就是书名的由来。创伤的影响已经深入骨髓，受害者完全认同了自己作为一个暴躁、冲突、反复无常、自我厌弃的"人"的设定，笃信这是自己根深蒂固的性格，自己就是如此不堪，不值得被爱。就像作者本人，她在被告知复杂性创伤后应激障碍的诊断之前，从来没有从创伤的角度理解过自己。哪怕个性古怪，难以相处，重要关系总会被她事与愿违地搞砸，都会被她当成"我就是这么糟"，寻求个人化的解释，而不是"这是我受伤留下来的症状"。她开始在互联网上搜索复杂性创伤后应激障碍的信息，第一次理解了这些问题来自自己的童年创伤，她的感受既不是愤怒也不是释然，而是恍惚："我的童年真有那么糟糕吗？"

这是因为，复杂性创伤的受害者已经内化了受伤的经验，那些粗暴的对待在他们的感知里，是"正常"世界的一部分："父母对我那么严厉，是为我好""是我太差了，让他们失望""我做错事在先，才会被他们骂"……他们甚至失去了站在旁观者视角上，"公正"地审视这些经历的能力。假如有一个外人贸然打抱不平说："你的父母怎么可以那样对你？那是一种伤害。"他们还会犯嘀咕："有那么夸张吗？"甚至暗暗怀疑："他只是不知道我有多差劲，如果他看到我小时候干了多少坏事，就理解我父母为什么要那样对我了。"

我猜这也是这本书受欢迎的又一个原因——跟随作者第一视角的叙事，我们可以感同身受主人公从一种不明就里的自我厌弃，到鼓足勇气探寻过往，从童年创伤中一点一滴重新建构自我，逐步理解和接纳自我，再到重塑自我的过程。这是一次艰难的探寻之旅，某种意义上也是一次痛不欲生的刮骨疗毒——需要反反复复深入自我经验的核心，去检验"我经历了什么，才会被塑造成这个样子"。这种混合了恍然大悟的痛感，让人唏嘘。

创伤是一条线索，帮助自己理解那些"过度反应"背后都事出有因。

作者来自一个华人家庭，所以这本书里的很多体验，也会让一部分中国读者感到共鸣。在华人的文化里，父母之爱是一种高概念的存在，打是亲，骂是爱，痛苦委屈都可以放置在爱的框架下，不容置疑。习惯了这样一种叙事，孩子们就很难分辨具体互动中的复杂情感，一味从父母的角度对其行为进行合理化，而不计较对自己而言究竟带来了什么。父母日常的贬损语气、不耐烦的表情、长期的忽视、无预期的情绪爆发……无论孩子是否感受到伤害，这些互动都可以从正向角度进行包装。体罚不是躯体虐待，而是"对孩子严加管教"；养育缺席并非情感忽视，而是"为家庭在外奔波"。那些本该父母去反思克服的困难，"懂事"的孩子都会归责到自己身上："都是因为我不够好，是我给家里添麻烦了！"

可是从创伤的角度反思，一个孩子为什么如此"懂事"？被责骂时没有反抗的冲动吗？得不到照顾时不会表达需求和不满吗？她作为一个生命个体的朴素的情感反应去了哪里？只能说，她太恐惧了。她处在一个如此让人不安的环境里，身边充斥着各种各样难以预料的风险，她不得不发展出强大的理智功能，认同外部的规训，换取内在的确定感。懂事是一种变形的恐惧，本质上是在说："我不敢向外界要求什么，我只能要求自己。"

这其中还有一种非常隐秘，但又足够典型的创伤机制，叫作愧疚感。父母总在向孩子们传递一种印象，似乎他们在养育孩子的过程中承受了很多，牺牲了很多，已不堪重负。这让孩子们倍感压力，有一种随时被置于"不义之地"的恐惧。仿佛自己的出生就是一次亏欠，给家人造成了无穷无尽的麻烦，不得不用一生的努力去清偿债务。受这种心理影响，他们会把"我不够好"的信念深植于心，日后即便想要反思，也会深感不安的，它意味着某种程度的"忘恩负义"："你知道他们有多不容易？我这样想，会让他们多伤心？"

可以想象，作为经历并反思这一切的人，本书作者需要付出多大的勇气。

不仅如此，作者通过反思，也在一定意义上理解了给她带来创伤的父辈和祖辈。在重新探访童年生活社区之后，才发现同样的创伤在移民家庭中是如此普遍。作为初代移民的父辈或祖辈，他们既是施害者，同时也是另一层创伤的受害者。当离开故土，尝试融入一个新的环境时，他们也承受着巨大的压力，那些艰辛和苦楚并非无病呻吟。他们拼命压抑自己的情感需求，无暇享受家庭互动，也无法像一个健全的人那样爱护自己的孩子。

理解不见得就等于原谅。作者仍然念兹在兹：存在的伤害已经存在了，刻在我们的骨头里。若无法放下，那就继续保持怨恨吧。但因为能够看见它的来龙去脉，就可以把这种痛苦放在一幅更完整的图景中看待，进入更深层次的哀悼。哀悼意味着真正开始承认发生在自己身上的事。它超越了单纯的怨恨和指责，也不是道理层面的自我宽解，你悲伤地接受了，这就是已经发生的事实，是你的一部分。至少可以好好抱一抱这样的自己。

这个承担了这一切，努力走到今天的我，是多么脆弱又多么顽强的人啊。

最后，这本书还给出了一个重要的希望：疗愈是可能的。

作者一直在致力于让自己变得更好——不得不说，这也可能是她的一部分"症状"，但也是让人振奋的地方：理解复杂性创伤，不是为了简单地"接受"，我们是能够改变点什么的。已经发生的事无法挽回，造成的症状却可以通过我们的努力加以缩减——作者尝试了各种各样的治疗途径：寻求心理治疗（包括不同的心理治疗师），药物治疗，阅读，上网，与有相似经历的人交谈，还有瑜伽，冥想……只要一个事物可能有帮助，她就要试一试。甚至写作这本书，用她的经验启发更多人，也是尝试的方法之一。

好消息是她真的变好了。症状在减少，她对自己满意的时刻变得越来越多。

这些尝试带有极大的个性化成分，作者的资源、视野、人脉都难以复制。比如可以运用媒体人的身份，接触到不同领域的顶尖专家，甚至从一线的治疗师那里获得免费治疗。所以这本书不能当作标准化的治疗方案，并非每一种方法都有条件被普及（也并非每一种方法都有用）。有类似经历的人如果想参考她的经验，我认为最重要的信息就是：

哪怕经历了这一切，一个支离破碎的人是可以变好的。

要心怀希望。每个人的疗愈都是个性化的，而希望永远是其中最核心的部分。创伤对人最大的伤害，往往是让人认定自己"我就这样了"：我不重要，不好，不值得被好好对待。一旦意识到"我可以变好"，就意味着我们把人跟人的遭遇分开了。我是好的——承认这一点就是疗愈的第一步——只是遭遇了不幸，并且在持续地遭遇不幸。这不是我的问题，问题最多只是"运气"不好，刚好落在那个容易受伤的位置上，在负面经验中浸泡了多年，导致我们习惯于从最绝望的角度看自己。而我们仍然希望改变这种习惯。

保持这样的希望，一个受伤的人在疗愈的路上无论经历多少挫折，无论对自己感到多么厌弃，内心深处都会有一个声音提醒自己："这不是我的错。"哪怕症状还在，他/她与症状之间也会建立某种程度的和解：这不是问题，只是曾经的我在保护自己。

本书最后，作者写到了2020年，当她身处的环境因为疫情变得混乱时，她反倒适应得更容易。这也是一个重要发现。创伤的"症状"本就是逆境中的一种求生之道，包括警觉，恐惧，愤怒，对风险的敏感，随时准备战斗或逃跑。身处安全的环境时，这些反应当然会被看作问题，但它们也是有功能的求生机制，只是不合时宜。经历过创伤的人，可以保留这份力量，只是在多数时间不让它妨碍自己。一旦遇到危险，还需要它的保护。

讲到这里，发现我还是不由自主想为"创伤"赋予某种积极意义，但这未免想得太远。对于创伤受害者，当务之急是面对那些深入骨髓的伤痛。就算无法遗忘，也要在面对自己时尽量减少它的干扰，如实地看见自己：一个受过伤的普通人，仍是值得被爱。

这段路也许还很漫长，只是记住，疗愈是可能的。

李松蔚
心理学家、家庭咨询师

写给我的家人
乔伊、凯西、达斯汀和玛格丽特

目 录

引子 _001

第一部分：我不是女孩，我是一把剑 _007

第二部分：怪物 _069

第三部分：往事造就我们 _124

第四部分：如果被爱 _181

第五部分：完整 _208

致谢 _279

引子

"你想知道自己的诊断结果吗？"

我眨了眨眼，愣愣地看着心理治疗师，她也看着我。她的办公室让人感到宁静，阳光透过薄薄的窗帘照进来，窗外传来清晰可闻的鸟鸣声，屋里有一座小喷泉，正中央放着一颗硕大的大理石球，正吐着泡沫，想来它能帮病人放松。墙上挂着装裱的散文诗《心之所需》："你是世界的孩子，从不比树木或者繁星卑微，你有资格存在于世间。"

然而我并不在那里。心理治疗师温暖的诊所位于旧金山，而我身在纽约，正坐在昏暗冰冷的办公室里，通过电脑上的小窗口跟她对话。我之所以知道她的办公室里挂着那首诗，是因为她当我的心理治疗师已有八年了。可她居然到现在才打算告诉我诊断结果，这着实令人吃惊。

姑且叫她萨曼莎吧。我第一次跟她见面时才二十二岁，当时我住在旧金山，需要解决一个非常典型的"旧金山式问题"——男友是个建筑师型人格（INTJ）的科技男。我有幸找到了萨曼莎。她很聪明，说话一针见血，也很有爱心。我每次分手后，她都会挤出时间为我临时安排一次咨询，还在我第一次独自出国旅行前，买了本真皮封面的旅行笔记本送给我。我们的谈话很快就超越了恋爱话题，开始涉及我一爆发就历时好几个月的抑郁，以及我对友谊、工作和家庭没完没了的焦虑。我太喜欢她了，以至于在我二十六岁搬到纽约后，还在线继续与她约谈。

今天的咨询从我抱怨自己无法集中注意力开始。萨曼莎先是让我进行积极联想，想象自己强大有力，身处一个充满光明的安全地带。我半信半疑地试了试，总觉得这很老套，没什么用。后来，她让我别对自己那么苛刻——她在每周一次的咨询中总这么说。"我相信你肯定比你所说的更善于控制自我，"她毫不理会我的白眼，"我不止一次目睹过你战胜了类似的抑郁状态，所以这次你也一定可以走出来。"

问题就出在这里——我厌倦了"走出来"，不想再走出来了。我需要一台升降架或自动扶梯，或者什么药物，让我轻轻松松就置身彩云之上，让我瞬间情绪稳定。我需要被治愈的感觉。

我十二岁时就得了焦虑症和抑郁症，那种痛苦像一头尖牙利齿的野兽折磨着我。多年来，我不断与之搏斗，每每以为彻底胜利了，它却总能复活，还掐住我的脖子发起进攻。不过近年来我不断对自己说，其实这种搏斗也没什么稀奇。你看，二十多岁的"千禧一代"不都很焦虑吗？抑郁不就是人类精神现状的缩影吗？纽约简直就是神经病人的大本营，在这里谁能不焦虑呢？

不过三十岁后，一切就变了。身边那些喜怒无常的朋友接连三十而立，都说自己不再精力旺盛，也不再介意他人的看法，只想潜心过日子。他们穿起了米色亚麻裤子，有了孩子。我也一直期待拥有那份成熟而高雅的冷静，但是没有。恰恰相反，我越来越心事重重。我关心超市购物篮是否摆放整齐，担心海洋塑料污染的情况，努力聆听别人的故事。我总是担心这、担心那，结果把生活弄得一团糟。

我恨这样的自己。

有位朋友说得对：我已筋疲力尽。三十年来，我有一半时光都在抑郁中度过。

搭地铁上班的路上，我呆呆看着那些可能跟我一样也有些神经过敏的人——他们正冷静地盯着手机——并想：或许我跟他们不同？我有什么问题？大问题？过去一周里，我一直在网上搜寻与我症状相符的精神疾病信息。

现在，本次咨询已接近尾声，所有鼓励和肯定的言辞都用完了。我鼓起勇气问萨曼莎："你说，我得的是躁郁症吗？"

萨曼莎居然笑了。"你得的不是躁郁症，这一点我能肯定。"她说。也就是在这时，她问："你想知道自己的诊断结果吗？"

我不会大喊"这位女士，真见了鬼了，您给我提供了十年的心理治疗服务，我当然想知道那该死的诊断结果"，因为萨曼莎教过我如何恰当地沟通。谢了，萨曼莎。

于是我平静地说："是的，当然了。"

她似乎咬了咬牙，然后盯着我说："你从童年起就患有复杂性创伤后应激障碍，其迹象就是持续的抑郁和焦虑。有类似背景的人，逃不过这病。"

"哦，创伤后应激障碍。"我的童年很凄惨，所以我猜到了几分。

"不是一般的创伤后应激障碍，是复杂性创伤后应激障碍。两者的区别在于，一般的创伤后应激障碍往往与某一次心理创伤有关，复杂性创伤后应激障碍的患者则多次重复遭受虐待，创伤持续时间久，甚至历时数年。童年受虐是复杂性创伤后应激障碍的常见诱因。"她说，接着瞟了一眼电脑屏幕的右上角，"哦，时间到了！下周见。"

我一挂掉网络电话就打开了谷歌，因为"复杂性创伤后应激障碍"这个说法我闻所未闻。令人惊讶的是，谷歌上的搜索结果并不多。我先浏览了维基百科，又跳到政府为退役军人专设的一个网页，上头详细介绍了复杂性创伤后应激障碍。网页上的症状清单很长，与其说是医学文件，倒不如说是我的人生写照：难以控制情绪，喜欢过度诉说，容易错信他人，忧郁茫然，自我厌恶，难以维持与他人的关系，与利用自己的人保持着不健康的人际关系，有过激倾向但无法容忍别人的过激行为。真准，这就是我。

我越往下读，就越觉得自己人格的方方面面被概括成了一条条诊断结论，指向严重的残缺。真不知道我的病已经发展到了什么程度，是否已彻底吞噬了我整个人。我想要的、热爱的和惧怕的东西，我与人交谈和聆听他人的方式，我对事物的理解，我的痘痘、饮食习惯，甚至每次喝多少威士忌……这一切都受到了影响。悲剧就在我的血液里奔涌，影响大脑做出的所有决定。

正是这种彻底，令我悲不自胜。几年来，我努力寻找新的生活方式，想跟从小到大的自己活得不一样。但突然之间，我遭遇过的所有冲突、损失、失败，包括生活中的小毛小病，都可以追溯到同一根源：我自己。我根本就不正常。我是自己人生悲剧的罪魁祸首。我是精神疾病的典型案例。

好吧，这就解释了所有问题：为什么我难以集中精力工作；为什么很多人弃我而去；为什么我错以为可以踏进高级机构，与出身名门、受过良好教育的人一起工作并获得成功……互联网刻画出来的这个患有复杂性创伤后应激障碍的人已经报废了。

我对着办公室那堵橙色的墙，开始觉得喘不过气来。我不属于这里，也无处可去。我在办公桌前又待了几个小时，迫切想要证明自己可以完成一整天的工作，却根本看不清电脑屏幕。同事们在门外放声大笑，豺狼一般。我拿起外套，冲出办公楼，走进冷风中。可即使在外头，我也逃不过。每走一步，都有一个声音在我脑海中回响：坏掉了，坏掉了，坏掉了！

十年来，我自以为可以跑赢过去。可现在我意识到，逃跑无用，必须寻求别的出路。

我得解决问题，治愈自己。我要重新审视自己的故事——迄今为止，它一直建立在对真相的隐瞒和虚假的美好之上。我不能再为自己的人生诵读不可靠的旁白了，我要坚定不移、一丝不苟地正视自我，正视自己的行为和欲望，抛开我为自己精心编织的谨慎人生——其实它随时面临崩溃的危险。

我知道该从哪里着手。每个"恶人"的救赎之路都始于他的出生。

第一部分

我不是女孩，我是一把剑

1

只剩下四卷家庭录像带还没被我扔掉，它们被放在衣橱最高层、最里面的角落。我已经没法看这些录像了，谁还会有录像机呢？但它们还是作为童年遗迹被保存了下来，如今终于有了用武之地。

我确实一直背负着过去，但只有些许片段会随心情起伏而闪现：抬起的手，咬到的舌头，惊恐的一刻。确诊后，我便想要挖出更多细节，于是借来一台录像机，煞费周章地解开电线打成的结，拿出一盘录像带开始播放。

那段录像的开场是圣诞节。我看到一个穿丝绒裙的四岁小女孩，她纤细的脖子几乎要被巨大的白色蕾丝领子吞噬了，刘海又直又厚，梳着麻花辫，那是我。但我几乎认不出她了，她的鼻子看起来比我的更宽，脸也更圆一些，最难以置信的是，她看起来很开心。不过，我还记得她打开的那些玩具。哦，我曾经非常喜欢那把蓝色的放大镜，那本叫《神奇校车》的书，那个贝壳形状、绿松色的波莉口袋玩具。我后来怎么处理它们的？它们都到哪儿去了？

录像带是跳着录的。此刻，那个小女孩正跪在起居室的地板上，身边的口袋里装满了各种蔬菜的拼贴画。那是幼儿园的一项作业——介绍食物金字塔。令人讶异的是，当时我说话居然带着英国口音。"橙子含有维生素 C。"那个小女孩微笑着宣称，露出两个可爱的小酒窝。现在的我连酒窝也没了。

复活节来临，她在寻找塑料彩蛋，绕着躺椅爬来爬去，把找到的彩蛋装进小篮子里。我儿时的那个家如今看来相当陌生而冷清，墙上空无一物，起居室里的家具小得令人发窘。掐指算来，当时我们刚搬来美国不到两年，还没在房间里放满彩绘屏风、乡村杂物店买来的小玩意、装裱起来的蜡染印花布和立式钢琴。家里只有我们从马来西亚运来的藤制家具，躺椅上的印花靠垫薄得藏不住彩蛋。

最后一幕，镜头对准了我母亲和那个小女孩。她俩在前庭的草坪上，粉色和黄色的玫瑰盛开一片。母亲穿着宽松的衬衫和牛仔裤，光着脚，看起来镇定自若且自信满满，正在吹泡泡。小女孩在草地上追着泡泡跑，气喘吁吁地笑着。最终，她大声喊道："我要试试，我要试试。"而母亲却故意不予理会。

成年的我已经按捺不住要批评甚至憎恨录像中的母亲了——她不让我试，觉得我不会吹。但过了一会，她还是把泡泡棒放到了我嘴边。我吹得太猛，皂液四溅。她蘸了点皂液，充满爱心地引导我尝试，直到我会吹为止。一个泡泡飘上了天。那一幕似乎既让人难以接受，又令人无限渴望。等等，这个女人是谁？这无忧无虑的生活是怎么回事？我的童年不是这样的，这绝不是故事的全部。我还想看下去，可录像带放完了，就这么多，只剩下模糊的静止画面。

我们来美国不是为了逃避，而是奔前程。

来到加州定居时，我才两岁半。父亲在高科技行业就职，公司为他支付了硅谷一套房子的首付，作为搬迁调职的部分补偿。对于父亲而言，那是一笔回报。

父亲生于马来西亚的锡矿小镇怡保，从小就聪明绝顶。他家里穷，即使有那么点小钱，也被祖父赌光了。父亲不随祖父，他既聪明又勇毅，把数学和英语课本上的题目都做完后，又把学校图书馆里所有书上的习题都做完了。他也不是书呆子，会和其他皮肤棕黑的男孩一起在橄榄球场上滚打。他广受欢迎，才华横溢，前途无量。

他写信给美国大学询问奖学金事宜，得到的答复是不必浪费时间，学校不设外国本科生奖学金。后来，父亲在SAT考试中拿到了满分，这个成绩在当时是出类拔萃的。他从此脱离贫困，离开了马来西亚。他的姐姐嫁了个有钱人，借钱让他申请美国大学。他收获了一大堆学校的录取通知书和全额奖学金。

父亲习惯了热带天气，被常青藤学校的宣传册吓坏了——上面都是外墙结着霜的校舍，或秋日红叶前裹着大衣和围巾的学生。相比之下，一所加州著名学府的介绍册与众不同，上面的学生穿着背心和短裤，在绿草坪上玩飞盘。于是他选了那所学校。

"你或许是个东海岸女孩，但只要飞盘玩得溜，就能算是不折不扣的加州女孩。"他以前总这么说。

父亲毕业后，因公出差走遍了世界，好几年后才回到马来西亚定居。他在银行里偶遇了当出纳员的母亲，她漂亮迷人。那时父亲已二十六岁，是个十足的大龄青年，祖母不停唠叨让他赶快结婚。他们谈恋爱两个月后便结了婚，并很快怀上了我。父亲知道马来西亚的教育水平不高，工作前景也暗淡。如果我想追随他奋进的步伐，就要出国。那何不说走就走呢？

于是，我们搬到了一个位于圣何塞的优良学区，住进了一幢有阳台和泳池的漂亮房子。不过，为了让我上最好的学校，父母向学校谎报了住址。父亲买了一辆福特客货两用汽车，母亲买了Talbots的毛衣套装，这个女装品牌在美国特别受欢迎。父母用的是马来西亚家中的旧家具，却给我买了一张新的美式锻铁双人床。这床很适合斯蒂芬妮，他们就是看中了这个名字的意思——戴皇冠的那位（在英语中，Stephanie作为女性的名字，意思是"皇冠"）。

每周六，父母都会充分利用我们那个城郊小区的资源，带我去创新科技博物馆、儿童探索博物馆和快乐山谷公园。母亲花很多时间询问其他在家长教师协会服务的妈妈们，搜寻当地最有教育意义的活动。闲来她还会在我家后院办烧烤聚会，邀请当地的马来西亚家庭来做客。母亲会做蜂蜜烤鸡，总会留些鸡腿给我。

周六很欢乐，周日则是苦行日。每周日，全家都要去教堂，父亲会戴上领带，母亲和我则会穿上有巨大球形垫肩的同款花裙，在一群白人中高唱《向主欢呼》。之后我们会到中越快餐厅"新东记"用餐，我总是点一号餐杂锦汤河粉。吃完饭到家后，母亲会让我坐下来，把一本黄色的笔记本递给我，笔记本的封面上有我的字迹——日志（杂记）。有一次，她写下了这样的提示语："请描述圣塔克鲁兹海滩木板道一游。你做了什么？你看到了什么？可以按照从早到晚的顺序，尽量表述得生动有趣。把字写整齐！"

虽然只写一页，我却花了整整一个小时。六岁的我无法集中精神，时而玩玩珠子编成的餐垫，时而戳戳墙上秘鲁麻布上用毛毡做的羊驼和番茄，还在笔记本旁边一页上画了幅复杂的漫画。不过，我最终还是把心思收了回来，用心领会母亲的提示语。

"嘿，伙伴们！"我写道。这有些新意，因为平时我总以"亲爱的……"开头，但那天我似乎更健谈。

"周六，我去了圣塔克鲁兹海滩木板道。首先，我们得排队买票。首先，我们玩了山洞火车这个项目，并不吓人。我们的火车驶过一架时空机器，能看到山洞人跳舞、钓鱼、洗衣服、跟熊搏斗。接着，我坐了摩天轮。它有点高，所以得由妈妈陪我上去。"

哦，对了，我最好写出兴奋感。妈妈费了那么大劲带我去玩，我应该表现出对这次出行的享受。

"接着，我玩了两只青蛙的游戏，打死一只青蛙，拿到了奖品！接着，我去玩蹦床。我在上头翻了个跟斗！那儿的阿姨说我做很好。我玩得很开心！"

结尾处，我觉得应该与俏皮的开头有所呼应，便写道："嘿！你发现了吗？今天这篇开头有点不一样。我写着玩的。爱你的斯蒂芬妮。"

我从头到尾检查了一遍，看着不错，便拿给母亲看。她坐在椅子上，把笔记本摊在面前，手拿红笔。我规规矩矩地站在规定位置——母亲的左侧——双手交叉在前，全神贯注地看着。她大手笔地批改着，用红笔画了许多叉、圈和删除线。每处批改都击中我的心，让我的呼吸越来越困难。天哪，我怎么这么蠢！天哪！

看到文章结尾，母亲叹了口气，在页末写下了评语："只能用一次'首先'。你用了太多'接着'。'接着，我坐了摩天轮''接着，我玩了两只青蛙的游戏'，换成别的字眼。另外，是我'做得好'，不是'做很好'！"

紧接着，她在那篇日志上方写下一个大大的"C"，并转过身来看着我："前两次我已经跟你说过了，不要用那么多'接着'，要写得更生动有趣。你没听明白吗？还有，结尾怎么回事？什么叫'写着玩的'？我看不懂。"

"对不起。"我说。然而她已经去开抽屉了，我只好伸出手。她拿着塑料尺，举过头，抽向我摊开的手掌心，"啪"的一声。我忍住没哭，因为一旦哭，她就会骂我没用并接着打。她合上笔记本说："明天你重写一篇。"

写日志是为了帮我提高写作技巧，也是为了珍藏精心摘选的童年回忆。她希望我长大成人后会满心欢喜地翻阅这本笔记本，并浮想联翩。如今，当我读着这些日志，却觉得她的希望落空了。我完全不记得圣塔克鲁兹之行，不记得看过舞狮表演，不记得去过门多西诺海滩，唯一印象深刻的是那把抽在掌心上的透明塑料尺。

有一次旅行的主题是"成长"。去了才知道，"成长"指的是青春期。我们这班女童子军从未尝试过和各自母亲一起去木屋露营。我们才十一岁，正值特殊时期，经历着许多改变和各种第一次。

整班人马在周六下午驱车驶向木屋，吃过晚饭后便一直玩游戏。我们凑在一起玩猜猜画画，笑话妈妈们画得真难看。之后，女孩们去客厅的另一边玩纸牌，妈妈们依然坐在躺椅上，谈论她们的话题。母亲看起来比其他妈妈都要漂亮。她们大都以宽松的衣服掩饰臃肿的身材，几个不太会讲英语的亚洲妈妈还羞怯地弓起背，躲避他人的视线。母亲却挺直了身板坐在那里，艳压群芳，即便只是穿着高腰牛仔裤和T恤，也容光焕发。她每天早上打几个小时的网球，肩膀和手臂肌肉相当紧实，那完美、蓬松的烫发像是顶在头上的光环。她的声音有些奇怪，尖声尖气且带着浓重的马来西亚和英国腔，我在木屋另一头都能听到。但似乎没人在意这一点，因为她每次说着说着就笑了。男人们觉得她落落大方、楚楚动人，女人们则觉得她慷慨热心且有魅力，会照顾新来的移民，带他们试韩式烤牛排和玛格丽特鸡尾酒，并参加感恩节晚宴（不过，除了火鸡之外，她还会再买一只北京烤鸭，因为火鸡肉干巴巴的，只吃那个实在有些遗憾）。

与此同时，女孩们在谈论"超级男孩"。我说："我更喜欢'后街男孩'。"一个女孩轻蔑地哼了一声道："只有幼稚鬼才喜欢'后街男孩'。"其他女孩都点点头，弃我而去。我决定提早把队里的一个朋友拉到双层床铺边，好在那里偷偷讨论书呆子气的话题。刚要起身，我回头看见母亲和别人交换电话号码，并互相承诺着什么，其他妈妈都抢着在她那张纸上留下名字。

第二天的日程排满了有关青春期的活动。队长们带了卫生棉，绘声绘色地讲解应对经期的方法。随后是信任背摔和轮流分享青春期感受，还有别的一些活动，但这一切太令人难堪了，我根本无法全情投入。有一件尴尬的事情特别令人难忘：队长们拿出成卷的纸，让我们铺在地上，然后躺在上面，妈妈们用马克笔勾勒出我们身体的轮廓。母女要共同画出女孩们即将经历的身体变化，前胸会长出乳房，腋下和阴部会长出毛发。我想故作滑稽，在腋下画出绿色曲线示意腋臭，在脖子上画下贝壳项圈，但再多调侃也无法改变这个活动令人作呕的本质。我即将长出来的乳房上没有乳头，因为我俩都下不了手，结果我的前胸上只有两个硕大的、散发着葡萄香味的紫色字母 U。

我一直等着母亲讥笑这种白人的闹剧。但她自始至终都笑着配合，还取笑我，仿佛她就是她们之中的一员。

后来，我们手拉手站成一圈。我们这一队的队长拿出吉他，大家一起摇摆着哼唱音乐剧《屋顶上的小提琴手》中的歌曲《日出，日落》。歌词很怀旧，大意是说，昨天还是个姑娘的女儿如何出落成女人。

就在我们唱歌的时候，所有妈妈都开始泪眼迷离，抚摸起女儿的头发，轻吻她们的头，女孩们也投入妈妈的怀抱。母亲并没抚摸我，而是独自站着大声哭泣。她总是偷偷在家里哭，哭得稀里哗啦，半弯着腰抽泣，但在公众场合她从未如此失态，我很震惊。

如果我的成长带给她这么多痛苦，我宁可不长大。那一幕影响了我未来好几年的行为。初次月经来潮时，我并没告诉她，而是在内裤里塞满卫生纸，把沾了血渍的衣裤藏在阁楼里。我绑紧前胸，穿上宽松 T 恤，弓起背，试图隐藏逐渐发育的乳房，即使当她的手扇在我肩胛骨之间，咆哮着说我看起来像是钟楼怪人时也不敢挺起胸。为了让她开心，觉得我永远都是她的女儿，我什么都愿意做，其他都不重要。

唱完那首歌后，我们拥抱各自的妈妈。妈妈们擦拭着眼泪，也紧紧拥抱我们。之后，我们回到各自的双层床铺，拿好行李袋，准备回家。母亲哭泣的脸依然通红，但我希望活动不是让她为我感到忧伤，而是能拉近我和她之间的距离。

不幸的是，回程一路很安静。我烦躁不安，不停地撕着嘴唇上皴裂的皮肤。等回到家，把行李袋从车子上取下来时，她终于爆发了。

"今天吃早餐的时候，你纠正林赛拿刀的姿势，还记得吗？你叫她换个方法切火腿，还当着她妈的面！你为什么要那么做？"她火冒三丈，"轮不到你去教别人，就像个蠢蛋似的！"

我不知所措地回答说："我不知道，我就是看她拿刀的手势错了，切不了，还以为能帮上忙呢。"

"帮忙？哈！"她吼起来，"你能帮的忙真多。这次出去，你丢尽了我的脸，真受不了。知道猜猜画画的时候你有多好胜吗？其他人猜不出你画什么的时候，你着急得跟小小孩一样。大家都看不惯你，盯着你。我实在看不下去，真想直接死了算了。我想说'这不是我女儿'！"

听到这里，我感觉自己像睡在上铺时突然坐起来，头重重地撞到天花板。开玩笑的吧，现在说这话？就在母女联谊之行后？"对不起，"我说，"我没意识到。"

"你当然没意识到，因为你根本不动脑子，不是吗？我不断告诉你，'动动脑筋'，但你总是想都不想就去做。难怪学校里的孩子都讨厌你。"

"猜猜画画的事，对不起了。至于那把刀，我当时只是说……我说'这样试试看'，没看出她妈妈不开心，她看起来并没有生气。但是……"

"哦。"母亲的双唇抿成一条线，横眉怒目起来，"你懂的比我多，是吧？你现在会顶嘴了？"

"不不不，我是想跟你道歉！真的！非常抱歉，我觉得……或许那个周末之后……一切都会好起来。"

"你老给我丢脸，一切又怎么会好起来呢？"

我确信没有其他女童子军队员会遭遇这样的谩骂。我回想起唱那首歌时女孩们依偎在母亲怀中，期待母亲的拥抱和安全感那一幕。不过母亲是对的，其他孩子都不喜欢我。她们说我太古怪、太较真。或许在猜猜画画的时候我是有点太好胜了？她们真的一直在盯着我吗？我怎么没注意到？怎么才能知道自己做错了？我做什么都是错的吗？泪水在我眼眶里打转。

"不许哭，"母亲喊道，"你哭起来难看极了，长得就像你爸，鼻子又大又扁。我说了，不许哭！"她又扇了我一巴掌。我双手遮住脸。她用力扯开我的手，接连扇了好几巴掌，接着坐下来抽泣："你毁了我的人生。真后悔生了你，成天就知道给我出丑，做什么都让我丢脸。"

"对不起，妈妈。对不起。"我说。

我猜想母亲壮志未酬。她持家有方，但颇不情愿。她不喜欢做饭，宁可把下午的时间腾出来，到学区做志愿者，当一名兼职会计，敲打计算机或者填写表格。有时她会问父亲，自己能不能去银行上班。父亲总是不屑一顾地说："你连高中都没毕业！谁会聘用你？"

那只是我的假设，是我把那些有关家庭主妇百无聊赖的电影片段投射到我父母婚姻状况上而形成的一套理论。我小时候就知道母亲郁郁寡欢的原因：她说得很明白，痛苦的来源就是我。

我的童年珍藏就是被打的回忆。母亲总是打我，我跟她讲话时不好好看着她就会挨打，愤怒地盯着她也会挨打，我"像三轮车车夫那样"跷脚坐，或是讲美式口语，都会挨打。有一次，就因为我撕掉了邮箱里一份杂志的塑料外包装，她用网球拍打了我足足半小时。她有时比较客气，用的是手、筷子或玩具，有时就用塑料尺或竹藤往死里打，一直抽到尺或藤条断了，再归咎于我。"都是你逼我这么做的，因为你就是这么蠢！"她吼道。随后，她会双眼望着天花板大喊："老天，我做了什么？你要给我这么一个不知感恩又没用的孩子？她毁了我的人生！把她带回去，我不想再看见她那张丑恶的脸。"

每年都会有那么几次，母亲对我厌烦透顶，决计让老天把我带走，永不归来。她在楼梯口抓住我的辫子，使劲把我往楼梯下甩。她对着我的手腕举起切肉刀，或是往后拽我的头，把刀刃往我的脖子上推，冰冷的刀刃就顶在我柔软的肌肤上。我发了疯地道歉，但她还是会说我不是真心实意，让我闭嘴，否则就要切开我的颈静脉。我不敢出声，她说我毫无悔过之心。我道起歉来，她说道歉毫无价值，并且眼泪让我看起来奇丑无比，她确信我只有死路一条。我只得闭嘴，直到她尖叫着再次让我说话。我们就坐在那里，一连几个小时都走不出那毫无意义的恶性循环。

母亲的声音原本并不是那么尖声尖气的，是因为总对我嘶吼才变成那样。医生说她的声带已经撕裂，一不小心可能会彻底失声，但她并未就此打住。

别人经常问我，在这种虐待的环境下成长是什么滋味。问我的人有治疗师、陌生人、男友，还有编辑。他们会在页边的空白处这样写：你道出了事情的原委，但当时又作何感受呢？

这个问题总让我感到荒唐。我怎么知道自己当时作何感受？那么多年过去了，那时候我还小。如果一定要说的话，我当时大概感觉糟糕透顶了吧。

我或许恨母亲难以取悦，但确实很爱她，应该还感到愧疚和恐惧。我记得自己挨打的时候会充满怨恨地哭泣，倒不是因为疼痛——我已经对痛习以为常——而是因为她说的话直戳我心。我紧咬嘴唇，用指甲抠手掌心，却依然没能在她骂我"蠢""丑""没人要"的时候忍住泪水。我的抽泣令她愈加憎恶并继续打我。

不过，恶打恶骂结束后，事情就好办了。我止住泪水向窗外凝视，或继续读《保姆俱乐部》故事书，将一切抛之脑后。有一次，在惨遭毒打后，我有点回不过神，急促地打嗝，无法放慢节奏正常呼吸。事后看来，那或许是惊恐发作，但在当时我却带着困惑审视自己。这太奇怪了，我这是怎么了？太滑稽了！

然而，我应该如何处理那些感受呢？全都记录在案？整天无所事事地想着？跟母亲哭诉，以期得到同情？拜托，我的感受无足轻重，毫无意义。如果我产生了柔弱、伤感的情绪，对母亲频繁威胁要杀我这件事多加思索的话，我还能每天爬起来吃早饭吗？还能在晚上坐到沙发上搂着她让她取暖吗？显然不能。

如果我沉浸在自己的情绪里，又怎么体会她的感受呢？她的感受更重要，涉及的风险更大。

母亲在床头柜上放了一只大绿瓶，里面装着埃克塞德林止痛片。那既能用来治偏头痛，又是她的紧急"逃生路线"。

在经历最糟糕的惊恐发作，或对我进行最毒辣的抽打后，她会蜷成一团，坐在地上来回摇晃。一阵沉寂后，她会自言自语地说应该把整瓶药吞下去，一了百了，因为她的人生已经被我给毁了。"求你了，妈妈，别这么做。"我乞求着，并试着说一些让她继续活下去的理由，比如我们感激她和她做出的牺牲，世界需要她这样一个好人。有时这能奏效，有时她充耳不闻，把自己锁在卧室里。她告诉我，如果我拨打急救电话，并且最后她被救活的话，她就割开我的喉咙。我只好坐在门外，耳朵贴在门上，拼命听她的呼吸声，试着判断何时要用我的命换她的。

我开始在母亲小睡时密切注视她，蹑手蹑脚地来到她的房间，站在床头密切观察，确保她的眼珠还在转，呼吸还正常。

有一次，母亲真的吞下了整瓶药，但我不知为何没看出可疑迹象。我不记得她具体何时下的手，因为过往的小插曲太多了。或许是她一连消失数日的那一次，当时父亲说她去假日酒店度假了，但母亲的朋友后来告诉我，她其实是在精神病院度过了一晚。吞下整瓶药的那晚，母亲可能真的想轻生。她用一箱喜力啤酒送服了药片，然后一连睡了十八个小时。第二天，父亲和我站在她床边。"她睡一觉就好了，这叫宿醉。去看个电视或者干点什么吧。"父亲最后这么说着便走开了。我一直看着母亲，良久才踮着脚尖走出了房间。

然而此事留下了永久的病症——大量服用埃克塞德林导致母亲患上了胃溃疡，一直治不好。之后，她每次胃痛都会说是我的错。

母亲将自杀行为归咎于我，我对此作何感受？我说不出来。那对于一个小女孩来说极其复杂。不过我可以告诉你，每晚上床睡觉前，我都会跪下来，像念咒语一样用同样的话反复祈祷："拜托了，老天爷，别让我成为这么坏的女孩。拜托让我能让爸爸妈妈满意，把我变成一个好女孩。"

2

上中学后,我开始不睡觉了。

我每周上三次网球课、两次中文课,还要练钢琴、参加女童子军的活动。除了这些课外活动,我还要上学、做功课。所有事情平均每天占据我十二个小时的时间,醒着的其余时间则必须做另一件事:调解父母之间的矛盾。

别人口中那个雄心壮志的父亲——将自己和家人从贫困中拯救出来、白手起家、实现梦想的男人——并不是陪伴我成长的父亲。我看到的他只是一副躯壳。

他每天工作八小时后会跑到高尔夫球场打球,回家时已是行尸走肉,在电视机前呆坐,直到必须要履行某个家庭职责而厌烦地起身。有时我怀疑他的冲劲都被社会磨平了,不过要是你问他的话,他会说自己是被母亲消耗的。

母亲并不只对我发脾气,还会斥责父亲张嘴咀嚼、出太多汗、说话太多或太少。父亲说话直截了当,不顾母亲的感受,也无法理解她的愁苦,总是对她说:"你成天看电视、打网球,有什么可抱怨的?"他们为钱争吵:母亲想买一辆雷克萨斯轿车,父亲说买不起。他们为搬来美国争吵:这里的"鬼佬"什么都不懂,孩子又粗鲁无比,对人直呼其名。争吵升级时,他们会砸东西,会互相说出恐怖的威胁,甚至驱车扬长而去。我就坐在黑暗的车库里发抖,祈祷他们赶快回来。

我主动承担起责任，让一家人的生活尽可能地回归正轨。父母想在周日睡懒觉，我却逼他们上教堂，为的是让上帝知道我们对维持家庭和睦是很认真的。我会把父亲扔在地上的衣服捡起来，避免母亲发现后骂他。要是母亲无缘无故生气，我会对父亲撒谎说是因为我太离谱，请他理解，还建议他买些礼物安慰母亲。"那不是她的错，是我不好，是我行为恶劣又道德败坏。"我这样告诉他，努力让他相信。"你为什么要这样做？"他会问，"为什么不能乖一点？"

到最后，连我都相信自己编造的故事了。我开始时刻告诫自己要表现好一点，在学校里或别的地方尽量不成为他人的包袱。我竭尽全力，跑得比别人快，做事完美无瑕，成绩全优。

然而，我不过是个孩子，无法在一个总要通过斗争、妥协和努力来争取完美的世界里生存，我需要玩耍和释放。我不得不挤出时间来放松自己，就像做其他事情一样。我会在睡前服用伪麻黄碱来保持清醒，听到父母睡下后，我就偷偷打开家里的电脑，在网上游荡到凌晨四点。我读了大量同人小说，在线上聊天室里闲逛，在留言板上跟朋友聊天。是的，每次老师放电影我都会睡着；是的，我总记不住中文词汇；是的，我站起来的时候会不时感到眩晕，甚至险些跌倒。但我能处理好一切，必须处理好。

一天晚上，我打开电脑时无意间瞥见了打印机上的一张图片，那是一个被像素化了的女孩，廉价的墨盒令图片产生了条状效果。她躺在沙滩上，头发金黄，皮肤古铜，赤身裸体——除了刻意用沙摆出来的两个完美的圆，用来遮盖她的乳头。我一把抓过照片，扫了一眼四周：如果把它扔进垃圾桶，母亲肯定会发现；她还经常检查我的背包，所以那也行不通。不过，我们的书房里放着一排巨大的、七尺高的实木书架。在我的记忆中，它们一直原封不动。我将那张纸塞到了书架后面。

做这件事时，我义愤填膺。一直以来，我小心翼翼地保护母亲脆弱的神经并维护他们的婚姻。父亲怎能这么做呢？简直是一种侮辱！不过我还是控制住了局面，先把自己设为美国在线账户的主要持有人，然后修改父亲的账户设置，让他只能看适合十三岁男孩看的内容。

几天后，母亲怒不可遏地冲进了我的房间。"家里的钱去哪儿了？"她大喊着打了我一巴掌。为什么父亲无法使用网络银行账户？我做了什么？我把家里的钱都弄丢了吗？我们要怎么付账单和租金？我这浑蛋都干了什么？哦！我没想到这么多。我真的销掉了家里所有钱吗？我感到呼吸困难，却无法告诉她自己做了什么、为何那么做。

"我应该可以解决这个问题，只需要五分钟。"我语无伦次地说，"我只是试图做一件事，对不起……"

"不要你解决什么问题。不许再上网，六个月不许打电话，不许出门，不许见朋友，也不许看电视、电影。从现在开始，只许好好读书，而不是浪费"——她抽了我一巴掌——"你的时间"——踹我的膝盖，把我撂倒在地上——"做那些蠢事。"最后她又对着我的肚子踢了一脚："把密码给我。"

互联网是我躲避这一切的唯一方式。如果连上网的权利也被剥夺，真不知道如何是好。我已经开始在晚上摸着刀片，思忖割腕会有多疼。如果我把刀片放进背包带去学校，母亲会不会在早上有所发现？我有时会偷偷溜出家门，带一份《国家询问报》杂志，封面上是 1999 年那起著名的科伦拜中学校园枪击案中两个凶手血淋淋的死尸。觉得无法承受一切时，我就盯着这张封面，幻想以自杀作为最后的选择。

我宁死也不愿意被剥夺这唯一的慰藉。因此，我第一次冷酷地说了"不"。

"什么？"母亲嘶吼道，"你这个不孝的……狗屎不如，丑八怪，不知道当年为什么要生你，现在长成这么个讨人厌、满脸疙瘩的小人渣！"她一边说一边继续揍我，踢我的身体、脸和头顶，接着抓起我的头发，把我揪出房间，拖下楼梯，拽过转角，扔进了书房。父亲正坐在电脑前，一副火冒三丈的样子，看了我们一眼。

"她不肯给我密码。"母亲说。

父亲很少打我，但一打起来就残酷无情。我喘着粗气，立刻说："我能搞定，不需要告诉你们密码……"但还没等我说完，父亲就站起来揪着我的衬衣，把我扔了出去。我的背撞在橱门上，人滑倒在地。他把我揪起来，向书房的另一边甩过去，正朝着那些高高的书架。就在那些书架背后，有我藏起的裸照。他抓着书架说："要是你不给密码，我就掀翻书架压死你。"

"不！"我恳求道，又立刻闭上嘴，因为他们不喜欢听到"不"字。"不"就是回嘴，是被禁的字眼。我紧闭双唇，任他们逼近，又是一顿拳打脚踢和扭手腕，我的牙龈被打得血肉模糊。就这样直到天色已晚，我们都累了。我躺在客厅的地板上，他们就站在一旁。我在地上啜泣，筋疲力尽。这不公平！这不公平！这不公平！我这样做并非出于恶意，而是为了保护你们。这不公平！

随后，父亲走向高尔夫球袋，拿出发球杆，球杆顶部比他的拳头还要圆还要大。"给我密码！"他喊着，面目狰狞到难以辨认，接着抢起球杆向我的头挥过来。我滚到了一边，他击中了一张藤凳，上面有块蓝底粉花坐垫，球杆卡在藤凳中央被砸出的洞里。

我崩溃了，给了他们密码。当晚上床前，我偷偷将一把刀放在枕头下面，以防万一。

3

每当我闭上双眼,回想在美国的童年时光,脑海中浮现的只有瘀伤和苍白的指关节。如果不得不挑出快乐的画面,或许就是看《美少女战士》,穿着一件印有加菲猫的超大 T 恤,玩《劲舞革命》游戏和吃 Lunchables 比萨。说实话,Lunchables 的比萨很好吃。

不过,当我回想在马来西亚度过的时光时,记忆却支离破碎。顷刻间,我就回到了一个全然不同的感官世界:嘴唇上的汗,喧嚷的交通,各种气味——汽油味、炒锅的烟火气,还有热带雨林令人眩晕的烂木头味道。

那是因为我热爱马来西亚。我爱那沿着排屋和临街商铺而建的排水道、屋檐上荡下来的藤条,还有从冰柜里挖出来的青柠香草味雪糕。我爱在季风来临时跟堂姐妹打枕头仗——在黑暗之中躲藏,直到一束闪电照亮所有人的藏身之处,然后挥舞枕头彼此追打。我爱那里的美食:饱含猪油的酱油面,难闻的热辣虾面,脆生生、胖乎乎的怡保豆芽,还有丝滑温热的海南鸡——所有食物都用知更鸟蛋蓝的盘子端上来,配上亮橙色的筷子,一大杯冰镇的杨协成豆浆,或是荧光绿的吉家宝柑橘汽水。我喜欢坐在车后座时不用系安全带,还喜欢跟堂姐妹一起玩电脑游戏,一玩就是一整天。我爱那里的语言,能像当地人一样张口就来。它精确简练,有一大堆感叹词,借用了多种外来语,语法令人费解但十分有趣。

不过，我爱马来西亚最重要的原因是——它也爱我。

小时候，全家每两年回一次马来西亚，有时是寒假里的几周，有时是暑假里的几个月。离出发还有几个月我就开始做准备，在午餐时分躺到加州的柏油路上，习惯滚滚热浪的感觉，这样到了热带就能无休止地奔跑和玩耍了。

马来西亚是宽慰，是喘息和安全。在家人身边，父母也松弛下来，开怀大笑，尽情吃喝，完全忘记了争吵。我无须小心翼翼地调停，可以自由地做回孩子。我和堂姐妹一起逃到充满魔力的儿童世界，除了吃饭的时间外无人打扰，过着帝王般的生活。

我是王中之王，是最高统治者，被全家人宠幸。不是多给一块蛋糕的那种宠幸，而是所有人在家庭聚会上都直接赞叹"哦，斯蒂芬妮是最棒的"。姑妈们会跟孩子们说："为什么你就不能向她学着点？"他们说我聪明，一言一行都彬彬有礼。我很少惹麻烦，所有人都会给我买我想要的玩具。这一切的领头人是一家之主——父亲的姑妈，我们都叫她"姑姑"。

姑姑是个性情暴躁的老妇。她身高不到五英尺，老是摸索着在家里行走，经常握紧拳头敲桌子，絮絮叨叨地抱怨买到上好的红毛丹有多么难（年迈的她唯一的嗜好是上好水果）。她喜欢突然来点小夸张。有一次，她镇静地跟我讲述自己的儿时故事，说如果哪个孩子得了零分，家长就得向学校交罚款。我听了吓一跳——真的吗？没听错吧？"交罚款？"我问道。她做出讶异的样子，着了魔似的挺起腰板，双眼隔着可乐瓶般厚实的眼镜，瞪得又大又圆，下巴都快掉下来了，双手颤抖。"怎么啦，你！"她对我大喊，摆出诅咒杀人犯的架势，紧接着又笑起来，"对啦！罚款！"一切来得快也去得快，她继续慢悠悠地讲故事。

她就是那样，古怪至极却纯粹本色，即使是愤怒或悲伤都饱含调皮的欣喜。有一次打麻将，她放了个很响的屁，笑得前仰后合还尿了裤子，一瘸一拐地走到厕所，一路上继续狂笑，尿滴得到处都是。

姑姑照顾过全家人。父亲小时候，他的母亲（也就是姑姑的姐姐——我的祖母）到吉隆坡的玻璃厂当领班。从吉隆坡到怡保要花好几个小时，祖母在吉隆坡租了公寓，平日上班住在那里，周末回怡保看孩子。祖母外出工作时，姑姑便担负起了照顾孩子的职责。她在外面做秘书工作，在家里就照顾孩子，还做点小本生意。最终，她存够了钱为侄子侄女们买下两幢房子。父亲和他的兄弟姐妹们都视姑姑为第二个母亲。我七岁那年，祖母过世，姑姑从此成了一家之主，并以她的家庭地位宠爱我。

每当我走进屋里，姑姑就会走过来低声细语地说"好乖，好乖"。她会从自己的汤碗里捞出鱼丸喂我，还会一边教我打麻将，一边抚摸我的手。

其他长辈也跟着她夸赞我，说我的眼睛和酒窝特别好看。姑妈们会专门到街市买我最喜欢的小吃——软软的肉干、马来咖喱饺、黄油凤梨酥和十几种不同的粿。我有个堂妹一心想当艺术家，速写作品堆满了书架。我只是随手一画，所有人就都围过来赞赏我的天赋。堂妹夺门而出，一连几天不理我。

有一次，我跟母亲去银行，亲眼看着她打开保险箱里的一个红丝绒盒子。"你祖母把最好的传家玉器给了你——你是全家的宠儿，以后会继承这一切。"她一边轻声说，一边给我戴上一串金项链，项链上的吊坠是一只有红宝石眼睛的金兔子。"在你还是个小宝宝时，她就把这个给了你。属兔的孩子应该有只兔子！"

"但为什么全家的宠儿是我？"我问，"我做了什么？"

"很简单，"她说，"爸爸是家中长子，你是他的长女，自然就成了全家的宠儿。"这听起来像是谭恩美小说里的桥段,我信以为真。

跟姑姑独处时,我最觉受宠。接近傍晚的时候,其他人都在小睡,我听见姑姑择绿豆芽的清脆声音,就光着脚啪嗒啪嗒来到她身边,坐上藤椅——会在我的屁股上留下细密花纹的那种——也跟着拣起绿豆芽来。"好乖呀,囡囡,好乖。"姑姑用最温柔的声音对我说,"你真是个好女孩,只有你会来帮姑姑。"

她会跟我讲怡保的往事,讲没什么个性的曾祖母,讲跟姐妹们抢芒果的故事,还讲华人的智慧——都是些她母亲在很久之前就告诉过她的话。姑姑总说人生最紧要的是学会乐观,她一直对我说:"天塌下来,就当被子盖。大事化小,小事化无。得饶人处且饶人,学着放下并哭着微笑,把痛苦吞进肚子里。"

我心不在焉地点点头,等堂姐妹起床后,就跑去玩了。穿着睡衣的年迈祖辈和他们滑稽的警句如黑白照片一样,被我抛之脑后。一直以来,我以为姑姑是想要让我明白自己的根在哪里,确保那个吃麦当劳的女孩保留一丝华人本色。当时的我并未料到这一切还有意外的效用:给我活下去的勇气。

4

十三岁时的某天,母亲带我去吃虾肉云吞面,那是我的最爱。母亲告诉我:"对不起,我再也受不了了,必须跟你父亲离婚。"这次,任我哭喊、乞求都无济于事——她已经做出了决定。"你得好好考虑考虑,以后跟着谁生活。"她说完就带我回家,把东西装进行李袋,开车走了。

一连好几天,我都试着打她的手机,从早上起来一直打到凌晨三点。她只接了一次,在一个工作日的夜晚。"我很好。别再打电话来了。"她这么说,声音听起来无拘无束得让人害怕。背景也很吵,有音乐声,是酒吧吗?她挂了,我打回去,没人接听。我连续打了一周都没有结果,便放弃了。

两个月后,她第一次回家,来拿衣服。一听到她把车停进车库,我就跑下楼,期待听到她说"你还好吧"或"我想你",哪怕只是"你好"也行。然而她径直走进来,低头看了看门口放着猫砂的垃圾桶。"我不在,连垃圾都不倒?"她大喊,"你看看,都是猫屎!难道什么都要我来做吗?你怎么回事?"

她把我拽进厨房,抓起一双筷子就打过来。我挨了一下,大声说:"别再打了,不然我就不跟你。"她惊呆了。我和母亲之间的权力平衡第一次有所改变——我突然从跷跷板上跳下来,把她摔个正着。她气呼呼地走了。我下定决心,永远关上心中一度对她敞开的那扇门。

父亲的情况很糟,但他需要我,也发誓不再打我,我相信他。相形之下,母亲没有我们也活得很好。几周后,她又回来了,把我叫进厨房。"斯蒂芬妮,"她宣布说,"我又找了个丈夫,他有幢大房子。如果你搬过来住,我们会过上好日子。你到底想跟谁?我还是你爸?"

我面无表情地说:"我想跟我爸。"

"你会后悔的。"她回答。那是她最后一次跟我说话。

母亲离开后,父亲经常躺在地上。我照顾他,晚上哄他去床上躺着,早上大声叫他醒来。每次我看着手表,告诉他如果再不快点我就要迟到了的时候,他依然慢吞吞的,双肩下垂,一副自暴自弃的样子。我试着用看电影、购物和讨论《魔戒》帮他暂时忘却伤痛,但他总会转过身眼泪汪汪地说:"我浪费了生命。""不,你没有,"我一边说,一边握着他的手,"要知道你可是白手起家!你来到美国,获得了成功!你至少还有我,不是吗?"

"但我当初就不该娶她。我是怎么想的?为什么?为什么?或许她现在成了女同性恋,"他这样猜测,"或许她一直就有外遇。"

"你又不爱她,不总是威胁要离开她嘛。"

"但我不会离开她,咱们家族从来没人离婚。这下多丢人,我是家族里唯一离过婚的人。"

"来日方长嘛。你聪明又幽默,她多没意思,那段婚姻本来就让你天天不开心。现在我就来好好给你打扮打扮,咱们买东西去!"我一边说,一边拉着他的手热切地跳来跳去。我让他开车去商场,逼他试穿了一整排汤米·巴哈马牌的夏威夷衬衫。他穿着印有艳丽鹦鹉和棕榈叶的衣服,转起了圈,我欣赏地鼓着掌。"你看起来多年轻啊!这才像样!"他傻笑着刷起了信用卡。

就这样,我们一起度过了之后的两年。我们不得不卖掉房子,搬进一间小得多的公寓,扔掉一切让我们想起母亲的东西——那几乎就是家里所有的东西：陶瓷雕像、家庭照相簿、钢琴、藤制家具、峇迪花布、柚木五斗橱和放在里面的亚麻布，还有那些《神奇校车》的书。我选购了皮质躺椅、铬合金的灯具和提基像马克杯，把新家搞得像十四岁少年的单身公寓一样，其实事实就是如此。

我为父亲登记了一个前缀颇有荒诞主义风格的新电邮地址，他问都不问就用上了。我为他分析与朋友和家人之间的纷争，为他工作上的决定提供建议，还参与他跟好朋友的酒吧之夜，被当成"杂耍对象"——猜猜十五岁的女孩要喝下多少烈酒才会流露醉意。父亲在离婚之前一直用小名"囡囡"叫我，离婚之后便不再那样唤我。我不再是个小女孩，而成了照顾他的人。

这种乱糟糟的生活并非一无是处，而是一种解脱。有生以来，第一次不再有人一丝不苟地计划我们除了睡觉以外的所有活动，并像老鹰一样盯着我们不准偷懒，或是训斥我们举止不雅。我们就像两个不负责任的大学生，一旦获得新的自由，就彻底放纵。我陪父亲熬夜看限制级电影，不再参加任何课外活动，考试不及格，戴起颈圈并穿起超短裙，憋了一肚子的粗话如今也吐了出来。我不再相信上帝，用记号笔在手腕上画文身。品行端正没什么好结果，我只落得个家庭破碎的下场，还不如胡来。

父亲仿佛迎来了迟到的青春期。他试图让我相信他其实一直都是我的好哥们儿，只不过一直被压抑着，现在就像被诅咒的青蛙王子一样，终于可以恢复原形。

为了接受文化熏陶，我央求他带我去逛旧金山的画廊和书店，他却把车开到了嬉皮士聚集的街区，带我逛大麻铺，看着闪闪发光的玻璃水烟斗一惊一乍地呼喊。他跟我讲起了前女友，说当年就应该把她娶回家，还讲了在大学里与一个名为"火山"的男孩抽大麻的事。从前，我们总是被迫听母亲的轻音乐电台，如今在开车回家的路上，我们大放平克·弗洛伊德的摇滚歌曲，高声唱着："嘿！老师！由得孩子去吧！"

我也不知道为何不再叫他爸,而是热情地叫他"便便狗"。当我大喊"便便狗",他回答"干吗"时,我所有的朋友都会开心地大叫起来。

晚餐是最宝贵的父女时间。父亲不会做饭,一到饭点就带我出去吃。就在用餐时间,在奇利斯美式餐厅吃着墨西哥馅饼的时候,我们中一个人会先提起母亲,但不会用"母亲"那个字眼,也从来不会提她的名字,只说"她"。

"她说这太肥了,含太多钠,死都不让我吃。她才老生病,还总担心别人生病。"父亲吐了口唾沫。

"什么烂女人!"我说话声音太大,旁边的人纷纷看过来,不过我俩不在乎。"你还记得吗,有多少次就因为我咽不下那些沙拉,她不让我吃晚饭。"

"对不起,我不记得了。"他说,"真是个可怕的女人。"

"完全是个贱人。超级贱!我告诉过你吗?有一次,就因为我不想吃汤里的芥蓝,她用筷子打了我整整一小时。"

他倒吸一口凉气。"我后悔自己不知情,要是知道这些,我早就离开她了。"他喃喃道。我知道他在撒谎,但没关系。

我很快就发现,仇恨是悲伤的解药,是唯一可以安抚情绪的东西。它不脆弱,不拖泥带水,不卑躬屈膝。它就是力量,是不会让你在学校哭泣的力量。

如果哪个同学在走廊上撞了我,我会使劲撞回去。有一次,有个拉美混血女孩不怀好意地看了我一眼,我知道她在说我坏话,便叫她"泼妇"。她往我头发上吐口水,我就等她站在小山顶时偷偷跑到她背后,想用网球拍使劲挥过去,让她滚下山(还好我失败了)。我往一个女孩身上泼过一整桶油漆。数学课上,有个男孩叫我"野蛮贱人",我转过身说"我不是野人",随即一巴掌打了过去。有个孩子写字写错了,我笑得前仰后合,叫他"蠢材",还说:"怎么了,干吗躲着我?好吧,去你的吧。"

很快,同学们都开始怕我。流言四起,有人说我是毒贩子、瘾君子、在后院杀鸡当祭品的女巫、跟所有男生都有染的淫妇。那都不是真的,但在高中,谁又会关心真相呢?美国在线聊天室里出现了一个神秘的匿名人,把我叫作"讨厌的变态"。我回复说:"讨厌是什么意思?先说清楚讨厌到底是什么意思?"他说了句"太好笑了,哈哈哈哈,看来你这个贱人还挺滑稽的"就下线了。我不再试图说服大家认为我是个正常人,而是保持愤怒并继续作怪。

父亲在他的社交圈里也混得不怎么样。他不停地抱怨自己糟糕的前妻,结果仅有的一小撮朋友也弃他而去。

我们很快就意识到自己被世界孤立了,只能将心中积聚的仇恨指向对方。

5

父亲第一次说我像母亲,便点燃了窝在我心里的那团怒火。那时她才离开两个月,我经常产生幻听,错以为她在喊我。在学校里吃午饭时,我也会突然惊慌地站起来往身后看,担心她来找我的茬。

我拒绝忍受父亲的指控。"你死有余辜!"我对着他大喊,"我一点都不像她。你知道她都对我做了什么,对我们做了什么。她一直折磨我,而你却从来没有保护过我,现在还敢……敢把我和她相提并论。现在是谁在照顾你这个可怜虫?"

"哦,"父亲说,"现在我明白你母亲为什么恨你,为什么要走了。"

"行!你不要我,没问题!"我吐了口唾沫转身就跑。我把双脚塞进滑板鞋,推开大门径直狂奔。我没钱、没吃的,也没穿外套,但顾不上这些了,总会有办法找到落脚地和好心人。我是个孩子,大家都会照顾我的,这是天理。一步一步往前冲吧,我至少能做到这一点。

他想跟过来,一边跑一边大喊着:"等等!你给我回来,快停下!"我头脑清醒,双腿就像装了弹簧。我呼吸着秋天凉爽的空气,仿佛化身为黑夜,可以从此消失。

紧接着我就听到了他的嘶喊,一声尖锐、带着喉音的号啕。"我的脚!我的脚!我割伤了脚!"原来他光脚跑上了柏油路。

我大概又跑了半个街区才停下来,站在原地望着街区另一头的大路上车来车往。我们住的街区总是飘着沙漠草和晒热的人行道的味道。街边的棕榈树排成行，远处的天边是一轮靛蓝的落日。天就要黑了，我到底要去哪儿？

他还在哭哭啼啼。我走回去，看见他抓着脚使劲挤伤口。回家后，我扶着他走上楼梯进了浴室。他坐在地上呻吟道："流了那么多血。"我拿来急救止痛软膏，让他把手拿开，他咬牙照做了。我看了看，那伤痕比橡皮还小，根本没破皮，更别说出血了。我瞪着他，试图逼他与我对视，但他始终躲避。我把那支软膏扔在他头上，回到房间，狠狠地摔门，然后毫无惧色地拿出一把狩猎刀，在大拇指上割出一道长长的伤口。

到了高二那一年，我一周只能见到父亲三次，其余时间他都在女朋友家过夜。不过，他并不说那是女朋友。"我朋友"，他这样称呼那个女人。"我借的是我朋友的车。""我帮忙照顾的是我朋友的孩子。"仿佛他刚刚找到了个好兄弟，可以每晚一起欢乐地搞睡衣爆米花留宿聚会似的。

他知道我不希望他出去约会，因为我说过还没有走出创伤，无法面对另一个人的出现。结果，他的办法就是过双重生活：一半跟我，一半跟她。他觉得两全其美，我却觉得自己再一次被抛弃了。他第一次玩消失后，我也开始玩消失。我不好好吃饭，体重一度跌到九十五磅。我已不再与他并肩对抗世界，而是一个人孤军奋战。

一切走向终结的那一天阳光特别灿烂。当时我十六岁，马上就要上高三了。那天他开车带我回家，我不记得我们当时在吵什么，但事态已经升级到了相当危险的地步——他双眼放着恶狠狠的光芒，浑身是汗，汽车的引擎也越转越快。

"别这样！"我警告他。但他大笑一声，声调高得有点诡异。

"太晚了，太晚——了！"他用唱歌的语调说话，快速驶过一个又一个路标。

我熟悉这种套路，他第一次这么做时我才十岁。那次他跟母亲在吃饭时吵了一架，母亲赌气带我离开餐馆，准备步行回家。他把车开过来，停在路边大喊："上车，不然我就杀了你！"他的眼珠瞪得像乒乓球一样大，似乎要弹出来，声音听起来像野兽，甚至有些失真。"去吧。"母亲低声说，心不甘情不愿地把我送上了车。我还没来得及关门，他就使劲踩下油门，在学校范围的慢行区域开出了六十五英里的时速。

"我们死了算了！我要自杀，也把你们杀了！我活不下去了！"他说话的声音完全不像他。我讨厌这种夸张，仿佛这副嗓音是从哪儿偷来的。

"求你了，爸爸。"我哭喊着，但他嚷嚷着让我闭嘴，径直冲进了车流中。百车齐鸣，仿佛在宣布我即将死亡。不过千钧一发之际，他急转掉头并猛踩踏板——左、右、左、右、停、走。我的头先是往前晃，又重重地撞到了座椅上。

安全起见，我把所有的神都拜了一遍——真主、菩萨、耶稣，随后又祈求耶稣原谅我拜了这么多神，因为显然世界上只有一个神。但耶稣您能理解的，对吗？我机械地举起双手，如果翻了车，或许能用手撑着车顶来保护头部。要不我干脆跳车？或者，死亡不也是我的选择之一吗？

那天我们最后安全到家，但我记住了他可怖的表情和颤抖的声音，还因为想到他以后可能故技重施而深感不安。

母亲走后，父亲再也没打过我，却惯用汽车恐怖主义。每次我们在车上吵架，他都会出汗、颤抖、呼吸困难，车窗上都是他呼出的雾气。接着他会紧急刹车，安全带把我勒得喘不过气，他还会一边横冲直撞一边丧心病狂地笑。"是时候给我们俩都做个了断了！"

他放声高歌，嘴角露出微笑，"我活够了，我要自行了断，你这个卑鄙贱人也得跟着来。"差不多有十几次，我俩命悬一线。每次我都会乞求、恳请并安抚他，讲一些继续活下去的理由。可类似事件依然持续发生，一开始是偶尔为之，后来每几个月一次，再后来更频繁。

然而，在这个灿烂的夏日，我并没有祈祷或惊慌失措。我虽然心跳加速，却莫名镇静，悄无声息地抓住门把手静待时机。

最后，他不得不停在几辆等红灯的车后面。伴随着急刹车的刺耳声音，我们的身体不由得往前冲。安全停稳后，我立刻打开车门并扯掉安全带，踉跄着下了车，他扬长而去。

那里前不着村，后不着店，就在圣何塞林木稀疏的山麓之间，道路两边是山坡和草地。我以缓慢沉重的步伐朝家的方向走去，一路都是上坡，太阳火辣辣地拍打着头顶，我却在发抖。我试着回想自己到底有多少次求他饶我一命，早已数不胜数。这样下去，我还能活多久？说不定他哪天闯了红灯，我们就被某辆车撞上然后丧命。

我尽量放慢速度往回走，不知道等待我的是什么。路边的沟渠里有辆购物车，比一般的购物车小一半，我把它拽出来推着走。

到家后，我打开房子侧门，把车推进走廊，偶然发现那里堆着一大堆工具，我以前从未留意到。前任房主把这些旧工具——干草叉、铲子和斧子——留在木料堆旁的手推车里，如今都生了锈。

我立刻觉得这些能成为完美的防身武器，如果父亲继续发疯，我就用斧子让他滚远点。我拿起斧子掂了掂分量，偷偷带上它从后门溜进起居间。电视机屏幕如此刺眼，父亲竟睡着了，我蹑手蹑脚地回了房间。

天越来越黑，我害怕极了，不敢下楼找吃的，不过冰箱里大概也没什么可吃的。我没吃饭，也没哭，坐在床上生闷气，思绪万千。

在此之前，我已多次濒临死亡，熟悉那种感觉。人的身体因为本能而疯狂地慌乱到一定程度后，会在不祥的预感中突然镇静下来，接受生命的终结,失去希望和理智。

于是,深更半夜,我来到父亲房间,站在床头注视他睡觉的样子,看着他张开的嘴和安详的面容。我抡起斧子,瞄准他那逐渐脱发的头顶并大声尖叫。

他在被子下面惊跳起来。他既无法看清我和我手里的斧子,也对自己可悲的处境一无所知,却害怕得哭了起来。能对他的生命造成威胁居然让我觉得很满足——我有这样的力量,也有这样的把握。看着他来回扭动,我第一次不再感到害怕。

"你想怎么死?"我小声说。那语调像极了他,仿佛是个不动声色却令人不寒而栗的连环杀手。这种话第一次由我说出来,感觉好极了。"现在我们互换位置了。怎么样,离死只有咫尺之遥感觉如何?有人想杀你是什么感觉?"

他呜咽起来。

"回答我!"我尖叫着。

"不,不好!感觉不好!"他的下巴在颤抖,相当夸张。我在相同处境下可表现得有尊严多了。

"我随时都可以把斧子劈下来,砸开你的脑壳,让你脑浆四溢,看着你的眼珠子滚到床底下。你想要那样吗?要我那样做吗?"

"不,不,不……"

"你要吗?"

"不!不!"

"好,那今天就说清楚了,你以后不许再威胁我的人身安全,听懂了吗?"

"听懂了。"

"我说,你——听——懂——了——吗?"

"听懂了!"

"你不许再抓着我不放,不许再碰我,不许再超速驾驶。你必须好好开车,不许玩命开车来惩罚我。你知道从小到大都备受生命威胁的滋味吗?我因此变成了你眼前这个怪物。就因为你总是威胁我,才会有现在的局面。"

"行,明白明白。"

"我让你说话了吗?好,你还有什么要说的?还要威胁我吗?还敢吗?"

"不,不,我保证。对不起,真的真的,真的对不起,我错了。"

"你才不会感到愧疚。"

"求你了!我保证我会!"

"你最好老实点。"我一边说,一边把举着斧子的手放了下来。我走出房间,狠狠地摔门而去,抱着斧子睡着了。

几个月后,父亲离家出走了。

我们住的房子位于一个鸟不拉屎的地方,距学校的车程长达四十五分钟。他走后,房子愈加空荡荡的,我一个人独守在这穷乡僻壤。

这房子是在2008年前的地产热中仓促兴建的。我把房子的内墙漆成了稀奇古怪的淡黄绿色和紫色。有一间房空着,被我用来堆脏衣服。后院有一座坏了的喷水池,水面上漂着许多蟋蟀的尸体。有一天,我在院子里用红色的包肉纸为返校舞会画广告招牌,但风把纸吹进了蟋蟀池。太恶心了,我不得不把纸留在池子里。一段时间后,纸把水染成了血红色,给人以不祥的感觉。

每周,父亲都会趁我上学时过来几次,在厨房柜台上留下一盘烤鸡或一卷寿司之类的食物。不过,因为那些食物放在外头太久,我食物中毒过一次后就只能把它们都扔掉。我有一张用来买必需品的借记卡,但父亲每天都会检查我的支出,一旦我买任何超过四十美元的东西,就打电话来吼我。我懒得理这些破事,只用那张卡支付开车去学校的汽油费。我靠从超市偷来的"健康之选"微波炉食品勉强度日。

有一次,我听到楼下有声音,以为有人破门而入。我来不及套上裤子,只穿着一件大T恤就跑了出去,乞求邻居打电话给警察。警察上门搜索我那肮脏不堪的家:到处都是衣物,地上有冷冻鸡肉汉堡的包装纸,茶几上堆着马克杯和不知多久前用过的一次性塑料饭盒。他们没有找到侵入者,但我依然彻夜未眠。

独居数月后,我开始了所谓的"行动"——偷刀片和安眠药。大部分朋友都已毕业或搬走了,我在学校里基本独来独往。我在日志本上写满了自己如何想死的话,还写下许多自杀信和遗言。在某些特别糟糕的夜晚,我会打电话给父亲。他知道不接为妙,我便给他留言,尖酸刻薄地说他是个无能、肥胖的倒霉蛋,然后挂断电话并拿出二十粒安眠药想一口吞下。何不就此了断?我何时领略过所谓生命的价值?

有一封自杀信是这么写的:"爸爸,我敢打赌,我死后,你至少要花二十四个小时才能找到我。你不配跟我道别。"

6

基于三个原因,我最后没自杀。

首先,我胆小如鼠,既担心死不成,也担心死亡的感觉或许不怎么样。

其次,我还有两个朋友——达斯汀和凯西。同年早些时候,达斯汀的祖母去世了,他伤心欲绝,如果我的死再让他备受打击就是雪上加霜。凯西和我从小学四年级起就是最要好的朋友,后来她妈安排她搬去洛杉矶,我俩就成了异地好友。我们的生活处境都很艰难,便达成协议,绝对不用自杀解决问题。不过,我有时会觉得达斯汀和凯西并不真正关心我。"你会忘掉这一切的。"我在给他们的诀别信中这样写道,"偶尔看到美丽的夕阳时你会想起我,但还是会好好生活下去。"

最后是新闻的力量。

高二时我加入了校报编辑部。新闻课老师古怪而挑剔,很少对什么人表示满意,却对我相当欣赏,让我感觉自己与众不同。那年冬天,其他学生都摊开草稿等他查阅,他却把我叫到桌前并说我有一种犀利的幽默感。他让我大量阅读幽默专栏作家戴夫·巴里的文章,跟我详细分析结构和技巧,还指导我撰写批评校务管理的讽刺性文章。我升高三后,被他点名成为校报主编。那天,我写了一篇日记,字里行间并无欢愉,只有如释重负:感谢上苍,我成了主编,再也不用那么拼了。

高三过半，我主笔撰写两个专栏：校报的主编专栏和当地一份周报的青少年专栏。我在那家周报的编辑部只是个实习生，却经常负责写头版新闻，包括一则爆炸性金融丑闻，涉及我所在的学区损失的数百万美元。《圣何塞水星报》没有报道过这一丑闻，《旧金山纪事报》也只字未提。我是唯一报道这个案件的记者，参加了所有预算会议，做了海量笔记，还进行过十几次采访，对象包括教师、学生、狡猾的学区政府领导和主管人员，并录下所有采访内容。等大家离场后，我来到讲桌前，桌子上还放着学区为董事会提供的烤鸡套餐。我把所有没动过的食物都打包带走，回到车里后一口气吞下好几份套餐，座椅上全是碎生菜。我已经好几天没吃饭了，所以不用担心长胖的问题。在参加预算会议的日子里，我晚上九点才回家。到家后，我要先为两份报纸写文章——一篇为校报撰写，主要聚焦于教师工会；另一篇则是为保守的当地周报撰写，风格更为克制——之后才能做数学、物理和英语作业。

每天早上六点，我开车去上学，先完成一整天的测验、作业和烦琐的戏剧活动，再着手开展编辑工作——修改排版，提醒麦蒂画点扭捏作态的漫画来吸引读者，然后让珍妮整体校对一遍。我傍晚六点回家时会累瘫在床上，半夜十二点醒来开始做功课，一直做到早上六点。

就这样，我发现了新闻的力量。它不仅能纠正错误、改变世界，还将我备受煎熬的大脑转变成有用的机器。唯有在做新闻时，我才能得到认可。它给我探究世界的勇气，让我像在丛林中采集标本的探险家一样工作。做新闻就像猜谜，我必须将收集到的证据按主次顺序排列，抽丝剥茧，在一片纷乱之中把注意力集中于故事的关键。我能体会所有的感受和不公，乃至悲剧，并设法写出中心思想明确、条理清晰的文章。这些都是我喜欢新闻的原因。

我在周末不用赶稿、赶作业，所以无所事事，苦不堪言。没人邀请我参加活动，就算有，我也只会扫大家的兴。因为只要不是为了写文章，或没有事先准备好一份采访提纲，我就无法与他人交谈。我只好一集接一集地追看电视连续剧，开车去旧货店闲逛，用我从杂货店偷来的东西改衣服，把毛衣袖子改成暖腿袜套，把围巾改成腰带。我的大脑变得不听使唤，我会幻听，会幻想死亡并哭着入睡。不过醒来的时候就是周一了，谢天谢地，我又可以埋头工作了。

我有了第一本新闻作品集，实现了自我价值。我在新闻方面取得的成绩——特别是担任校报主编一职——不仅使我在 GPA 仅为 2.9 的惨状下依然被加州大学圣克鲁兹分校录取，还让我登上了高中毕业典礼的颁奖台。

毕业典礼在市中心的大型室内体育馆举行，来观礼的家长和亲友们密密麻麻地聚集一堂，大概有几千人。但父亲没有来。

大家戴着毕业帽，穿着毕业袍，感觉飘飘然。有人已经开始怀念高中生活，深情拥抱老朋友，含泪原谅劲敌，但我不想哭。也有人不停地说"太好了！我们成功了，熬过来了"，这句话对我来说倒有些真切——我居然还活着。看着体育馆上方巨型屏幕上微笑着的同班同学们，我陷入了沉思，感觉一片茫然——我本来活不到现在的。

后来，就在我们排队离开体育馆时，古怪的高一英语老师跑过来交给我一封信。那是我们上高中第一天她留的作业，写封信给毕业时的自己。

那封信用的是从"热门话题"牌笔记本里撕下来的纸，纸上还印有骷髅。我高一时的字迹相当幼稚，信里这样写着："你拿到了漂亮的毕业文凭，不用谢。还记得《丽诺尔》系列漫画的第八本，还有'坠落体质''恐怖主义袭击'这些话题吗？或许你已经好几年没碰过这些了，又或者你还是很有兴趣，都无所谓。不论你变成什么样，你都已经成长了，更智慧、更……成熟（偷笑）。在这四年中，你经历了很多，无论好坏，我都为你感到骄傲。"

我终于流泪了。父母是否为我感到骄傲已无关紧要，最重要的是我为自己感到骄傲——我做到了，通过自己的努力换取到了这一切。

7

在大学里，做出更多成绩是我唯一的慰藉和不断努力的目标。我负责编辑幽默校刊，不到十九岁就在一家全国性杂志的编辑部实习并撰稿，还在大三时给学弟学妹上课。我只用了短短两年半时间就毕了业，拿到荣誉学士学位。提早毕业是因为我希望尽早开启记者生涯——既然已经有了明确的目标和必要的技能，何必再上文学理论课？

其实我提早毕业还有一个原因——在校园里不受待见。记者这个行当教会我很多关于采访、叙事结构、政治和人性的学问，但没有帮我学会如何善待他人。

在加州大学圣克鲁兹分校，我就像从绞刑架上逃下来的女孩，跟人酗酒，从食堂偷炸鸡块吃。如果我想坐到讲堂中央的位置，又有人挡住了去路，我可不会小心翼翼地绕过去，而是直接蹦上桌跳到座位上。为了成为幽默校刊最受欢迎的写手，我搞出许多极其愚蠢粗鄙的噱头。我曾为了写好一篇文章而穿上裸色连体紧身衣，用马克笔画上乳房，自称激进女权主义者，在校园里到处乱闯，以"为遭受父权逼迫争取补偿"为名到各个餐厅骗吃骗喝。当书店的一位职员追着我到处跑，坚称女权主义并不代表免费吃肉条时，我大喊："良家妇女，醒醒吧！这可不是零食那么简单！它象征着代表男权的阳具！"说完就跑。

我越来越胆大，也越来越愤世嫉俗。第一次遭遇真正意义上的偏见时，我抱以拒绝接受的态度。一次聚会上，有个白人男孩问我亚洲女人的阴道是否都长歪了，另一个白人男孩让我不要边笑边用手遮住嘴巴，因为那看起来就像恭顺的日本小女生。在一次校内垒球比赛中，有个男生在奔向第三垒的时候摸了我的屁股，我抓起一根球棍就追了上去，威胁着要砸开他的脑袋，幸亏队友阻止了我。我如此狂野，盲目地撞击威胁我的一切，并在此过程中伤害了很多人。我告诉自己，这是在自卫，我不是个女孩，是把剑。

当我大学最要好的朋友得了卵巢癌时，我却做出了最可耻的事。那可是癌症，而且她当时年仅二十岁。我们是同甘共苦的死党，曾经一起去罗斯百货偷东西，一起去健身房。我们没到法定年龄就去泡酒吧，遇到检查身份证的人就躲到桌子下面。我们一起唱卡拉OK，穿着性感的衣服高唱《自由鸟》，唱到最后，她会把我抛向空中，我则张开双臂做出要飞翔的样子。然而就在她最需要死党的时候，我却对她不闻不问。我应该在她确诊后就陪着她，给她炖汤，每天问候她，带她出去散步，偷些漂亮的鞋子送她，聆听她内心的恐惧。那段时间，我就应该以她为中心，多听听她的想法。然而我却跑到她的住所，躺在沙发上不停地诉说我意识到种族主义有多么可怕，忽略了在旁边摆弄一头短发的她。我不仅没给她拥抱，还在这段糟糕的时期，把自己的痛苦也塞给了她。

几个月后，她的症状有所缓解。有一天她的男朋友找上门来对我说："很抱歉地告诉你，她不愿意再跟你往来了。"我呆住了，完全不知道发生了什么。我哭着问道："但是我真的好喜欢她！我哪里做错了？应该怎么做？"

"她说让你改变是不公平的，你就是你，但你应该去别处做自己。"

她和她男朋友都在脸书上把我拉黑了。后来我试着在脸书上找她，看到她发了一张跟我的合照，我俩在照片里表演得很过火。照片说明是这样的：我不得不做化疗，但真正缠着我的病魔是身边的这个人。

真是个贱人！当时我这么想。在这个残酷的世界，你真的没法相信任何人，不是吗？

不出意外，到了大二，我在学校里的敌人比朋友还多。我一再被抛弃，人生就像坏掉的唱片不停旋转却总是回到原点，只能眼睁睁望着他人离去的背影无可奈何。

我对自己还不够了解，无法为这种恶性循环找到出路。我又吃起了安眠药，用放在床脚边的威士忌把自己灌倒。早上起床后，我会在日程表里再添加五件事，确保自己很忙。

两年后我才想通了一切。毕业后，我搬到旧金山，住进一间巴掌大的公寓。有一晚，我醒着躺在床上，突然意识到或许问题不在于别人。不是人性的丑恶，不是友情的背叛，我自己才是症结所在。

比如我和朋友去唱卡拉OK庆祝二十二岁生日。当时有个男的想跟我调情，我叫他滚蛋，他翻开身上的徽章说："你就是这么跟警察说话的？"那天晚上乱作一团，还有人哭。朋友使劲拉住我的手，以防我因袭击警察被逮捕。我再次因为控制不住自己的愤怒而惹火烧身。我做错什么了吗？还是那个警察活该被骂？这种问题已毫无意义，关键是朋友们之后都不再理我。他们眼中都流露出疲倦：为什么跟我一起度过的夜晚总以悲剧收场？

造成了这么多巨大的破坏后，我才恍然大悟，这是自作自受。我之所以会变成这样，正是因为有人曾经这样对待我。我的愤怒源自那两个用他们自己的愤怒进行自我毁灭的人。我知道自己已经成了个浑球，如果再这样下去，就会变成他们。

然而愤怒赋予了我前进的动力，要如何放下它？愤怒就是威力，它保护了我。没有它，我不就失去了遮掩，难忍悲伤了吗？

最后，我决定痛改前非。彻底原谅别人或许是唯一能帮助我走出这种恶性循环的方法。我逐个回想恨过的人并告诉自己：我并不清楚他们具体经历了什么悲哀，但要从他们的角度出发去考虑问题，并祝福他们一切都好。

有一次，在一家墨西哥快餐厅，一个醉汉冲过来插我的队，点了餐后就大摇大摆地走了。我怒火烧身，很想骂他没用、粗鲁、光头。不这么做就像在碗底剩了一大口饭，就像没付账就走人——半途而废，有欠公允，毫无用处。但我仍放下愤怒，强迫自己平静下来。

在学习原谅的过程中，我甚至打电话给父亲，叫他在旧金山找个餐馆跟我一起吃饭。他喋喋不休地讲述自己在旧物变卖中挖到的宝：一封由富兰克林·D.罗斯福签名的信和一块绝佳的波斯地毯。我试着耐心聆听，并穿插提及自己取得的成绩。他根本没听见我的话，我也试着不去失望。

在决定放下的几个月后，我开始约见治疗师萨曼莎，学习更好地去爱他人。我慢慢跟她学会了合情合理的沟通方式：多聆听，少喊叫，以镇静、慎重的语调表达自己的观点。我用她教我的技巧尝试控制愤怒，就像把面团揿下去压扁一般。在无数次练习后，我练就了一套本能反应：双眼迷离，声调平缓，全身轻飘飘地远离纷争，将愤怒放下。

在萨曼莎的帮助下，我意识到自己总被抛弃是因为我重复着母亲对我的所作所为，她还存在于我的潜意识中。于是我不断试图消除她对我的影响：不再要求过多，以和平的方式解决纠纷，学会更好地倾听，宣扬和善而非报复。

这一切奇迹般地奏效了。我交到很多友善且忠诚的朋友，社交圈子逐渐扩大。周六的夜晚不再孤单，总有人邀请我去参加聚会。我组织了一场屋顶聚会，邀请了很多人。当 LCD Soundsystem 乐队的那首《我所有的朋友》响起时，几十只手伸过来拉住了我。我们一起欢快地跳跃着，面对旧金山的风景高唱，年轻且未经世故，没意识到那是一首悲伤的歌。

歌曲结束的时候，朋友们放开了手，喝醉的我跟跄着走到栏杆边。屋顶上的风景颇为壮观，市政中心和海湾大桥尽收眼底。我望着那模糊闪烁的风景，感觉好极了。就在那一刻，我确定自己战胜了过去，凭着毅力争取到了朋友们的爱，终于得以治愈。

人们听说我儿时曾被虐待和抛弃，如今已恢复了健全的人格时，总是百分百地相信这个故事。为何不呢？没人不喜欢结局美好的故事。况且我貌似春风得意：有朋友，有漂亮的公寓，柜子里的衣服琳琅满目，还能坐享退休金。当然，我得以治愈的最好佐证还是如日中天的事业。

我们说某人很"坚韧"，是说他在逆境中还能坚强地生生不息，保持情绪平稳。但到底该如何衡量一个人的情绪是否稳定呢？

科学家和心理学家提到的"坚韧"案例中，从来不会出现走出个人悲剧并极其善于自我调整的家庭主妇，都是克服困难后当上医生、教师、治疗师、善于鼓舞人心的演讲者的社会精英。"坚韧"的权威定义并非某种难以确定的内心平静状态，它已成为"成功"的同义词。

我当然要坚韧，不断通过努力工作拯救自我。

我大学毕业时正赶上 2008 年的经济衰退，本科生都找不到工作，我拿到好几家报社的无薪实习生工作，但那些报社一家接一家倒闭。幸运的是，我喜欢上了一个名为《美国生活》(*This American Life*) 的广播节目，它的每一期故事都令我动容。于是我开始创作播客，将其命名为《我要上〈美国生活〉》，并试图炮制出可以吸引《美国生活》节目组注意的故事。

《美国生活》是当时全美收听率最高的节目，节目组哪里会关注一个只有区区十五个听众的播客。然而，奥克兰一个名为《迅速判断》（*Snap Judgment*）的全新广播节目颇为欣赏我的蹩脚故事，聘用我当有薪实习生。我第一天上班就拿出二十个故事的点子，三个月后就承包了节目组一半的内容制作，荣升为制作人。

当时我每天卖力工作，周末也不例外，每周工作五十到七十个小时。每逢周三，为了准备翌日播出的新一期节目，我得工作二十一个小时，顺利的话凌晨四点可以下班，不然就要连夜工作到早上七点。我制作了数百期节目，还担负了图文设计、网站内容编辑、短片制作等工作。

在我和同事们的努力下，节目从起步时仅有两个频道播放，发展到二十个频道，最后达到二百五十个频道。我主持每周一期的节目，收听人数超过五十万。我渐渐爬到了湾区社会阶层的顶端，跻身旧金山社会名流圈。我受邀观看最精彩的表演，参加顶级的艺术节活动，成了山顶豪宅和歌剧院的贵宾，那些衣着奢华的名人会过来跟我握手，说很喜欢收听我的节目。

明白了吧，这就是坚韧，以及我所谓的治愈。

8

虽然我有了很多朋友，事业有成且生活幸福，还向萨曼莎提出不再需要她的帮助，但事实上，我的状态有些……反复。说真的，也没什么大不了，不过是偶尔会产生这样一种感觉。

早晨七点，我在自己的公寓里醒来，昨夜未卸的妆在枕头上留下了污渍。我二十五岁，全身金光闪闪，刚参加了一整天的音乐节活动，之后又去了朋友家，在厨房餐桌旁一边看胡子拉碴的男人吸烟，一边将所有口味的"四洛克"鸡尾酒都尝一遍。

现在是早上，一切重归寂静，令我感觉异样。我试图回想前夜的美好，跟老朋友跳舞，跟新朋友互诉衷肠，还拿到别人送的媒体贵宾通行证，这些都是我个人价值的证明：我多么了不起，多么有影响力。我很好，真的很好。

不过我总觉得危机四伏，仿佛刚刚发生的什么会把我送上绝路。我绞尽脑汁，想要找出危险所在：是在夜色将尽时醉得太离谱，还是说错了什么，抑或跟朋友开玩笑过了火？疑神疑鬼半小时后，我决定跳下床处理电邮。虽然是周日，但能完成一些工作也未尝不是好事。我在电脑前消磨了几个小时，仔细留意着时间。十点了，现在联系朋友们不算太早吧？我发短信给他们道："昨晚玩得真开心！你安全到家了吧？有点宿醉吧？天哪，我都不记得后来发生了什么！我别是说了什么蠢话？"

我焦急地等待着回复，大脑似乎在震颤，满脑子的低声轰鸣越来越响。我洗了澡，一边打着响指一边来回踱步。终于，一小时后有人醒了，回了我的短信："天啊，昨晚太神奇了！谢谢邀请，我永生难忘！什么蠢话，比平时还要蠢吗？呵呵呵，开玩笑的，爱你。"我如释重负，仿佛肺里盘旋的一大群蜜蜂终于随着呼气释放出来，我不必再担惊受怕。

这种惊恐不时萦绕——在电台编辑复杂的故事时，在聚会上说了什么令人生厌的话时，向朋友坦承不知道波斯在哪儿，而她做着鬼脸说"伊朗"，仿佛嘲笑我愚蠢至极时。别人似乎可以安然度过这样的时刻，在挫折中翻个筋斗稳稳着地。而我一旦犯错，那种惊恐的感觉就会模糊双眼，令我在之后的一小时甚至一天内都只想着自己犯的错。不过，这种问题通常凭一大口威士忌或一夜好眠就能解决。

严重的时候，惊恐会缠绕我数小时、数日或数月不等。它被放大并加深，就像我踏水而行时水中那巨大的黑影。我潜入水中想要挖出惊恐的源泉，却只能与往常一样臆测：我肯定是不够勤奋、在工作中犯了错误、花销太离谱，或是有愧于朋友。之后，我就会在方方面面竭尽所能地努力，以安抚心中惊恐的野兽。

在餐馆，我会分析每道菜肴的健康程度，某道菜哪怕是比别的地方贵了一美元，我都斤斤计较。我点了汉堡包，却因为担心它催肥、加重温室气体排放或纤维素不够多而无法好好享用。我做了一张奖惩表挂在衣柜门上：完成了更多自由撰稿工作、创作了更多艺术作品、为广播节目撰写了更多故事后，就以星星贴纸奖励自己。我总想做到最好，但惊恐以最可怕的架势袭来时，不论我怎么努力，都不够好。

那团黑暗的惊恐开始破坏一切，我却不知该如何平复它。到底要怎么做才能让它罢休呢？我会突然哭泣，披头散发，不知是否应该远离所爱的人，以免他们受到伤害。惊恐让我觉得自己身处险境，动辄搞砸一切。看啊，它很快就会发起攻势，夺走我的所有，置我于死地。

惊恐的确不时侵袭，且常常与男人为伍。在约会时，我相当自信地调情，可一旦确立关系，惊恐便会如耳鸣般挥之不去。每段新恋情刚持续了几个月，我就会对未来忧心忡忡：男友偶尔不耐烦的眼神就让我料想到五年之后的悲剧——我们的爱被平庸的家庭生活消磨殆尽，彼此之间只剩下愤恨。为了平息这些令人不安的念头，我不断争取对方的肯定，每次照镜子都拐弯抹角地向男友寻求赞美。"呃，我的皮肤现在好差。你还会爱我吗？""哎呀，我真蠢，你就应该直接把我甩了，对吧？""你还喜欢我，对吗？"

我要求他们无条件支持我做任何事，要求他们允许我第二天再见面，哪怕头一天刚见过。然后，我因为自己太过黏人而深感不安，于是故意冷落他们，一连好几天杳无音信。等再联系上的时候，我却怨恨他们弃我而去。最终，所有的男人都厌倦了这种装模作样的把戏，叹着气说："我已经跟你说过一百万次'我爱你''你很美'了，为什么还要再说一遍？"我道歉说这或许与我儿时的经历有关，他们听了无不垂头丧气。其中一位指着我房间墙上写着"这一切都会过去"的横幅，说他最初是被我的力量和乐观所吸引的，接着质问我："你的力量和乐观都到哪里去了？你不是一开始就说自己早就战胜一切了吗？"

一旦觉察到男人在退缩，我也会退避，先发制人提出分手。然而，当他们最终与我一刀两断时，我又总不知廉耻地想要挽留。

他们中有一位热衷于赛博朋克和后末日题材的小说，让痴迷于科幻的我也做起了反乌托邦梦。我们交流着各自写的故事，到专卖店去买生存爱好者的必需品，还在奥尔巴尼垃圾填埋场的废墟里，穿着军靴、握着砍刀拍了一组末日照片。拍照时我剃了光头，就因为他说会很热。我们交往不到一年时，他第一次带我去射击场，我惊喜地发现自己枪法很准，所有射出的子弹都直击纸板人的头部。一周后，我被甩了，原因是我太咄咄逼人，他害怕哪天我会一枪击毙他。

我彻底崩溃了，在之后的三个月里，我靠一瓶又一瓶的尊美醇爱尔兰威士忌和一盒玉米脆片过活——每天只吃一小把。我觉得恶心，瘦了很多，两肋看起来像折叠梯，一节节脊椎骨骇人地突出来，像轮廓尖利的贝壳。

我整天扪心自问：那个问题不是已经解决了吗？我以为自己已经变成了好姑娘，却反复回想那可怕的、腐烂的内心是如何突破最坚实的防线而逐渐钻出来的。我开始质疑自己说的每个词、做的每个动作。我到底该怎么办？

惊恐在加深，几乎要吞噬我了。上班回家的路上，我会因为恐慌而突然喘不过气来，躲进市政中心昏暗的过道，靠在一面潮湿的墙壁上大口呼吸，悲伤和恐惧使我动弹不得。

不过，我最终还是制服了它，靠的是拼命工作：周五加班到半夜十二点，周日早上七点就去上班，连圣诞节和新年也在工作中度过。有时，我会边哭边工作，泪水模糊了视线，看不清电脑屏幕。我一罐接一罐地喝着健怡可乐，跑到楼下的韩国快餐店买紫菜包饭充饥。两卷饭团能撑一整天，吃完就接着工作。在处理完邮件、做完编辑影片和配乐等工作后，我会发短信给所有朋友，询问下一场聚会在哪里。我告诉自己，人生如此美妙，又何必哀伤？再发几封邮件吧，为了能在凌晨两点入睡，再多喝几口威士忌吧，然后把空瓶子整齐地摆到床脚边。我把自己的身体当作一条湿毛巾，攥着两端使劲拧干，然后紧咬着它不断告诉自己"没事"。直到某天醒来发现自己又获得了新的荣誉，或是取得了自己从未幻想过的成就，这一切便会最终平息。在那一天或那一个小时，一切都是完美的，可之后惊恐会再次如藤蔓般慢慢爬进我的视野，我不得不重新开始。

9

　　我说服自己惊恐有益，它铸就了我在工作上的拼劲，并让我在2014年圆梦，加入了全美最大的讲故事类广播节目《美国生活》。这档节目有几百万忠实的听众，无数次斩获了皮博迪奖和艾美奖，《周六夜现场》和《波特兰迪亚》都诙谐地模仿了它的内容，其受欢迎程度可见一斑。我从《我要上〈美国生活〉》到成功加入《美国生活》花了四年时间，拿到聘书时兴奋地大叫起来。我办了一场盛大的庆祝会，而后搬到纽约，晋升为公共广播之星。

　　初来乍到，我很不适应纽约。我的外套和袜子太薄，不适合这里的冬天。我经常因为不会辨认雪后路面上的"黑冰"而滑倒在地，摔个屁股蹲。在多数社交圈里，二十六岁的我往往是最年轻的。另外，我居然不再是办公室里最勤奋的人了。真不理解纽约人是怎么活下来的，他们白天一刻不停地工作，下了班出去喝酒，直到深夜才醉醺醺地回家，第二天一早又爬起来上班。在酒吧里，所有人问的第一个问题都是"你从事什么工作"。当你告诉他们你相当成功时，他们会假装满不在乎。但其实，他们只有在面对一个真正的普通人时才会满不在乎。正职之外，每个人都有一份副业，有自己的自媒体平台账号。纽约女人都穿着过于昂贵的黑色宽身裙，戴着造型夸张的几何形状珠宝。我在这里什么都不是，心中的惊恐愈加难以平息。

我在《美国生活》什么都干，提案、帮忙设计节目、编辑同事的作品，还完成了大量音效设计。到节目组的第一个月，我就制作出一期大受欢迎的故事，并发现自己的配乐也很出色。我对自己的配乐能力非常自豪，在奥克兰的《迅速判断》节目组工作时，我就完成过数百则故事的配乐，并以速度快和音乐品位好而著称。

谁料到我被分配到另一个组后，新老板拿出我的一期节目，刚听了五秒钟就惊跳起来问我："你能听得出来吗？"说着又回放了一遍。"你能听得出这段音乐进得太早了吗？早了十分之二秒，听出来了吗？"他又重放了一遍。

"或许吧。好的，我会注意的，对不起。"我说。

"你听不出来吗？怎么回事？"他再次回放。"这都听不出来？我还以为你在混音方面很在行呢。这里需要一点空间，进这么早绝对不行。"他一次又一次地回放着。

"行，我立刻修改。对不起。"我说。

"呃，这样不行。"他嘀咕着，仿佛根本没听见我的话，把那个片段又播放了四次。"太差了，音乐进得太早了。"我不停地道歉，直到他继续往下听为止。可几秒钟后他就为另一个差错再次大做文章，这次是我把音量做高了两个分贝。

那段录音全长十分钟，但他花了一个半小时才听完，且不断地说我"耳聋"。我哭着跑出他的办公室，他看上去相当诧异。

那次之后，这位老板似乎就认定了我能力不足，无论我在会上说什么，他要么直接忽略，要么厉声骂我。我咬着嘴唇，瘫坐在凳子上，其他制片人都向我投来同情的眼光。但我必须鼓足勇气发言，因为如果保持沉默，他又会问我为何没想法。如果我就某个问题含糊其词，他会恼怒地叹气，打断我的发言，转而向他最看重的记者们征求意见。如果他们与我的意见一致，老板就会表扬他们一针见血。难道我的表达不如他们清晰？用的词汇不够深奥？讲话不够诙谐？我试着模仿他们——常青藤名校的毕业生，备受青睐的绩优股——却失败了。一年之后，我开始失去参与重大节目编辑工作的资格。我问同事是否能旁听，他们面露难色，抱歉地说不行。其中一人告诉我："别说出去，老板不让你在场，说你总是跟大家意见相左，会耽误编辑进程。"

"是吗？有九成的时间我都在附和他的观点，其他人比我凶悍多了。"我说。同事耸耸肩，说了声"对不起，我已经迟到了"就跑开了。

马来西亚一家电子杂志将我选为海外侨民女强人之一，摄影师专程到办公室来为我拍照。我的老板把摄影师赶出门，还说我在"诋毁公司品牌"。

这一切令我更加诚惶诚恐。为什么我不配代表公司形象？或许我不够诙谐、不够专业、不够见多识广？我穿起高跟鞋和正装长裤，增加阅读量，承担更多的工作，加班到更晚，上班来得更早。当老板说我的故事糟糕透顶、沉闷、不温不火时，我坚决斗争，为我的节目争取播放机会。事实证明，这些节目一次又一次大受欢迎。数十位听众在推特上说我编辑的故事让他们感动流泪，他们喜欢我的节目，这些故事是他们心目中的年度最佳。我出品的一部短剧为公司赢得了一项艾美奖。我在哥伦比亚大学教授课程。但这一切并未起到丝毫作用。

我开始在人格魅力上下功夫，讲更多的笑话，把嗓音变得更平、更深厚。我改变了自己对娱乐、音乐和故事的偏好，开始听老板喜欢的东西，并试图以此跟他套近乎。我在他工作压力大的时候送上蛋糕，在他生病时给他做点心。

可这一切都是白费功夫。有一次，我来到他的办公室，他正背对着房门。"你好。"我说。"你好。正好，我还想问你个问题……"他说着转过了身。"哦，是你。"他冷笑道，"什么事？"

惊恐在我的心里不断发酵，几乎让我歇斯底里。但这种情绪也产生了积极的副作用——让我变得更一丝不苟。我的作品不断进步，我成了更优秀的编辑，我为自己的创作感到万分自豪。另一个节目组试图挖我过去，《美国生活》就给我涨工资。我在聚会上喝着昂贵的鸡尾酒，看着我都不敢上前搭讪的名流与比我勇敢、漂亮的女孩在舞池里转圈。回家的路上，我把脸蛋靠在冰冷的出租车窗玻璃上，把音乐声开大，防止自己入睡。我不断对自己说：从零开始，我走到了今天。

惊恐还送了我另一份大礼——把我推上社交网站。它在我耳边私语，说我的容颜不再，黑眼圈越发深重，最好是在青春彻底消失之前赶紧安定下来。于是我在一年半时间里接二连三地约会，对象一个比一个差劲。我研究出一套可以最大限度累积约会经验的技巧，把自我介绍改了上百遍，先是放上正脸照，后来换成只露后脑勺的照片。确认见面前，我会先跟对方视频，筛掉那些讨厌鬼，也省下啤酒钱。

我在网上遇到过一个叫乔伊的帅哥，照片里的他拎着圣诞树。乔伊从一开始就表现得很真诚，在酒吧与我第一次约会后，每天都给我发短信，不耍花招也毫无保留。他做什么事都叫上我，并且竟然在一开始就直率地告诉我，他喜欢我的鼻子和手指，爱我聪明好学，总在研究新事物，比如长生不老带来的伦理问题、非洲未来主义、中国的交通阻塞情况。他会一边吃着印度薄饼，一边跟我长时间讨论这些话题。他对一切事物的观察都细致入微，看法新鲜有趣。这可能是因为他当过兵，并且现在是一名演讲和辩论教练。

我爱乔伊是因为他有同理心，似乎对所有人都很宽厚。我喜欢听他那带着异域情调的皇后区口音，他在熟食店跟做培根奶酪炒蛋的伙计说"你咋样"和"嘿，老板"时给人的感觉简直好极了。我喜欢他多年前在阿富汗负责电台节目的经历。我喜欢他为了帮黑人学员找到适合比赛用的诵读材料而花费大量时间。我喜欢他给予老太太们帮助，喜欢他在大街上捡起别人随手乱丢的垃圾，喜欢他每周至少跟父母共进一次晚餐。面对这么完美的男人，我当然要把自己疯狂的一面彻底隐藏起来，佯装成他的梦中情人。

交往三个月后，某天，他以异样的眼光看着我说："我看不透你。"

"你说什么？我怎么了？"

"我不知道，"他皱着眉头说，"但我确定你有哪里不对劲。你为什么总是心神不定？你在焦虑什么？我想了解你所有的长处和短处。"他坐在对面的躺椅上盯着我，那犀利的眼神似乎要穿透我的脑袋。

"万一你知道以后没法接受呢？万一你讨厌我的缺点呢？"

"那也不失为一件好事吧。如果我们发现自己憎恨彼此的缺陷，就不需要在这段感情里浪费时间了。说出真相，让我自己来判断。"

这合情合理。

我害怕坦白，但实在找不到脱身的借口。我说要喝点威士忌，他给我倒了一小杯。

"你想知道，对吧？你真的想知道？告诉你，首先，我显然有被弃后遗症。先是我爸妈，后来所有人都离我而去。"

"我也有朋友遭遇过类似的事，是很艰难。但希望你明白，他们离开并不是你的错。"

"好吧，随你怎么说。我会一直寻求安慰，毫无安全感，也很难相信别人，对工作很执着。"我不停地说，把自己最不可告人的缺点，那些本该再隐藏至少几个月的丑事，都说了出来。令我胆战心惊的是，他一直面无表情地听着。我似乎中了他的计，自掘坟墓。

最后，他静静地想了一会，点了点头："就这么多？行，没问题。"

"什么叫'行，没问题'？"

"我是说行，我可以接受。"

"你怎么知道呢？或许你接受不了。"

"我并不确定。你提到了创伤、遗弃和愤怒，但这些问题我相信自己可以驾驭。谢谢你告诉我一切。能了解这些对我很有帮助，我们可以一起面对。"

"但也许你会厌倦。我是说，我，我还会继续努力的，我保证！"

"当然了，我很高兴听到你说要继续努力，谢谢你。"他耸耸肩说，"不过，就算有些事你无法彻底释怀也没关系。"

就算有些事你无法彻底释怀也没关系！就在半小时之内，我认识区区三个月的男人做了一件从没有人为我做过的事——宽恕我所有的罪孽。他并不要求我不断进步，没有发出最后通牒，而是强调现在这样就够了。我惊呆了，乔伊就是我惊恐的对立面。

两个月后，他叫我搬过去同住。就这样，我们一起度过了第一年。他总是谈及未来和孩子。在他之前，从没有人跟我谈婚论嫁，连八个月后的旅行计划都不愿提。乔伊在琢磨我们四十年后该选择哪家老年活动中心，还觉得沙壶球是不错的退休运动。

我幸运地过上了完美生活，拥有了梦寐以求的工作和伴侣。我们找朋友帮忙，靠走后门搞到一间宽敞的公寓，开着老爷车，用着上等橄榄油。我们俩的书加起来，能布置一间像样的图像小说图书馆。我们还去动物收容所领养了一只淘气的猫，组成了快乐的三口之家。

当然，惊恐依然蛰伏着，每天都让我倍感沉重。但我似乎还能活下去。从某种角度来看，正是惊恐成就了今时今日的我，还把乔伊带到我面前。不过，乔伊一直在与我的惊恐抗衡。他不是说，就算有些事我无法彻底释怀也没关系吗？

我们本可以一直那样，直到永远。

可我丢了一件让我误以为一切都好的东西——我辞职了。

10

那是 2017 年末的一天。

每天早上，我一走进办公室就会挂起外套，然后坐下来哭泣。我也不知道为什么要哭，应该是因为内心充满怀疑吧。我怀疑自己笨手笨脚、毫无用处，还怀疑民主将要崩塌。

然而那天早晨，我不想探究惊恐的原因，因为那纯属浪费时间。我不得不像普通的上班族那样镇静下来，先刷刷推特。我浏览了一些新闻，都是坏消息，感觉像在海藻密布的水中游泳般痛苦。于是我努力搜寻猫的视频，一解忧愁。

我先看了一段有关猫和自动吸尘器的视频，感觉情绪缓和了些，内心依旧麻木，但不再悲伤得不可理喻。接下来是一段猫和主人团聚的视频，结果把我看哭了。还是画画吧，胖乎乎的栗鼠，胖乎乎的青蛙，胖乎乎的哈巴狗患有甲状腺肿大。就这样又过了一小时。

我瞪着电脑屏幕下方贴着的便条，上面写着一句能让我保持乐观的话：别人也并不快乐。这个世界的艰难困苦无穷无尽，有谁能真正快乐？

我告诉自己，五分钟后就要开始好好工作。五分钟很快成了十分钟，结果不知不觉就到了正午。我去买午餐和健怡可乐，为工作提供能量。午后我花了几个小时审阅手头的草稿，又看了一段警察开枪射击什么人的视频，着急忙慌地关上了窗口。我似乎不那么累了，但已是下班时间。我起身拿上大衣就走了。

这一年我过得很辛苦。2016 年大选那周，我没日没夜地工作，甚至无暇消化实际发生的一连串事件……因此，2017 年 1 月的总统就职典礼对我而言就像一枚重磅炸弹。那个周末，我和两个好友去钟爱的小餐馆吃汉堡和薯条。

"我知道美国的种族主义盛行，那没什么大惊小怪的。"其中一个朋友说，"但谁知它如此盛行，似乎我们在这里完全不受欢迎。"

在座的"我们"都是移民。

"别忘了，需要我们的人是多数。这里就是我们的家。"另一个朋友插进来说，还在薯条上挤满番茄酱。

我补充道："但在乔治亚州农村那样的地方，我见过一些人，他们就没跟移民打过交道，根本不了解我们，也不知道我们是否属于这里。我们有责任让他们参与其中，看到我们也是活生生的人，有同样的困苦。我们应当开展对话，结束这种非此即彼的局面。"

好友沉默了。周围人盘子上刀叉的叮当声如此嘈杂，让我无法忍受。过了一会儿，一个朋友缓缓地说："你给我们赋予了很多责任，我们不是这混乱局面的始作俑者，为何要承担那么多情绪劳动？或许有人该负责，但绝不是我。"

"我也这么觉得。"另一个朋友说，"并非每个人都有这样的情感，这谈不上人人有责，否则会很危险，或者说很不健康。"

我骑虎难下，一股脑儿地喊了出来："如今就是人人有责！还有什么退路？内战吗？国家不能四分五裂，各族各派不能互不交流。我有责任，你也有。我们必须担负起责任，事态已刻不容缓！"

那是我和他俩最后一次共进午餐，后来他们不再回我的短信和电话。我错了，他们什么都不必做。

同时，上司也只想听到对种族不公的愤慨，我提交的那些有关人类的欢愉和小毛小病的故事草案如果不具备争议性和话题性，便不再引起他们的兴趣。有关这种新闻报道的重要性的言论满天飞，甚至还出现在"超级碗"的广告里。我信以为真，并一直在思忖蜘蛛侠的那句话，"能力越强，责任越大"。我成天研究新闻，试图找到些有话题性的故事，但老板就是不批准我的提案。

2018年初，我已经变得极度焦虑了。

那年一月，我开始行为失常。一个朋友办了一次聚会，用荷兰铸铁锅做豆焖肉，并邀请一帮热衷吃喝狂欢的人来共享。我带了用酸奶油和一包预拌干粉自制的法国洋葱蘸酱，比别人带来的松露奶酪蘸酱和波特酒鸡肝酱寒碜多了。当聊天话题从鲁保罗变装皇后秀（我从来没看过）变成对纽约名校史岱文森高中的追忆（我是在加利福尼亚长大的），又变成一款高级法式炖锅（算了吧，我用的锅碗瓢盆是从大街上捡来的）时，我讲了一个笑话，试图加入聊天，但大家都不觉得好笑。受到斥责后，我站到了奶酪蘸酱和鸡肝酱旁边，一不留神吃了太多，不仅到了失态的地步，还远远超出了自己的乳糖耐受度。最终，我缩在角落里独自读着一本菜谱书，还因为肚子不舒服而放了好几个屁，直到乔伊忍不住起身要走。当晚，羞耻、懊悔和尴尬让我躺在床上久久无法入睡。这就是荷兰铸铁锅豆焖肉聚会带来的悲惨经历。

我在《美国生活》节目组任职期间，习惯于冲进同事的办公室，叫他们一起下楼去抽烟，这样我就能找机会控诉刻薄的上司。渐渐地，同事们听我抱怨时都阴沉着脸。我意识到自己让他们精疲力竭，不应该把自己的消极带给别人，但我实在拿不出积极的内容来分享。于是，我拉下百叶窗，不再跟别人说话，而是独自摸爬滚打。难得逼迫自己跟同事们聚会时，也一直在愁苦地嘀咕，就像刹不住的火车。

每天在坐地铁时听《每日新闻》，我都会哭起来。惊恐发作的时间越来越长，哭泣也越来越猛烈和难以控制。

二月中旬的一天，老板把我叫进办公室，说我在上周的节目里犯了一个小错误——播放了一段不着调的纯音乐，没换成他更喜欢的另一段不着调的音乐。"你真粗心，总是忽略细节。"他说，"你要好好努力，慢慢进步才行，不然……"他摇了摇头。不然怎样？开除我？上周的节目原本就不是我的工作，当班同事不知道怎么用制作软件，我才临时帮忙制作。近来我一直在负责节目制作，每做一期节目，我都要花好几周的时间认真、周详地协调所有工作人员。之所以派我来完成这项压力特别大的工作，是因为大家都知道我追求细节、尽善尽美。以往每次来到他的办公室，我总是压着火，但这次终于忍无可忍。

"我不干了。"我打断了他，且明知他鄙视眼泪，还是忍不住哭了出来。"我做什么都是错的。你对我总是很苛刻，从不把我的努力放在心上。所有同事都看得出你厌恶我，很多人因为你的所作所为而同情我。天哪！你知不知道被所有人怜悯的感觉是何等耻辱？行了，我受够了。我不干了，辞职。"

"先别急。"他讶异地往后仰，表现出前所未有的惊慌失措，"我并不厌恶你，如果让你产生了误会……很抱歉，我为自己的刻薄向你道歉。我只是觉得很难信任你……我愿意承认，或许……或许我对初来乍到的你有些先入为主的意见，也没能看到你的进步。你刚来时的确是很嫩，并且你从开始参与这个节目起，就和别的同事……不一样。"

"为什么你对别的制片人都比对我好？"我直截了当地问。

他不假思索地说："因为他们是非常优秀的记者。"

轮到我厌恶他了。我怒火中烧，忍住伤心的泪水说："我没法为你这种完全不尊重人的老板工作。抱歉，我不干了。"

我回到自己的办公室，久久凝视着满屋子的东西，维生素片、零食、衣服、小型供暖器、毛毯——我真的把这里当成了第二个家。我用一只大纸箱把能带走的都收拾起来，带回了家。当时是下午两点，我直接爬上了床。我跟别的同事不一样。什么意思？我应该要怎样？

傍晚，另一个老板打电话来请求我别走，说那个神经质的老板愿意道歉、会对我好一些，说我有才华、有价值，那个神经质才是个笨蛋，问我能不能再给他们一个机会。于是我决定回去上班，但每天晚上我都会整理抽屉，把东西一样一样装进手提包，慢慢清空一切。

二月中旬，我最后一次参加公司聚会，大部分时间只站在角落里听着。此情此景如此熟悉：碰撞的玻璃杯，灿烂的笑容，从吧台端出来的金黄色液体带来无限欢乐。他们的轻松如此鲜明，显然不受世事影响。或许他们对于世界当前的状态非常不满，但在实际生活中却笑着看电视，在社交网络上晒自己做蛋糕的照片，永远不会忘记回别人的电话……大家都挺好。如果所有人都焦虑和抑郁，为什么只有我会在每天早上坐地铁去上班的路上哭泣呢？我为什么不能像别人一样生活？那份惊恐为什么总是如影随形，毁掉我的一切？

直到二月二十八日跟萨曼莎通过视频电话后，我才找到上述问题的答案。

11

"你想知道自己的诊断结果吗？"萨曼莎神采奕奕地问。在我的电脑屏幕上，她的脸就像月亮般散发着迷人的光芒。她抛出那句"复杂性创伤后应激障碍"时，表现得相当轻松，以至于我也只是耸耸肩，说了句"哦，好吧"。如果这很严重，她应该不会过了八年才告诉我吧？肯定没那么严重吧？

通话结束后，我上网检索了一番，先是维基百科，然后又进入退役军人事务部的网站，查到一系列症状：患有复杂性创伤后应激障碍的人难以持续做一份工作，难以维持与他人的关系，总需要关怀，总有威胁感，具有攻击性，比常人更容易酗酒、成瘾、有暴力倾向、做事鲁莽、情绪不稳定。

我确实有这些症状，但真正可怕的是一些具体描述，比如有复杂性创伤后应激障碍的人往往终其一生"不断寻找自己的救星"。维基百科是怎么知道的？居然说到了点子上！每当我遇到看起来睿智、淡定而善良的人，就会情不自禁地想象他们或许能帮我解决一切问题，成为我的挚友，为我解开所有的人生密码，让我备受呵护。我以为这是天性使然，没想到这是一种病症。

这些症状听起来更像是指责。科学家和医生不如这样写：复杂性创伤后应激障碍患者很难相处。

我试着告诉自己，至少你知道怎么回事了，这就能解决问题。

诊断是治愈的开始。

但诊断也可以是死亡的开始。

我慌忙地在电脑键盘上敲击着"真实故事+复杂性创伤后应激障碍"——肯定能找到什么故事，这事儿我在行。

我又搜索"患有复杂性创伤后应激障碍的名人"，证明自己不是少数人之一；搜索"我走出了复杂性创伤后应激障碍"，确定这种病可以治愈；搜索"复杂性创伤后应激障碍+现在很幸福"，看看得过这种病的女人如何兼顾事业、做饭和带孩子，既领养年迈失禁的狗，又订阅电子杂志，身边还有一位风度翩翩的丈夫，经历灾难却凤凰涅槃，变得无私可爱。

网上找不到"患有复杂性创伤后应激障碍的名人"，至少我没找到。"真实故事"那条路也走不通，只找到挣扎中的复杂性创伤后应激障碍患者在留言板上请求援助。"我走出了复杂性创伤后应激障碍"只出现两条结果：一条链接已失效，另一条是一篇古怪而久远的诗歌博客中的一句话。

这些结果一点也不鼓舞人心，那些跟我一样的人只是勉强度日，并未真正治愈。我蜷缩在办公室昏暗的橙色灯光中想，这些症状如何体现在我的生活中？我在记忆的河流里艰难地行走，将过往的画面逐一打捞出来，反省自己有多不可救药：对老板发火，在聚会上喋喋不休地诉苦，总是去敲同事的门，手持棒球棍满球场追打男生……我所造成的破坏比比皆是。我之所以和别人"不一样"，正是因为这个病。我想到一句有关创伤的名言：受伤的人会去伤人。

我不想再伤人了。

从那天起，我每天都早早下班。在办公室的每一秒，我都觉得自己像偷偷溜进教堂的吸血鬼，时时刻刻都可能爆发。这里是聪明人聚集、令人向往的地方，我既为自己把个人的低级创伤带到此地感到内疚，又觉得这个地方辜负了我。我献身于这份事业，以此定义个人身份，为了工作宁可牺牲与朋友聚餐的时间，为了加班而放弃恋情。我以为这样做就能赢得他人的尊敬，可其实我还停留在青少年时代的癫狂状态中，只不过换上了更贵的名牌裤子。

那年三月，我读到了心理治疗师皮特·沃克写的《不原谅也没关系》。书中常常出现"强迫性逃避类型"的患者，他写道："不在处理事务时，（她）也会把事务放在心上，还不停地做计划……正如容易对刺激的东西上瘾一样，他们也容易对最能享受其中的过程上瘾，成为工作狂和忙碌狂。经历严重创伤的逃避类型患者还可能有严重的焦虑和惊恐症状。"

或许拼命工作并非救赎，而是一种症状。

我无法忍受时刻生活在羞耻感中，我不要一直想着改写过去、惧怕未来。我一定要找到一个能对此感同身受的人，向我证明有另一种方法可以活下去。我继续在网上寻找值得信赖的人，不过换了种方法。

我在社交媒体上发问："有谁患了复杂性创伤后应激障碍？"结果只有一个人在推特上回复："我用谷歌搜索了这个词，但确实不认识这样的人……就我读到的定义，这种病听起来挺可怕的。"就在几乎绝望时，我终于得到了回音，好几年前跟我短暂共事过的一位记者莱西发来私信："我赢了复杂性创伤后应激障碍！诊断过程很复杂，确诊后，它彻底改变了我的人生。不过我真的开始痊愈了！"

我很震惊。莱西？她刚和书商签了约，正在写一本书，有时还会上电视。她有一头漂亮的长发，住在一座漂亮城市的一个漂亮街区，得到所有同事的尊重。"你肯定无法想象，当得知你也得了这种病时，我真是松了口气。"我慌乱地回复，"我以为所有得这种病的人都不可救药，我自己是每况愈下，但你看起来非常沉稳。"

"我哪有这么沉稳！谁都有自己的问题，我想告诉你的是，我已经好多了。虽然仍要不断努力，但取得了很大的进步，不像几年前想象的那么困难。"她发了电话号码给我。

我们用短信简单聊了几分钟。我跟她并不熟，也不想给她造成负担，便没向她透露我最深层的恐惧。然而，她满是感叹号、令人振奋的短信至少让我看到生存并非毫无可能。总会有出路的，就看我能不能找到了。

莱西说要走的路很长，想来确实如此，毕竟我得努力学习重新做人。我想学着快乐、坚强和独立，这样就有能力支持别人，而不是被抑郁操控。我想学会做一个更好的朋友、伙伴、家庭成员，跟他人建立长期关系。我想成为不会被抛弃的女人。我得先搞清楚在那一层又一层的创伤、痛苦和工作狂表象之下，我还有什么优秀品质。

莱西说，要做到这些需要时间和空间。我可以出去散步，练习如何忍耐不暴露那些令人尴尬、痛苦的事情。她还说，感觉失控和悲伤的时候，她会暂停写作。"重要的是学会好好照顾自己，对自己好一点。"她对我说。

好的，我有答案了。就在第二天——四月一日，我正式提交了辞呈，并在一个月通知期后，离开我曾经梦寐以求的工作场所。我跟老板说："我现在要做的工作是疗伤。"

第二部分

怪 物

12

  我曾幻想过自己精神崩溃后的情形。搁置生活中的一切，停止工作，整天装腔作势，多么堕落的生活啊！但这特权又何等诱人！我那因为悲伤而肿胀的大脑就这样崩裂，我可以终日以泪洗面，在一片精心修剪过的草坪上一边安静地沉思，一边喝柠檬汽水。

  但这怎么可能呢！我哪儿来的钱付房租？

  我没钱去高级康复中心，享受那里整洁精致的环境和全职治疗师的服务。然而，经过连续十年的辛苦工作，再加上省吃俭用，我还是有些积蓄的，足以休息几个月。我终于也有了干不动的时候。

  大多数人都无法享受这样的特权。一本有关复杂性创伤后应激障碍的书在开篇就奉劝读者，绝对不要在确诊后辞职，因为保持生活秩序和人生目标是治愈的前提。

  但那些书还说，身处险境就无法真正彻底被治愈。如果感觉不安全，就无法说服自己"你是安全的"。我在当时的工作环境中总觉得备受威胁，不得不辞职。另外，我还告诉自己要专心致志，有条理、有目标地前进。一旦自我治愈变成一份"全职工作"，或许我就能很快恢复健康。幸运的话，2018年底，全面康复的我就能成为一家播客公司的总裁，我的节目将特别适合创伤后应激障碍患者收听。因此，像所有优秀的记者一样，我先从调研着手。

要研究复杂性创伤后应激障碍并非易事,因为理论上,它尚未被承认。"复杂性创伤后应激障碍"是个相对新的名词,由精神病专家朱迪思·赫尔曼在二十世纪九十年代提出。被奉为精神健康领域"圣经"的《精神障碍诊断与统计手册》中并没有这一条,因此它算不上是一种正式说法。有一些精神健康学者致力于将它纳入出版于2013年的第五版《精神障碍诊断与统计手册》,但编辑委员会那群不知姓名的专家认为它与创伤后应激障碍太相似,没有理由加上"复杂性"三个字区分两者,所以不予采纳。但值得一提的是,美国退役军人事务部和英国国家医疗服务体系都认可"复杂性创伤后应激障碍"这项诊断。

基于现状,有关复杂性创伤后应激障碍的文献并不多,仅有的读起来枯燥乏味,作者的情商堪比科技男,毫无人文关怀。不过,我还是不顾一切地买了一堆书,痛苦地逐一啃完。它们都以模糊的印象派绘画作为封面,标题所用的字体一点也不吸引人。

这些书告诉我,人在经历创伤时,大脑会记录下环境中招致威胁的事物,将其作为危险的根源并深深地埋在潜意识里。举个例子,你被车撞了,大脑就会记录下急刹车的尖利声响和朝你飞来的铁栅。你的身体会因为精神压力倍增而释放出大量化学物质,如肾上腺素和皮质醇,这些物质令你心跳加速、血压升高,精神高度集中于事故带来的冲击、身体的疼痛和救护车的声音。与此同时,大脑还会下意识地吸收无数细小的刺激性信息,如当天有浓雾,事发的十字路口有家面包店,肇事车的颜色、款式和型号,司机说话有美国中西部的口音,穿着蓝色的、画有金刚狼的T恤……并暗自将刺激性信息与伤痛挂上钩。

这些关联与当天的情绪将长期储存在你的大脑之中,但整个事件的其他细节却往往被忘却和忽略。因此,你的大脑或许无法在面包店和撞车事故之间建立合理的联系,只是记录下"面包店意味着危险"这个结论。

于是,当你看到面包店或蓝色金刚狼T恤时,就有可能会莫名地感到不自在。这是因为大脑辨认出了某个信号,将其归类为生死攸关的信息,并条件反射地释放出恰当的情绪反应。这种条件反射或许会很激烈,如惊恐发作,或许不那么激烈,如突如其来的烦躁。你可能会因女友早上说的一句傻话而暴怒,并随手发了条蠢到家的短信去骂她。当然,这些行为既不合情又不合理,但大脑这样反应并不是为了合情理,而是救你的命。

如果身边有人拿出一把枪,我们肯定不能花上好几分钟思索枪的造型、型号、用什么口径的子弹、会造成多大伤害。看到枪,我们只需快速做出反应:蹲下、移动、逃跑。

我们或许会把焦虑、抑郁、宣泄愤怒视为情绪爆发,但有时这些并不是无足轻重的情绪失控,而是一种条件反射,是大脑在察觉到威胁性事物时采取的保护措施。这些威胁性事物就是所谓的诱因。

诱因可能只是件不起眼的小事。它的存在并不代表你像雪花般不堪一击,只能说明你生而为人。每个人或早或晚都会遭遇诱因,因为每个人都经历过创伤,小到前任男友或女友狠狠地瞪了你一眼,大到祖母去世前几周挂上人工呼吸机。针对诱因产生情绪反应是精神健康的表现,只有当诱因带来重创,导致惊恐发作、噩梦频发、暂时性昏迷和幻觉等具有削弱性作用的情绪反应时,才能说一个人有创伤后应激障碍。

在一系列创伤类心理疾病中,复杂性创伤后应激障碍尤其悲惨,因为它由创伤性事件长期重复发生而导致。当你经历了成百上千次的创伤后,有意和无意间产生的诱因将无限壮大且难以名状。如果你因为数百种错误挨打,那么每个错误都会变得危险。如果有几十个人背弃你,那么所有人都会变得不可靠,整个世界都对你形成威胁。

我合上书，盯着墙壁出神良久，试图理解这些语句意味着什么。我先历数了对自己来说显而易见的诱因。比如每次看到谁在生气，不管是老板、男友乔伊，还是外头遇到的陌生人，我都会十分恼火。每当乔伊咬住自己两颊的肌肉，或是像我父亲以前那样咬紧牙关、突出下巴时，我都会发飙。

"你干吗？怎么回事？你怎么了？"我会这样打断他，而他往往以讶异和困惑回应我。

"你生气了。"我固执地说。

"我没生气，你为什么觉得我生气了？"他说，但语气中明明就流露出生气。

"我直觉灵敏，善于体察别人的情绪！"

想到这里，我又翻开书，看到一组照片。一个女人做出了一系列的表情，从悲伤慢慢过渡到生气。威斯康星大学进行了一项研究，将这些照片先后展示给未受过虐待和经历过虐待的儿童看。受虐儿童辨认出的"生气"表情更多，对哪怕最微小的表情变化都极其敏感。

乔伊真的在生气吗？还是因为我是个偏执狂，一看到他皱眉头，就觉得是在生气？真相到底是什么？如果他皱眉头真的不是在生气，那还有其他什么是被我误读的？存在于我潜意识里的诱因无以计数，大脑到底对这个世界产生了多少错误的惧怕？

我扫了一眼自己的起居室，企图找出一些诱因。荧光笔？我小时候常用。卤素灯？我家从前就有。哦对，那时我家的起居室里有一幅帝企鹅海报，我常在海报前挨打。天哪！连企鹅都成了潜意识里的诱因？我在网上搜出几张帝企鹅的照片，它们在南极洲泰然自若地摇摆前行，肥硕而可爱。但我觉得自己似乎感到了一丝焦虑。企鹅真的是诱因吗？还是在读了那些令人神经紧张的书后，我的焦虑被触发了？真相到底为何？

这一系列问题彰显了一般创伤后应激障碍和复杂性创伤后应激

障碍之间的区别。如果我得的是一般创伤后应激障碍，假设被车撞是基本的创伤性事件，那么我应该可以通过暴露疗法，学会区分和化解诱因，比如每天有意经过面包店门口，或在充分的安全防护下走过事发路口。不幸的是，我的问题不在于一次性的基本创伤，而是数千次创伤。因此，用书上的话说，我的过度焦虑并非暂时性的，并不是只在我看到一张生气的脸，或某人从高尔夫球袋里拿出发球杆时才出现，而是持续存在。

啊！那份惊恐。

相比一般创伤后应激障碍，复杂性创伤后应激障碍因为诱因众多，更难治愈。且从书本上的描述来看，因为状态是持续的，所以问题会更复杂。

巴塞尔·范德考克的《身体从未忘记》应该算是复杂性创伤后应激障碍患者的"圣经"了。我虽然对范德考克持保留意见（他本人曾被控施虐），但最早就是通过这本书了解复杂性创伤后应激障碍的基本情况。书中描述了范德考克对三组成人进行的研究分析，他们分别在童年时遭受虐待、在近年遭到家庭暴力，以及在不久前经历了自然灾害。三组研究对象都显示出创伤后应激障碍患者的某些症状，但经历自然灾害的那组（他们大都只经历了一次创伤性事件）表现出来的症状与童年受虐组截然不同。"童年受虐的成人往往无法集中精力，总是抱怨自己濒临危险，满腹自我憎恨，且难以建立并保持亲密关系。"范德考克写道，"他们的记忆有诸多断章，往往会出现自残行为和一系列健康问题。这些症状很少在经历过自然灾害的成人身上出现。"

换言之，复杂性创伤会造成一连串防御性特征（或者说个性怪癖），这让复杂性创伤后应激障碍特别可怕。患者似乎与世界格格不入，总是小题大做，自我破坏，令人憎恶。

我对这些材料的理解如此负面，难道是"自我厌恶"的大脑在解读科学研究时戴上了有色眼镜？但有一本书确实把在童年初期受虐的受害者描述为"自己和他人的负担"和"大多数人都会避免的雷区"。

如何才能问心无愧地阅读这些关于我的文字？有了这些令人讨厌的特征，我怎能不远离人群，好让他人不会因我而受害？

这是我读完相关书籍后感到最迷惘、最苦恼的一点：复杂性创伤后应激障碍已经成了我的一部分，我不知道它扩散到了什么程度。我是不是无可救药了？所有的经历都有毒？我得抛开一切？这一诊断令我质疑自己钟爱的一切：从人参鲍鱼汤，到在聚会上滔滔不绝，再到开会时随手乱画。我无法辨别哪些行为病态，哪些正常。

我已经努力抹去了母亲留下的所有回忆。她特别擅长做意大利小脆饼，所以我现在一口都不吃。我会从花束中拔出黄色玫瑰然后扔掉，因为那是她最喜爱的花。她挂在嘴边的话已经从我的字典里消失。可看到她的照片时，我发现自己的手和肩膀都很像她。将复杂性创伤后应激障碍从自我中抽离出来，似乎就像从身体里抽出锁骨般不现实。想被治愈，真的要摒弃塑造出今天这个我的一切？我在书里寻找答案：有大量内容涉及"如何不成为复杂性创伤后应激障碍患者"，并详细阐述了患者的各种缺点。至于我关心的"如何重新做人"这个问题，只在最后那二三十页出现了简短的答案。或许会有这样一个圆满的故事，讲的是受虐而发育不良的孩子如何通过恰当的治疗，培养出了韧劲，最终与同龄人齐头并进。这些故事里的主角通常都是孩子，书上说他们更灵活，康复得也更快。成年人另当别论，或许可以尝试瑜伽。包括《身体从未忘记》在内的一些书建议患者尝试若干神秘而昂贵的疗法，如眼动脱敏再加工和神经反馈疗法。即使如此，效率也相当低。

我满怀希望地翻阅这些书，却以失望告终。有时候，我唯一看到的希望就是无须担心这种痛苦会持续得太久——我可能活不久了。

13

1995年至1997年，一家总部位于加州的医疗机构——凯撒医疗邀请17000多位患者做了一份问卷调查，评估他们童年创伤的严重程度。问卷上的问题包括患者父母是否离异，是否滥用药物，是否曾对患者疏于照管，甚至进行精神和身体上的虐待。完成这项评估后，患者会得到一个介于0分到10分之间的评分，分数越高代表他在童年时期经历的创伤越严重。

调查结果非常明确：童年时期承受的创伤越多，个体在成年后越可能有健康问题。产生健康问题的风险并不只是增加了几个百分点，童年不幸经历分值高的人患肝脏病的风险比普通人高2倍，患癌症和心脏疾病的风险高1倍，患肺气肿的风险高3倍，成为酗酒者的风险高6.5倍，患抑郁症的风险高3.5倍，自杀的风险更是高得惊人，11倍。

科学家发现，精神压力过大对人体确实有害。人体因为压力而适度分泌皮质醇和肾上腺素是有益的，如果没有那一剂皮质醇，你无法在大清早起床。然而，如果此类化学物质分泌过多，就会产生破坏并改变大脑结构。精神压力和抑郁令人身心疲惫，而童年创伤则会影响染色体端粒。染色体端粒就像小盖子，作用在于防止DNA链散架。随着人体的逐渐衰老，这些染色体端粒会变短，最终消失，导致DNA链松散开来，增加患癌症的风险，让人体特别容易生病。

因此，染色体端粒与人的寿命息息相关。研究表明，经历过童年创伤的人，其染色体端粒会显著缩短。

这些研究的最终结论是，童年不幸经历分值大于等于 6 分的人，其寿命会缩短 20 年，平均寿命为 60 岁。

我的得分就是 6 分。年仅 30 岁的我已走到人生的中点。

我是从 2018 年开始研读相关书籍的。两年之后，即 2020 年，开创童年不幸经历研究的主要调研人之一罗伯特·F.安达发表了一篇文章，还在 YouTube 上分享了一段视频，声明童年不幸经历评分对于童年创伤的衡量相对粗略。从流行病学的角度看，这一评分相当有用，有助于人们理解童年创伤对公共健康的重大影响。然而，安达强调，童年不幸经历评分无法准确衡量个体的寿命和健康状况。得分相同的人或许经历过的事情截然不同，比如一个得 1 分的人可能极其频繁地经受过同一种创伤，另一个得 6 分的人可能经历过不同创伤，但事件的发生频率低很多，综合来看，两人的受创伤程度可能非常接近。也就是说，评分高的人确实面临更大的风险，但评分并不代表一切。

童年不幸经历评分忽略了很多因素，比如儿童是否得到帮助——有成人与他建立安全的、充满爱的关系，或有心理治疗师教会他如何面对精神压力。性别也是一个重要因素，创伤后应激障碍体现在两性身上的症状是不同的。安达在文中警告说，用童年不幸经历评分来筛查个体是一种有风险的行为，会"让患者蒙羞、遭受歧视"。

我在 2020 年读到这些时大大地松了口气。但 2018 年，在还不了解这些的情况下，我深感焦虑，仿佛自己背负了一项重大罪名，被判了死刑。我不停念叨着"我要死了"，也真的经历了一些危机。我感觉匆忙、害怕、愤怒，甚至怒不可遏——未来的时日就这样被偷走了，原本我可以去马丘比丘旅行，能照顾孙子孙女，或用立体派画法画鸡。

童年不幸经历评分已经让我看到自己的身体遭受了严重破坏。后来，我又进一步研究了创伤对人体的其他影响，也从各类图表中看到自己大脑的损坏程度。

很多大脑扫描图证明，童年时经历过严重创伤的大脑看起来就是不正常，比如杏仁核（大脑中产生情绪的部分）会更大，当然这很合理。但更严重的是，在遭受精神虐待后，大脑中与自我意识和自我评价相关的部位会萎缩变窄。还有，经历过童年性侵犯的女性，其体觉皮质（大脑中从身体其他部位接收感官信息的部分）较小；经常被骂的人，或许会对声音产生过激反应。创伤可以削弱大脑理解语义、处理情绪、提取记忆、感知他人情绪、集中注意力和说话的能力。睡眠不足或许会影响大脑的可塑性和注意力的培养，并增加日后产生情绪问题的风险。

对我来说最可怕的是，童年受虐往往导致前额皮质萎缩，而这个部分负责控制、决策、复杂思维和逻辑推断。

人的大脑有时很神奇。有的人缺乏杏仁核，从不感到惧怕；有的人前额皮质萎缩，却逻辑性很强……某些部分的不足能在别处得到弥补。然而，我阅尽所有资料后才发现，其实最终结果令人沮丧。大脑皮质的厚度与智商成正比，这一点尤其令我担忧。我或许不够成熟、善良、讨人喜欢，但也一直自认才智过人。可是从这些研究报告来看，我的智商再高，也已因为童年的创伤而大打折扣。问题又来了：我是因为智商下降，才不被老板器重、提案不被通过、被迫干杂活的吗？

以前照顾父母的经历让我沉浸在幻觉中，坚信只要足够警惕，就能防范灾难的发生。然而，如今的健康状况证明我错了，警惕唯一的作用或许就是毁掉我。

在《美国生活》工作期间,同事大卫·凯斯滕鲍姆曾做过一期节目,讨论自由意志是否存在。大卫在节目中讲了他朋友溜冰时撞伤头部而短暂失忆的故事。那位老兄躺在担架上问大家发生了什么事,他的妻子说:"你摔倒了,撞伤了头。"他回答:"这样离开溜冰场太狼狈了。"然而他很快就忘了对话内容,又问大家发生了什么事。他的妻子不断重复回答,他不断讲着同样的话,"这样离开溜冰场太狼狈了""这样离开溜冰场太狼狈了"……这是短期记忆丧失的常见症状:就像录音机不断重播一样,以同样的字眼和声调,重复同样的内容。

简而言之,人类大脑由基本的脑细胞构成,其运作轨迹可以概括为刺激和反应。大脑是一种机械物体,在接收到刺激时会做出特定反应。大卫在节目中谈到,量子力学和概率学证实,人类脑回路的设计不允许任何异常反应的产生。他还对《行为》一书的作者、神经科学家罗伯特·萨波斯基进行了访谈。萨波斯基向大卫解释了肌肉运动的过程:"假设某块肌肉完成了一项任务,那实际上是受大脑运动皮层指挥的结果。某个神经元之所以释放电波,是因为在几毫秒之前,有大量其他神经元向它传输了信息,而那些神经元又在几毫秒之前从别的神经元那里获得了信息,以此类推。在整个过程中,你能找出一个违背宇宙法则、突然被激活的神经元吗?你能找出带有一丝丝自由意志的神经元吗?这样的神经元根本不存在。"

读完所有关于受创伤大脑的文章后,我重新听了一遍大卫的节目,有些结论似乎与我读到的内容高度一致:我的大脑就像一台被预设的电脑,程序由童年的经历编写,不会偏离其既定规则。刺激与反应的对应永恒固定,不会改变。可问题在于,别的程序员给孩子以爱和仁慈,我的程序员却很恶毒,导致我的运作规则漏洞百出。

我的第一反应是删除有缺陷的程序,彻底取缔系统中可怕的规则，于是脑海里闪现了过去曾有过的计划：一氧化碳和安眠药。不过，这样做会产生不好的后果。我治愈自身的努力虽不成功，却将我与世界交织在一起，令我在情感和事业上成为许多人生命中的一部分。有朋友真心实意地关心我，有后辈向我看齐。当然，还有乔伊。一旦把我从这张人际网络上切割下来，就会留下一个大洞，伤害所有身边的人。我努力的目标不正是终止伤害吗？看来，我不得不挑战一项不可能的任务——与该死的命运抗争。

14

如果眼下的窘境是被困在刺激和反应的回环中，又无法改变这些反应，那么或许我可以试着改变刺激，或许我能入侵大脑。

辞职是至关重要的第一步，没了老板厉声斥责所带来的刺激，我也就不会产生相应的过激反应。我无须一再让同事们陪我去外面抽烟解闷，或在每天的晚餐时间向乔伊抱怨老板，也不再老想着自己是最差劲的广播制作人。这解决了一部分问题。

接着，我拨通了莉莎·费德曼·巴瑞特的电话。她是《情绪》一书的作者，是一位神经科学家和心理学家。她告诉我，人类身体的新陈代谢资源有限，需要足够的睡眠、水分和营养，才能思考、学习新本领和分泌恰当的激素，不然身体就在亏空。

但我们通常并不了解自己身体的亏空程度。真实的人和游戏中的虚拟人物不同，无法通过屏幕下方的进度条清楚掌握自己的饥饿、疲倦和无聊程度。巴瑞特说，人在脱水时未必会觉得干渴，只是会感到疲惫不堪，肚子不舒服时也未必清楚到底是痛经、胃痛，还是有便意，甚至可能长时间没有意识到自己肚子痛。不只是创伤后应激障碍患者有这样的问题，所有人都会经历解离（一种和周围隔绝的状态，你会意识不到自己在做什么、身边发生什么）。心情糟糕时我们会发脾气，但那未必是某个诱因在起作用，而是因为新陈代谢入不敷出。或许身体在呼喊"我要吃汉堡"，而我们却饿极成怒，把脾气投射到别人身上，例如电梯里某个呼吸很重又满身大汗的可怜虫。

巴瑞特告诉我，创伤后应激障碍会加剧这一倾向，导致身体系统紊乱，让心脏跳得更快，肺泵得更猛，新陈代谢更容易失衡，而一旦失衡，身体反应就会被放大。当我问她要怎么做才能好起来时，她说："确保足够的睡眠，适量运动，健康饮食。"我回应说："那似乎不足以治愈我。"她善意地提醒道："要知道，你所能做的就是尽可能地负起责任来。有时候，努力本身比结果更重要。"

这么看来，修理大脑的第一步是为它提供足够的氧气和营养。我开始大量进食扁豆意大利面和花椰菜，把果干放进手提袋随身携带，不时拿出水壶大口喝水。我下载了专门的手机软件，为了更方便地在全城诸多地点参加各类运动课程，包括普拉提、拳击、高强度间歇训练等，且每周上三次课。我彻底戒了烟和酒，每晚睡足八小时。

这些努力取得了成效：我的精力更充沛，双腿更有力，运动短暂地改善了我的心情。然而我的精神能量还是很低，能拎着一大堆杂货跑上地铁站的楼梯，却无法从躺椅上站起来去发一封邮件。

春季的一天，我正走在通往地铁站的路上，夹道盛开着棉花糖般柔软的粉色樱花，我却突然焦虑发作，确信自己出门前忘了什么事情。是不是忘了关炉子？还是忘了打电话给谁？没错过预约的医生门诊吧？那种自我斥责感如此强烈，以至于我甚至考虑是否要折返。不过，即便我并不知道这一切的诱因为何，有一点却很确定：这种畏惧并非来自我的身体。我确信自己休息得好、吃得好，生活得很健康。这种焦虑一定是来自我头脑里的某个阴暗角落。

好吧，我最好还是鼓起勇气去寻找这种焦虑的来源。

15

格雷琴·L.施梅尔泽写过一本优秀而温和的著作,名为《拥抱受伤的自己》。在书的第五页,施梅尔泽就坚称:"你们之中有些人会选择接受治疗,去找心理医生、心理学家、社工、心理咨询顾问、神职人员等,也有些人会选择团体治疗。我要在开篇就明确一点:唯有获得帮助,你才能被治愈。我知道你会试图寻找这种说法的漏洞,设法自己扛起一切,但你得相信,如果有独自解决的方法,我肯定早就找到了。要说找漏洞,我可比任何人都更努力。"

被确诊后,我也曾一度搜寻过那个漏洞。

在意识到复杂性创伤后应激障碍的破坏力之后,我因为萨曼莎没早点告诉我诊断结果而义愤填膺。我觉得这件事用不着保密,它应该主导所有涉及我精神健康的对话。

我写了封邮件给萨曼莎,表达自己的感受,并问她为何没早点告诉我复杂性创伤后应激障碍的事。她解释说,其实在我们初次见面时她就提过。但那是八年之前的事了,而且第一次心理咨询对我来说既新鲜又有点怪怪的,我肯定没注意到"复杂"那个微不足道的词。那为何之后她再也没有说起?萨曼莎回应说,当我身陷抑郁时,她不想让诊断结果增加我的负担,而当我好了的时候,她又不想影响我的心情。她坚称这样是为了保护我,虽然她也知道或许这种做法有些偏颇，但那是出于对我的爱护。

我感谢她的解释以及多年来的帮助，但我知道自己无法继续请她治疗了。在我看来，省略这一重大信息几乎是欺骗。我得找个新的心理治疗师。

我知道一个优秀的心理治疗师会帮助我走上治愈的道路。这些年来，我从萨曼莎那里学会了很多。我知道，找对心理治疗师，就能建立安全感。

然而，我真的不想再找了。

将内心最疯狂、最深层次的不安告诉某个人本来就不是件容易的事。在大学时代，我遇到过几个糟糕的心理治疗师。有位戴领结的男心理治疗师试图跟我调情，一位女心理治疗师在我讲述童年故事时，每听到一个悲伤的情节就会叹息，仿佛在听狄更斯的悲剧，有的心理治疗师想给我吃百优解。还有一位治疗师，他在我引述《美丽新世界》中的话"我想知道激情为何物，我想强烈地感受些什么"时回复说："我觉得那种激情或许只是化学物质失衡。"

后来，我幸运地遇到了萨曼莎。

如今，三十岁的我又得重新找心理治疗师，但完全不比十九岁时更有把握。我在网上搜索"纽约复杂性创伤后应激障碍心理治疗师"，并直接约见了第一个搜索结果——他号称可以在三个月内医治所有病患。他的收费是每小时两百美元，但如果疗程仅为十二小时，那就相当划算了。我只见了他一次。在那一小时里，他压根没听我说话，讲得比我还多一倍。且每当我讲到重要的创伤时就打断我，以金毛寻回犬玩飞碟的热忱用病理学解释一切："哦，我知道了！你依靠男朋友求得稳定，那就意味着你依赖性很强！索求太多了！啊，不过当初你遇见他时，他很低落，你曾帮助过他对吗？那就意味着你被混乱的局面和受伤的心吸引。"不管他所谓的三个月疗程是真是假，我可不愿意每次咨询都像在参加答题节目——他总是还没听完我的问题就抢着回答了。我支付了他索要的天价，遭受了病理学的狂轰滥炸，在静谧的时刻不停吼自己："依赖性强！索求太多！你只爱破碎的灵魂！"然后足足过了两个月才走出他的阴霾。

我又找了个心理治疗师，但也只去了一次，因为她恰恰相反——太安静了。咨询过程中，不论我说什么，她都很少予以回应，只是不断地问："在那样的情况下，你作何感受？"呃，太沉闷了。我自己在家里就能这样做，还免费。

另一位女心理治疗师在问诊时貌似相当干练，但当日下午，她一不小心误拨了我的电话号码并留下了一条很长的语音信息——那是她和小孩之间一段冗长的谈判："不，如果你不清理房间，妈妈就不会给你任何东西。不，你得自己去大便，妈妈不会陪着你……"对话中，她的孩子显然占了上风。我没再给她回电——这似乎不公平，但我实在无法安然走进她的办公室，假装没听过她和孩子有关大便的争论。

与此同时，我在读书的过程中发现，有证据显示，传统的咨询疗法对于复杂性创伤后应激障碍的有效性不高。《身体从未忘记》中写到咨询疗法对那些"无法用语言表述创伤"的患者毫无价值。有些人已远离创伤性经历，无法回忆起当时的感受，更别提表达了。还有的人神经紧绷，难以触碰那些伤痛的过往，哪怕只是回忆一下都可能再次受伤。一项研究显示，约有 10% 的病患在被迫谈及创伤后病情加重。

在尝试这种疗法的病人中，有 40% 到 60% 的人或早或晚会中途放弃，且多数在第一次、第二次咨询后就放弃了。大量数据显示，即使是有针对性的、以技巧为基础的咨询疗法，对于创伤后应激障碍也缺乏疗效。认知行为疗法是普遍认可的创伤后应激障碍治疗方法。它是咨询疗法的一种，病患在过程中需不断操练正面行为方式，从而改变负面行为方式。然而，该疗法治疗效果的数据惨不忍睹：在一项调研中，有 74 位病患进行了认知行为疗法，只有 8 人好转；相比之下，没有进行任何治疗的 74 位病患中，有 4 人好转。

不过，我那位患有复杂性创伤后应激障碍的朋友莱西提到过心理治疗师如何大大帮助了她。她说，心理治疗师帮助她重建生活，缔造了边界，让她能够好好照顾自己。

这又令我联想到了谈恋爱。在找到真爱之前，谈恋爱似乎是世界上最糟糕的事，纯属浪费时间。那么多努力、诉苦和哭泣……最终都是值得的，对吗？我真的希望这一切都是值得的。

16

《身体从未忘记》这本书描述了一种叫"眼动脱敏再加工"的奇特疗法，简单来说就是让患者在眼动时回忆过往创伤。听起来像催眠术，看似简单，甚至相当做作，但巴塞尔·范德考克却非常推崇。范德考克讲到一位病患在完成四十五分钟的眼动脱敏再加工治疗后的反馈："他说找我看病的经历非常不快，他绝对不会把我推荐给别人。不过，这次眼动脱敏再加工的治疗彻底解决了他儿时被父亲虐待留下的后遗症。"彻底解决！范德考克说，这种疗法"即使在病患和心理治疗师并不相互信任的情况下"也能奏效。不过他还说，眼动脱敏再加工对治愈成人时期经历的创伤更有效，经历童年创伤的病患中，只有9%的人通过这种疗法康复。但9%的有效率总比全然无效好，在我看来，那就是一根救命稻草。

我在整个纽约市只找到一位能让我使用保险的眼动脱敏再加工治疗师。她的诊所位于靠近华尔街的金融区，她那间私人办公室不论从面积还是吸引力来看，都堪比加油站的厕所。到处堆满了纸，地上还摆着几摞文件夹，每摞都足有几英寸高，看得出里面的文件是在匆忙间塞进去的。办公室里的空调运作不良，效果若有似无却噪声极大，所以她就在地板上放了好几台从一元店买来的粉色塑料电扇，约六英寸高，在我们脚边呼呼地扇着热风。

她叫埃莉诺，身材矮小，顶着一头鸟窝似的蓬松灰色卷发。她不停地干咳，看起来弱不禁风。每次见面，她都会迟到那么几分钟。不过，她单次咨询的收费只有三十美元，且理论上我是否喜欢她并不影响治疗，所以我就选了她。

第一次见面，埃莉诺匆忙地在笔记本上大致记录下我的故事。"哇，"她边说边摇头，"你经历了那么多，却能坚韧不拔地走到今天，真了不起。"她既承认我所经历的创伤很严重，又语气中肯，而非一味怜悯，这令我欣喜，决意配合治疗。于是，她简单介绍了这项治疗。

心理学家弗朗辛·夏皮罗在1987年发明眼动脱敏再加工。有一次她在树林中散步，发现当双眼在四周来回看的时候，自己脑海中不安的思绪消失了。于是她展开研究，举起一根手指，在病患面前左右晃动，让他们一边双眼紧盯着这根手指来移动眼球，一边回忆最悲痛的创伤。研究结果显示，通过眼动脱敏再加工，病患的"主观痛苦程度显著下降，对积极信念的信心显著增强"。

有人将眼动脱敏再加工疗法视为一种处理。心理学专家们说，处理与交谈不同，交谈让我们建立自知，但仅仅自知是不够的，而处理能让我们真正面对并化解创伤，在脑海中用较为健康的语言重新书写记忆。这听起来很抽象，我不清楚它具体意味着什么，但至少听起来不错。

想诋毁眼动脱敏再加工轻而易举，因为无人确切知晓它为何奏效。有一种说法是，眼动脱敏再加工模拟了大脑在快速眼动睡眠期处理记忆的方式，也有研究称眼动能压抑短期记忆，降低回忆过往经历时的痛苦程度，这样我们就可以更清晰地追忆创伤经历。姑且不论这两套理论是否成立，多项研究显示，这一不同寻常的疗法在帮助病患走出创伤方面相当有效。

几十年来，科技的发展为夏皮罗最初发明的眼动脱敏再加工提供了很多助力。比如，现在治疗时有配套的专用灯管，它看起来有点像便利店推销啤酒的滚动显示灯牌。像我这种喜欢在治疗时闭上双眼的病患，还可以使用接有振动器和耳机的小仪器——手握振动器，戴上两只轮番播放声音的耳机进行治疗。

我就是从埃莉诺手上接过这种仪器的。左边耳机发出声音时，右手握着的振动器会震颤，接着右边耳机发声，左手振动器震颤，以此类推。埃莉诺强调这不是催眠，我完全可以掌控自己的官能，也可以随时停止或改变治疗进程。随后她抽出一张工作表，就上面的问题逐一向我提问，并用截短的铅笔记下答案。

"你是否曾到过某个地方，却不记得怎么到那里的？"

"没有。"我回答。

"你是否曾穿过什么衣服，却不记得是怎么穿上的？"

"没有。"

"你是否曾以客观的身份看待自己，仿佛是看一部有关你人生故事的电影一样？"

我知道埃莉诺的意图：她想要弄清楚我的人格分裂有多严重。最初被确诊为复杂性创伤后应激障碍时，我确实发现自己身上有很多症状，包括抑郁、敌对情绪等，但没有那些与人格分裂有关的症状，这令我相当庆幸。"人格分裂在复杂性创伤后应激障碍患者中很常见。"我曾经读到过这样的话。"人格分裂可以表现为记忆闪回、灵魂出窍、迷幻出神、失忆。"我确实会经常在地毯边被莫名绊倒，但"分裂"这个词似乎太夸张了。

前面我提到过"解离"这个词，轻度解离是一种自我保护的调节机制，让个体从周围环境的压力和刺激中短暂离开。但有些人会经常被强制性扯进解离状态中难以脱身，反复或长期走神，甚至出现多重人格，那就是解离性障碍。这是分裂的一种极端形式，是通过《倒错人生》这部喜剧进入大众视野的。主演是托妮·科莱特，剧情相当精彩，但播出时间不长。主角塔拉每次病情发作就会在多个

"我"之间切换人格,有完美主义的家庭主妇、努力工作的越南籍男兽医、爱打情骂俏的青少年等。她在变身时短暂失忆,变回真身后完全不记得那些"我"惹出的麻烦。

我可不像她,我没有经历过短暂失忆。这么说来我应该感到骄傲,因为我对过往的创伤记忆犹新,尤其是最惨痛的儿时经历,直到现在我还可以详尽地讲出来。

答了几个问题后,我打断了埃莉诺:"是这样的,我显然有很多问题,但应该不至于人格分裂。"

她耐心地点点头,还是坚持完成了问卷。我对所有问题都尖利地给出了否定答案。

接着,埃莉诺说我们应该选取最合适的回忆,进行有针对性的治疗,并问我能否想到任何出现在创伤经历早期、在我看来对之后发生的一切起了决定性作用的事件。

我翻了一遍通讯录,回答道:"好像有很多,比如我爸对我用高尔夫球杆的那次……"然后,我详细描述了那段血腥场景。

她耐心聆听并在我讲完后问:"如果请你对这件事给自己带来不安的程度打分,最高十分,最低一分,你会打几分?"

对生身父母要杀了你这件事作何感受,这种事怎能用一个简单的数字就说清楚呢?或许所有濒死经历都应该自动计九分,可是想象着我爸将那根球杆挥向我脑袋时,我似乎很麻木。

"嗯……或许两分?"

埃莉诺歪着头问:"两分?"

"对,大概因为我总想起那件事,已经把它消化掉了。真的,没什么大不了的,我经常跟别人提起这件事。我也不知道怎么回事,反正现在回想起来,我已经不难过了。"

"好吧,那就找依然让你不安、强烈刺激着你的回忆。"她说。

"嗯,有什么是经常发生的……哦对,大概是我爸试图撞车送死，把车开到悬崖边，威胁着要自杀，并把我也杀了。"

"那这能得几分？"

"可能三分吧。"

"你说自己没有人格分裂，这相当有意思。"埃莉诺小心翼翼地说，"在描述那些施加于你的恶行时，你的语调非常平铺直叙。"

"可能是因为我已经把这些记忆都处理掉了吧，毕竟我接受心理治疗都已经十年了。这些又不是什么没跟人说过的秘密，我跟前男友们和心理治疗师们讲过十几遍了。说不定在这个过程中，我考虑过了它们对我的影响，学会了坦然面对，不再纠结。"

"好吧，也许是吧。"埃莉诺有些不情愿地承认，表情却流露出怀疑，这令我颇为恼火。她接着说："但我们还是得找到令你不安的回忆。再试试看，你能不能回想起第一次被虐待的经过？"

"呃……不记得了。我当时太小了，只记得大概是五岁或更小的时候……我妈用衣架打我，但之后她居然道了歉。我记得那是唯一一次她打了我之后还道歉……"

"那段回忆的不安分值为多少？"

"一分或者两分？这种计分方式不明确。我不觉得被打有多么令人不安，或许根本就不该尝试针对这些受虐回忆进行治疗，而是应该挖出那些被抛弃的回忆？这个问题很严重，我总有一种失败感……"

她再次面露怀疑，并温和地说："通常情况下，我认为越早的回忆越好，第一次创伤产生的影响或许相当深远。当然，也要听取你的意见，看你认为什么最合适。当你回想第一次被抛弃的经历，也就是母亲离开时，你觉得从一到十是……"

我跌坐在沙发上，夸张地仰起头："呃，一吧。"

"看来时间快到了。"埃莉诺说，"这周你可以再想想还有哪些不堪回首的片段，如果你能找到适合治疗用的片段，我们下一次就能用振动器来处理它。"

后来，我在对眼动脱敏再加工进行研究时才发现，原来任何记忆片段都适用，也就是说你可以选取任何记忆片段进行深入探究，包括近期的经历。这种治疗的目的不是挖出最令你痛苦的经历，甚至有人说，驱除你最怕提及、埋藏最深的痛苦，并借此治疗复杂性创伤后应激障碍是行不通的。

或许你会在人生的断壁残垣中撞见一个凶残的小丑，从此他就开始不断骚扰你。或许你能挖出痛心疾首的过往，结果却因此加重了症状，甚至让你因无法直面过去而不得不彻底终止治疗。正因如此，许多治疗创伤的心理治疗师会在病患深挖其根本性的创伤前，先试着帮助病患建立强大的应对机制。这样一来，就算在大脑的监牢里见到了魔鬼，你也有办法对付。

我已记不清自己是何时开始配合埃莉诺进行治疗的。从她的办公室走出来时，我满脑子想的都是：要如何找到这件事？我以为自己在工作过程中惊恐发作，还有前一年惨遭好朋友抛弃，这些就足够令人焦虑了。儿时受虐的经历？那都是陈芝麻烂谷子的事吧。也许还有一些我较少提及的受虐片段有待挖掘，也许那些片段、那些我人生创伤故事集的附录，可以真正点到痛处。

乘地铁回家的路上，我在脑中翻江倒海地搜寻着各种创伤事件，仿佛把手伸进一个塞满垃圾的抽屉，一会儿挖出一个订书机，一会儿又掏出一把苍蝇拍。玩游戏那次？算了，那最多得三分。在马来西亚因为功课而被揍那次？当女童子军那次？等一下，如果这些经历真能带来焦虑，我应该一想到它们就思绪万千、心跳加速才对。记得有一次，前男友显然是因为嫌我唠叨个不停而说了句"嗯哼"，我当时就能明显感觉到自己的大脑像被猛踩了几脚油门一样。这么说来，在回想起人生最残暴的片段时，心如止水或许的确有些诡异。坐在地铁上，我闭上双眼，回想着那些关于刀、藤条和被烫的经历，再睁开双眼，扫视全身——天晓得，我彻底麻木了，只感觉有点饿。

慌乱间，我想为此寻找一个解释。或许我对这些事情早已记不真切，所以才不为所动。回忆这些事件时，我能记得个别瞬间、一些感受和画面，有时还能记得事件持续了多久，但要说细节，我只能回想起每次长达几小时的打骂中的几句话而已。我记得母亲的手和身形，却记不得她的脸，也记不得她素颜和哭泣的样子。看来，为了回想起某个事件的细枝末节，令其具备足够的杀伤力，我得重新诱发自己的恐慌才行。

我很清楚该怎么做。

17

十四岁时，有一天我窝在沙发里看电视，第一次观看了《亲爱的妈咪》这部电影。我看着看着就趴到了地板上，又退缩到走廊，接着上了台阶，最后一直躲在角落里偷看。看完电影后，我不得不跑到床上躺着，因为那电影就是我生活的真实写照。当时母亲已经离家好几个月了，但一看到电影，我就立刻觉得她回来了。一个来自久远年代的白人女演员费·唐纳薇竟然惟妙惟肖地把我母亲演活了——她的话语、表情、幽灵般苍白的面膜。我躲在被子下面颤抖，直至意识到母亲并未归来。

于是，一个阳光灿烂的周六，我下载了《亲爱的妈咪》。再过两天就要进行下一次眼动脱敏再加工治疗了，不如点起蜡烛，在电脑下方画一个六芒星——母亲的灵魂就是我要唤醒的恶魔。我点击了播放键。

那部电影从一开始就用昏暗的灯光给人以不祥之感。我睁大双眼，每一幕都不放过。剧情都是些好莱坞八卦，不过还是有个别情节扯动了我内心绷紧的弦，比如琼·克劳馥在泳池里与养女克里斯蒂娜相持不下，琼坚决地对克里斯蒂娜说"你不能被宠坏了"，还有克里斯蒂娜着了魔似的打扫卫生……然而，进入最为人称道的钢丝衣架那一幕时，我立刻就知道那才是我童年创伤的映照。

琼操起钢丝衣架，并非只是叫嚷或唠叨，而是歇斯底里地嘶吼，吼出的每个词都在挑战声线的极限，每个音节都拉长数秒："别——

用——钢——丝——衣——架——"我记得那样的双手，记得那种天塌下来一般的压迫感，也记得钢丝衣架在空中划过、抽打在皮肤上的痛楚，但已想不起母亲的声量。如果她真的因为吼我而撕裂了声带，那她当时的吼叫肯定跟电影里的差不多。"嘶吼声很响。"我在笔记本上如是记录。可是真的有那么响吗？

之后的情节太疯狂了：琼用钢丝衣架将女儿一顿抽打后，把她推进洗手间，到处撒上洗衣粉，过程中一直在尖叫。其实，影评人就是以这一幕为例批判这部电影的，说唐纳薇的哭喊太夸张、太装模作样，说这部电影令人感到毛骨悚然。唐纳薇也说后悔演这部电影，觉得自己像在进行"歌舞伎表演"。然而对我来说，这一切都很真实。

钢丝衣架那一幕最令我熟悉的是结尾——琼把克里斯蒂娜关进洗手间，克里斯蒂娜呆坐在那里，久久不能平静。被人往死里打的时候，你根本没时间考虑自己是否正在遭受不公平的虐待，只会想着如何活下去，怎么让那头猛兽冷静下来。等暴风骤雨过后，一切恢复平静，你才会悲从中来。"天哪！"克里斯蒂娜这样自言自语。我也经历过许多次类似的情形。猛兽撤离后，你才有片刻的安宁来审视惨状——撒得到处都是的洗衣粉，散落一地的蕾丝裙。你会觉得自己彻底淹没在人生的苦海之中，然后试着鼓起勇气，收拾残局，假装一切都好。

我看这部电影时既没有哭也没有惊恐发作，只是小心翼翼地做着笔记。最后我合上电脑，发现乔伊在另一个房间里。"要是还想去参加聚会的话，我们可得出发了哦！"我故作欢快地说，脑海中却一直在想着电影里琼的嘶吼声。我得在这一点上下下功夫。

周一，我胸有成竹地来到了埃莉诺的办公室。"我找到了一段特别令人心烦意乱的回忆！"我"咚"的一声坐到了沙发上，骄傲地宣称。"我看了《亲爱的妈咪》，场面还挺激烈的，就决定选被我妈用钢丝衣架打的事情。"

"很高兴你找到了这段回忆。哦，我记得那部电影相当沉重……"埃莉诺说着打开一只黑色塑料袋，拿出一副耳机和两只振动器递给我，耳机似乎还是二十世纪九十年代的产品。我把振动器放在掌心，那是两枚椭圆形的小鸡蛋。"好吧，我再说一次，这不是催眠。如果你感觉有任何不适或想要终止，直接告诉我就行。不过感到不适时，你可以想象自己来到一个安全的地方，这会有助于治疗。你试试看，能不能闭上双眼，设想一个美丽、平静的地方？它可以是世界上的任何地方，只要让你有安全感。"

我闭上双眼。我认为世界上有两种人：森林人和沙漠人。森林人充满关爱且想象力丰富，却往往喜欢躲在树干后面，令人难以捉摸。我是一个沙漠人，严苛、尖刻、难以相处，却有一说一。在沙漠里，你很清楚自己会经历什么，因为那里无处藏身，从十英里之外就能看到沙尘暴的来临。

"我身处一片沙漠。"我一边说，一边想象着新墨西哥白沙国家公园那晴朗无云的蓝天和细腻的白沙。

"很好，请留意一下这片沙漠中的各种声音和气味。"

白沙国家公园里寂静无声，那是我去过的最安静的地方，静到你可以听见臭虫的脚步声。那里也没有什么气味，最多就是灰尘和臭氧的气味。那就是一片一望无际的沙漠。

"现在请你想象，有一位救星出现了，谁能够胜任这个保护你的角色？"

我的眼前出现了穿着白T恤的乔伊。他站在那里，对我微笑。

"好，"埃莉诺说，"我要启动这台机器了。"

随着左边的耳机发出短暂的嘀嘀声，我能感觉到左振动器在振动，接着就是右振动器，右耳听到嘀嘀声。这些不至于让我分神，只是背景。"请你回想一下钢丝衣架,注意自己联想到些什么。"

振动和嘀嘀声还在继续,我却渐渐开始无视它们,脑海中浮现出我的衣柜、橙棕色的粗毛地毯、地上的一条褶边花裙子和一条被遗弃的牛仔裤,还有六岁的我。我瞪着大大的眼睛,有整齐的厚刘海,穿着一件T恤和一条青绿色的短裤。然后,她出现了——或许是母亲和唐纳薇的联合体——一边喊叫,一边挥舞着钢丝衣架。她正在鞭打儿时的我,而如今的我却站在一边,看着儿时的我的大腿被打得青一块紫一块。

母亲尖叫道:"跟你说过多少次了,把这些衣服挂起来!你为什么就不能爱惜东西?你只会浪费,我们为什么还要为你花钱?你算什么女儿?"

"我不知道。我努力了。我忘了。对不起。"小小的我这样说道。

"你顶嘴就是不思悔改!你在给自己找借口!胆大包天!"她的声音震耳欲聋。成年的我在注意到这一细节时不禁打了个冷战,因为这声音比从前更有冲击力。

埃莉诺暂停了机器。我睁开双眼看着她,甚至有些不习惯她的存在——可能是刚才太投入其中了。

"发生了什么?"她问。我简短地描述了一番脑海中播放的情节。"好,"她说,"继续来,留意'不思悔改'那部分。"

振动器又开始振动了。

"你不思悔改,"母亲说,"你总是不思悔改。你这么做就是为了折磨我,伤害我。你跟他一模一样,鼻子一样又大又塌,表情也一样愚蠢。你们令我作呕。"

"他"指的是我父亲。

"但我想改正。"小小的我说,"你那么爱护我,带我去上网球课和钢琴课,到我学校当志愿者,总是支持我。我很感激。妈妈,我爱你。"

天哪，我这才意识到，不断乞求父母相信我爱他们，这竟然成了我作为孩子最主要的职责，我和父母间的关系完全颠倒了。振动器戛然而止，我睁开眼时已经泪流满面，呼吸还算平稳。"真没想到。"我勉强镇静地说。在此之前，我并不相信埃莉诺和那些从一元店买来的劣质电扇，甚至根本不相信这种疗法。这是怎么回事？

"好，现在可以请乔伊出场，拯救那个年幼的你了。"埃莉诺说。

振动器启动，我闭上双眼，想象肌肉坚实的乔伊大步流星地走了过来。他把年幼的我从母亲身边拉开。"你得跟我走。"他说。接着，他对母亲大吼道："不许你这样做，我不会让你伤害她。"

幼小的我哭泣道："不！她是我妈，你在干什么？你是谁？别把我从妈妈身边带走。"

"你必须离开这里。她不应该这样对待你，走吧。"

"我不能走，他们需要我，我得保护他们。"

"你不需要保护他们。"乔伊一边说，一边把我抱得很紧，"你生来就应该被爱，无须做什么。我就爱你现在的样子。就算你闯了祸，做出各种各样的事情，也还是应该被爱。"

幼小的我挣扎着，使劲咬乔伊的手臂，都快要咬出血了，就为了挣脱他的拥抱。最后，乔伊抓着我的双臂，看着我的双眼说："他们根本不爱你，根本给不了你应该得到的那份爱。他们被悲伤和痛苦缠绕，以至于无法给予你所需要的爱。"

振动器停下来，我依然泪流不止，并简述了脑海中发生的一切。

"小斯蒂芬妮愿意走吗？"埃莉诺问。

"不。"

"还有别人可以帮小斯蒂芬妮吗？"

"我不知道。"

"那成年的斯蒂芬妮呢？她或许能做些什么。"

乔伊退场了，换成我向女孩走过去，并在她身边跪下来说："听着,我明白你想要留下,因为你并未见识过其他形式的爱。但我保证,这个世界上有各种各样的爱,而且你会遇见其他人,他们会给你父母无法给你的爱。"

年幼的斯蒂芬妮充满怨恨地看着我说:"但那些人也离你而去了。"

这句话就像一记狠狠的耳光。我很生气,软的不吃只能来硬的。我指着父母的背影说:"他们也都会离开你。"

她大吃一惊,因为她还不知道以后会发生什么。

"是真的!"我对她叫道,这次轮到我大喊大叫了,"再过几年,他们就会抛弃你。你为了拯救他们而付出的所有努力都无济于事。他们根本不把你放在心上,一点都不感激你。"

看得出她死心了。我知道她相信我,是时候带她离开了。

随着振动器关闭,埃莉诺再次将我拉回现实,我复述了刚才那一幕。她说:"要是她走不了呢?你能不能教会她在那种情况下自我解救的方法?"振动器又开动了。

我为小斯蒂芬妮感到恐惧,多么希望她能走出来。我搜肠刮肚,提供了所有我能想到的方式方法去化解她与父母间的纷争,但其实她都已经做过了。

"我只希望你知道,你什么也没做错。你只要记得,你最终会得到属于你的爱,这就可以了。我保证你会得到。"我说,"另外,我希望你知道,你真的很厉害,如此善于处理家庭关系。你还只是个小孩,却能将这个家维系起来。不管有没有你,这两个神经错乱的大人是注定无法幸福的,但你已经降低了他们不快乐的程度。他们的悲哀并不是你的错。"

我抓住小女孩,把她拉到身边,想用一个拥抱给她一辈子的爱和温暖。这时振动终止,一切都结束了。我茫然地环顾四周,自己依然身处埃莉诺那凌乱的办公室里。

"你感觉如何?"她问。

"不像我想象的那么催眠……"我这样回答。我知道，这句话跟刚才我脑海中的一切毫无关系，但我无法用更准确的语言来描述了。我谢过埃莉诺，握了握她的手，踉跄着走向过道，并在那里伫立数分钟，盯着墙发呆。

我回忆这一被虐待的场景不下百次，从来没哭过，甚至非常镇定，毫无畏惧。以往的治疗师也多次告诉我"受虐不是你的错"，我只觉一阵寒意，并回答："对，那当然，我知道。"然后他们会追问我是不是真的这么想，并逼我重复那句话，让我坐在沙发上尴尬地反复念叨"受虐并不是我的错"。

"那么，你现在感觉如何呢？"之后他们还会满怀希望地问。

"应该还不错？"我说，"对，确实如此，那不是我的错。"然而，说这句话时，我一片茫然，不过是我的躯体和声音在朗读宣传单上的内容。

现实生活可不像电影《心灵捕手》那样，就算罗宾·威廉姆斯本人与我四目对视，大喊大叫也好，轻声细语也罢，跟我说几十、几百遍"那不是你的错"，我也不会瘫倒在他的怀中，为失却的青春啜泣。我只会对他眨眨眼说："是的，当然了，我知道。"

然而，这次治疗却带来了完全不同的体验。那对振动器充满了某种魔力，就像电子版的罗宾·威廉姆斯。我不仅仅对受虐经历带来的影响产生了理性认识，还切身体会到那滋味就像被刀扎进肉身、露出骨头，就像爱人提出分手那么尖锐、直接和可怕。我居然万分清晰地感受到了受虐的恐怖，或许这是有生以来第一次。如此年幼的我竟然要想方设法照顾父母，让父母感到被爱，这是何等的悲哀。被世界上最信赖的人折磨，且日复一日、年复一年地默默忍受痛苦，需要何等的勇气。我对年幼的我肃然起敬，并心生怜爱，这也是前所未有的。

知道和理解是有区别的。我原本就知道这不是我的错,而眼动脱敏再加工打开了一扇门,让我步入理解的境界。两者之间的区别就像死记硬背和真正掌握、假设和信念、祈祷和信仰。如今,一切显而易见——一个失去信心的人怎能再爱别人呢?

那天,我领悟了两个至关重要的道理。

首先,伤口不再作痛并不代表它已经痊愈。如果它看起来没事,也没什么感觉,就应该是好了,对吗?然而这些年来,我不过是在人生的千疮百孔上一层又一层地刷涂料,让一切看起来平整完美。但其实,我不堪一击。

其次,我明白了父母并不爱我。我并不是全然没想到这一点,再怎么说,我也经历了童年被父母抛弃的痛苦。但我总是为他们找各种理由和借口。如今,我第一次看清了真相——他们从来没爱过我,也没办法爱我,因为他们对自己憎恨之极,以至于无法施爱于我,他们因为悲伤而自私,所以根本无视我的存在。他们不爱我,这与我和我的行为毫无关系,完全是他们自己的问题。

我试着放大这一新的想法。"我的父母并不爱我。"我先是对自己轻声嘀咕,又大声重复了一遍。这句话很悲哀,本应像一口烈酒般割喉,我却在平静中回味良久。事情就是这样,但没关系,还有人爱我,有人照顾我,并且我也能照顾自己,一切都会好起来。

天哪,这玩意真的有用。

不知不觉间,我已经站在了家门口,脑海中不断重复"我的父母不爱我,但没关系"。或许我真的痊愈了,我想。

或许就是这么简单。

18

之后的五天，我过得很开心，一切恢复正常。乔伊漫不经心地用"嗯"回答我时，我想他或许只是有点忙，便跑去跟猫咪说话。在自由撰稿项目中犯了个错，编辑向我指出问题时，我干脆地纠正了错误，事情就这样过去了。不过我的乐观中带着些许谨慎，因为有人说，从复杂性创伤后应激障碍中彻底走出来需要三至五年的时间。不过，或许一直很早熟的我三个月就能痊愈。

第五天是周六。本来那个周末是我和乔伊的周年纪念时间，但他忙于工作无暇庆祝。那年乔伊开始教中学数学，这是一份艰巨的工作，所以他总是忙碌又焦虑。他很识趣地向我道歉，让我叫上童年挚友凯西一起出去享乐一番，之后再跟我补庆祝。

凯西依然住在加州，那几天来纽约出差。可她也工作缠身，所以我们一直没来得及见面。周五晚上，她说太累了，没法出来碰头。周六那天，她说终于可以见面了，但也邀请了一些我不认识的人。"我们准备尝遍各式汤包。"她说，"贾雷德知道哪里有最好的汤包。"

我到达罗斯福大街的会面地点时，凯西和朋友们正回想很久以前一起吃超大型汉堡和韩式烤肉的情形。我这才意识到，他们就是喜欢挨个餐厅一路吃喝，已经有过多次这样的经历。我从来没去过那些餐馆，也无从建议。贾雷德说他知道一家无与伦比的小餐馆，有极其鲜美的羊肉汤，不妨一试。"哦，小吃街有一家铺子，那里的海鲜汤特别腥但很好喝，也挺有特色的。"我补充说道，但无人响应，我便不再说话。最令我难堪的是，贾雷德确实认识所有好餐馆。我只知道南翔小笼包，但他还知道鹿鸣春、上海豫园和一家卖蛋挞的隐世小店，并且他说的那家羊肉汤店确实不错。

那天，我的心情并没有随着尝遍各家美食而好转，反倒越来越烦躁。一群人准备出发去吃第二顿的时候，我借口自己吃了太多汤包肚子疼，先行离开了。到家后，乔伊问我美食之旅如何，我说还不错，但太累了，不想多说。我在网上挑了一部无脑电影，一边看一边在全然不饿的情况下把一碗吃剩的羊肉面吃了下去。乔伊就坐在我身边的沙发上备课。

第六天是星期天，我一起床就情绪低落、笨手笨脚。我不想让这种坏心情延续一整天，便跑去上早操课。伸展运动让我心情舒畅，下蹲运动扑灭了我的怒火，但没能彻底浇灭恼怒的余烬。好吧，那就改变作战方针。我来到一家漂亮的户外咖啡厅，点了羊角包和啤酒，坐在阳光下倾听鸟鸣。我努力活在当下，保持头脑清醒，尽可能地接受周遭美好氛围的感染。然而啤酒令我昏昏沉沉，我就像一只午睡后醒来的暴躁的猫。最后我回到家，瘫倒在床上啜泣起来。

我因为不知道自己为什么难过而难过。一切都很好，没什么问题，我却觉得自己像一锅怒得发紫的粥，一切都搅在一起，剪不断理还乱。我试着做深呼吸，试着数红色的物件，试着自省，终于在一团混乱之中找到一丝怨恨——我打心里觉得没有人真正在乎我。啊，深呼吸并自省十分钟后，我推断自己或许是因为凯西这次来纽约没有安排任何单独与我会面的时间而生气。对啊！好朋友难得从另一个城市来纽约，不就应该留出些时间跟闺密聊家长里短吗？不过说实话，要不是乔伊抽不出时间庆祝周年纪念日，凯西的事也未必让我如此耿耿于怀。他要是真的在乎我，就应该跟我一起做些开心的事，而不是独自工作。

我不停搅和着那锅粥，开始生自己的气，气自己缺乏安全感，竟然为这么小的事心烦，这都是我的错。其实凯西非常慷慨大方，介绍了一群有趣的朋友给我认识，可我却在陌生人面前表现得像个被宠坏的孩子。贾雷德对汤包的判断完全合理，我却吹毛求疵。另外，乔伊不是每天都会说他爱我吗？我还需要多少爱才能满足？

我打断自己的思绪，苦涩地笑起来，看来眼动脱敏再加工并没有治愈我。上次治疗后，我终于愿意相信自己是被爱着的，但现在却像奄拉的海星，任羞耻和悔恨的波浪反复击打。

即使如此，我在一团乱麻中依然保持了一丝清晰的意识：竟然花了十六个小时搞明白自己很烦躁，又花了四个小时搞清楚原因。为什么我没能早点看清这个问题呢？如果我早点认清自己的情绪并走出来，是不是就不用浪费这么多时间和精力来生闷气了？我昨晚就应该告诉乔伊我很心烦，让他来安慰我。我们应该好好聊聊，或是重新计划周年纪念日的庆祝。如果我早些承认自己的内心活动，就会向爱人和朋友提出相应的要求。然而我只感受到空洞和乏味，就像谈及父母用刀架在我喉咙上，我不得不停止哭泣、捡起抹布并清理皂液时的感觉一样——一片寂静无声。

或许，我终究还是可以躲在沙漠之中。

如今我能清楚地看到自己有解离性障碍。或许症状还不严重，但看似温和的东西反而更危险——迄今为止，我一直对它视而不见。

几周后，我找到了高二时的一篇日记，是这么写的："我觉得自己出了问题。我厌倦生活，非常厌倦。我希望自己不要麻木，能真正快乐起来，就像从前一样，可现在我不再有任何感觉。我甚至希望自己可以抑郁，或像从前一样愤怒到拍着胸口向世界吼叫，但我不再有那样的感觉了。可怕的事不断在身边发生，我以为自己会瓦解、会崩溃，但我没有。仿佛我只是透过玻璃看了一场电影。"

一场电影——那是埃莉诺用调查问卷向我提问时所用的词，也是言语治疗师和心理治疗师在诊断解离性障碍时使用的词，是我在她办公室里否认的词。我现在才看清，原来很多年前，我就在脑子里挂起了一层厚厚的白纱，掩盖了一些真相。因为不知道如何将真实情绪和需求之间的死结解开，我便用恐惧平淡来笼统地概括自己的情绪，其实那不过是白纱后面闪现的一线银光。

　　用眼动脱敏再加工揭开那层纱后，我才发现父母从来没爱过我，且那并不是我的错。

　　那层纱后面还藏着什么呢？

19

解离对人是有用的。数千年来,大脑和身体都在帮助人类消除痛苦,继续前行。妻子刚被老虎吃了?是很倒霉,但你不能就此彻底崩溃或冷若冰霜,最好还是出去打猎,不然孩子就该饿肚子了。你的家园刚毁于空袭?好吧,但你还是要立即收拾起行囊,找新的藏身处。拥有情感是一种特权。

天哪,我已享尽了特权。我无法再用原来的工具——工作、酒精和健忘——进行解离了,它们曾经是我舒适的盔甲,帮我盲目前行。如今,我有的是时间,闲得发慌。卸下盔甲后的我原形毕露。那层纱掩盖了什么?无限的痛苦。

一个夏日的傍晚,我和朋友乔安娜一起去酒吧。天气转暖后蚊子纷纷出动,所以九点以后酒吧的后院通常是关闭的。但老板让我们留了下来,因为乔安娜面带灿烂的微笑,很有礼貌地征求他的同意。屋里传来爵士乐队的音乐,院子里枫树的枝干随风摇曳。乔安娜来自美国中西部,散发着明尼苏达人特有的温暖。她爱笑爱聊,但不怎么好意思讲别人的八卦。如果不小心说了几句关于谁的闲话,她就会抱歉地说:"刚才是另一个我在讲话。哎,怎么说呢,其实那就是我!"

乔安娜跟我聊起在南美洲的经历,我边听边点头,还不时问了些问题。不过，当她问起我过得如何时，我却无话可说。近来，我为事业上的挫败和诊断结果感到万分羞耻，却不知道如何说出自己的感受，因为我不想成为别人的负担。我并没有对乔安娜倾吐心声，而是在慌乱中搜肠刮肚，找了些别的话题。"哦对了，昨天我在《洋葱报》上读到一条特别搞笑的新闻……"她听完就欢快地笑起来，我成功了。

然而，话题自然而然就转向了一个朋友糟糕的恋爱史。当我意识到这是在嚼舌根时，话已出口，我万分羞愧地闭上嘴。唉，我怎么才能做到既有趣又善良呢？我们又陷入了沉寂。我只好再次问起南美的事情，让她说话。

整个聊天过程中，我一直在细数自己犯下的错误，可直到最后我才意识到真正的错误所在——我并没有全身心地投入、享受乔安娜的存在，而是一直在担心自己说错话。她的友善似乎也成了针对我的某种谴责。

我很嫉妒乔安娜与生俱来的无拘无束，她无须为表现是否得体而担忧，因为她从小就被爱包围。而我从来没有得到过那样的爱，怎能做到像她那样呢？为什么我成了一只畏缩的、生着闷气的动物，永远无法安稳、温顺地坐在别人的腿上？我内心的猛兽会一直逼我远离他人，独自住进一间陋室吗？我的心情急转直下，就像枫树的种荚旋转着坠落到地面。即使在与乔安娜告别数小时后，我依然走不出坏情绪。

第二天，我取消了那一周所有与朋友见面的计划。因为无论我怎么做，如何寻求快乐，最终都会以重拾创伤收场。就好像有个人在我耳边私语："你永远都会这样，无法改变。我会跟随你一辈子，让你永远痛苦，置你于死地。"书上说这对于经历过创伤的人相当正常，专家说这正是所谓的"3P"——受过创伤的人认为悲伤是"个体的"（personal）、"无所不在的"（pervasive）、"永久的"（permanent）。

个体的意思是,我这个人本身是所有个人问题的罪魁祸首;无所不在的意思是,我的失败定义了我的人生;永久则意味着,这种悲伤会持续存在。

然而,就像往常一样,成为书中的经典案例无助于我跳出这些条条框框。

20

书上说，要想不再成为他人的负担，就必须学会"自我安抚"。我需要学会自己抚平焦虑，而非动辄发短信向朋友求救。或许经过一段漫长的时期，心理治疗和眼动脱敏再加工最终能治愈我的创伤。但很多人都对我说，想要缓和当下的痛苦，应该先尝试冥想和正念认知。

有充分证据表明，冥想有助于让人集中注意力，减少皮质醇的分泌，缓解焦虑和抑郁。另有一些证据显示，冥想有助于抑制杏仁核（大脑中掌管恐惧感的中枢）的活跃度，并增强前额皮质的活跃度。长期冥想能帮助人们脱离周期性的危险思绪，并以更镇静、更积极的眼光看待事物。

交感神经系统又称"战斗或逃跑"系统，它在受到压力刺激后被激活，促使我们做好准备应对危机。与其相对应的是副交感神经系统，又叫"休息并消化"系统，它能减慢心跳、降低血压、减缓呼吸速度，并直接与迎战反应抗衡。冥想会激活副交感神经系统，是焦虑的解药。社交媒体上所有成熟、飒爽、素颜出门的女孩都在练习冥想。

然而，冥想并没有给我带来安宁。我尝试过十几次，每次都以同样的失败收场。我试图排除杂念，闭上双眼努力不去想任何事，让大脑一片空白，却无法阻止一幅幅画面浮现：我要继续挖掘素材的一篇文章、还没洗的脏衣服、要带去修的鞋……我试着想象一些简单、纯粹、基本的东西，比如一块新鲜软嫩的白豆腐，但那抖动着的、洁白闪亮的方块在脑海中只浮现了二十秒。哎呀，豆腐，晚餐吃什么好呢？啊，糟了，又走神了！好吧，那就试试把注意力集中在呼吸上。吸——呼——吸——呼——我充分呼吸了吗？为什么总觉得肺部氧气不足？为什么我的喘息声如此粗重？我真的是在正常喘气吗？该不是肺有什么问题吧，是不是肺癌？我一定是大限将至，这是唯一合理的解释。该死，我还没做过遗嘱公证呢。我能视死如归吗？我还没来得及去珊瑚礁丛中潜水呢。不过因为全球变暖，珊瑚礁也都在死去。如果我真得了肺癌，肯定没法去潜水了……

后来我才知道，呼吸练习对某些人来说反而更容易引发焦虑。好像确实如此。

还有一种更容易操作的方法叫"脚踏实地"。它就像简化版的冥想，也属于正念认知法，比冥想简短，聚焦于身边小事。我找到了一个名为"伤痛之美"的网站，它介绍了复杂性创伤后应激障碍方面的信息，相当有用。该网站将"脚踏实地"描述为"一种充分活在当下的精神状态。你很清楚自己是谁、在哪里，如今是何年何月，周遭发生着什么，与解离正相反"。脚踏实地意味着下意识地将自己带出闪回、解离等状态……这一技能对创伤患者至关重要。

从前，我总以为过往记忆的闪回意味着对过去产生幻觉。电影里的士兵总是产生幻觉，错以为自己回到战场。他们会在噩梦中看到沙漠和自动步枪，并因此醒来。然而，即使回想起受虐经历，我也知道自己身在何方——就在沙发上坐着，活得好好的。

不过我很快发现，心理学术语中所谓的闪回并非画面的回放，而是情绪的回流。

例如在我辞职前，老板经常到我的办公室里对我犯的小错误指指点点。如果当时我身心投入、为犯错感到尴尬的同时，还能意识到这并不是什么大事，直接承认错误并改正，就没什么问题。然而，我却总在老板走后感到内疚、焦虑、耻辱和惧怕，还会跑到楼下抽烟，发短信给朋友说自己是个笨蛋，花上半个小时担心自己不受尊重，会被炒鱿鱼。虽然我的心神完全投入当下，但情感却停留在1997年的童年时期，那时我只要在拼写考试中犯一个小错就可能酿下大祸。这就是情绪的回流。

"伤痛之美"网站上说，唯有"脚踏实地"才能抑制情感回流。于是，当我再次感到恐慌和抑郁时，便拿出网站上推荐的入门教程来读：睁大眼睛，双脚坚实地踏在地上，打量并承认自己的手脚已是成人的尺寸，说出你可以看到、听到和闻到的五样东西。

我脚踏地板，重重地踩了两脚，然后开始观察自己。我看了看双手，皱巴巴的，绝对不是孩子的手了，指甲周围因干燥而起皮，我使劲剥掉了尖凸的一块。我又闻了闻自己的上衣，把全身都检查了一遍，依然感觉糟透了。

或许还有别的方法。是不是还有什么更不费脑力的正念认知练习，不仅可以带来好心情，还能让我动起来。

"我们一会儿需要毯子、瑜伽带、两个小枕头和一个大抱枕。"教练说。我跟着一个纤瘦高挑的年长女人来到储藏室，看着她拉出一堆沙发靠垫般结实的深蓝色枕头、一条厚重的灰色毛毡毯和一条帆布质地的带子。我之所以选这堂名为"修复烛光瑜伽"的课，是因为它是当晚的最后一堂课，有七折优惠。我穿上弹性运动裤和一件旧汗衫，准备好好出身汗，但其他人似乎都穿着最舒服的睡衣——宽松的衣裤和及膝长的开衫。

奇怪的是，这堂课我最喜欢的部分是教练珍妮一刻不停地说话。

拉伸大腿时，珍妮说，想象呼吸是一束金黄色的光，你吸气时从头顶射入，呼气时再洒向大腿。伸展脚趾时，珍妮让我把双脚想象成植物，将根茎伸进土壤。她不断提醒我将注意力集中在进行伸展的肢体上，明确说出每块肌肉的名字，督促我们聚焦于这些肌肉在体内拉伸的感觉。她还让我们想象屁股上长着鼻孔，且以此呼吸。她不断讲话，以至于我的大脑毫无机会开小差。

这些伸展运动力度很大，迫使我高度集中注意力，感受身体上那令人满足的疼痛。凭借形象化的比喻，我一直密切注意全身的肌肉。与在体育课上每个伸展动作数二十下不同，在这里，我做每个姿势都要保持好几分钟。此前，我从没花过五分钟以上的时间来充分感受脚趾、肩膀和小腿肌肉的伸展。

三十分钟的伸展后便是修复环节。珍妮让大家将枕垫按序堆成一座座小山。我还以为这是另一项体育测试，她却说："现在，请你躺在枕垫上，双膝向外打开，双臂放在身体两侧。"原来，修复就是盖上温暖的毯子，以各种舒服的姿势躺着。"如果你想加一条毛毯，举个手就行，我会过来帮你盖上。"她这样对大家说，并轻柔地在教室里走动。她让我们闭上眼睛，想象更多的画面：有人将一大瓶黄澄澄的油缓慢地倒在我们身上，我们的体内正酝酿着一束光，它从头顶射出，向全世界释放温暖和善意。如果此前有人让我想象这些画面，我一定会觉得太愚蠢而不愿意努力尝试。但如今，我全身心地投入，让那束光射进五脏六腑，肚子鼓成了球，内心充满喜悦。

我终于明白前半节课的用意了。在伸展的过程中，教练一直在训练我们仔细留意身体各种细小的感受。如今躺在一堆枕垫上，那些感受都变得十分微妙。我最喜欢的姿势名为"打开心扉"——躺平，后背垫一个枕头，双臂平放于身体两侧，挺起前胸。凉爽得恰到好处的风从手掌上吹过，将我带到春日的草原。前胸舒展让我觉得自己充满勇气，身心完整，连背痛也消失了。厚重的毯子盖在腰上，感觉沉甸甸的。此刻，一呼一吸都似乎更清新、更干净。最重要的是我排除了一切杂念，放下了过去，忘掉了当下内心的不安，也不为未来焦虑。

如此看来，"脚踏实地"这个名称很合理。这种全身心投入当下的体验，让我把注意力完全聚焦在活着的快乐上。那是一种巨大的快乐，从头到脚。意外的是，我竟然潸然泪下。这种快乐就像盯着太阳看那样强烈，并且得来全不费功夫。这种令人欢愉的新"药"竟然是免费、合法且零卡路里的，我简直欣喜万分。

我之所以哭是因为感到了一丝悲伤：我怎么到现在才体会到呼吸的快乐？才明白风吹过手掌的感觉可以让人倍感宽慰？我因为太过小心翼翼而错过了多少快乐？我曾经多么频繁地想要放下一切自寻短见，就因为尚未体会到生命本身带来的满足感！

我哭得更厉害了。毯子带来的包裹感让人觉得安全舒适，仿佛有人在照顾我，给予我无限的体贴、慷慨和爱，而那个人就是我自己。

几个月后我才了解到，当天的修复瑜伽并不只是一次心灵之旅，我并没有在群星中找到一个关键点，从而激活自己神圣的核心。其实，那位教练使用的方法刚好能完美关闭大脑的默认模式网络。

用核磁共振仪器对放松状态下的人脑进行观测时，你会看到一些大脑区域的连接，它们在银灰色的背景中发出光亮，这就是默认模式网络。可以说它是人类产生意识活动、感到厌倦或做白日梦时的默认状态，简单来说就是自我。

如果躺在一台核磁共振检查仪器里，你的思绪会飘到何处？大多数人都会思考过去、计划将来，比如思索与身边人的关系、要处理的事务或身上的脓疱。科学家发现，抑郁症、焦虑症和复杂性创伤后应激障碍患者的默认模式网络会过度活跃。这合乎情理，因为默认模式网络坐镇责任感和不安感，如果过度活跃，它就会成为一股惩罚性的力量，让人陷入有害的执念和自我怀疑之中。

抗抑郁药物和致幻物质可以显著抑制默认模式网络的活动，但对于默认模式网络过度活跃的人来说，最有效的治疗还是正念认知疗法。原理很简单：默认模式网络的启动需要占用大脑资源，当它变得过分活跃时，你可以将所有的大脑能量转向外部事物（比如做一份非常难的数学练习卷），从而切断默认模式网络的能量来源，使其短路，因为大脑资源无法同时聚焦于内部和外部。当然，如果默认模式网络已经启动，再想安下心来解数学题可不容易。我曾尝试了好几年所谓的"默认模式网络关闭器"——做一些类似解数学题的事情来分散注意力，也有人试图通过喝酒或吸烟来达到类似效果。

既简单又健康的"关闭器"是把注意力集中于人的五感。温暖的泡澡水、成熟桃子的甜美、悲伤的小提琴声、爱人肩颈的气息……将注意力转移到这些事物上，能即刻赋予你力量。那位瑜伽教练让我们伸展到个人极限，再将注意力完全集中于肌肉拉伸的痛楚，正是要达到这个目的。当我躺在那里，感受着四肢和前胸的存在时，整个人都非常松弛，那个不断修正、惩罚我的声音完全消失了。

关闭默认模式网络还有一个好处。当自我不再发声时，自己和别人之间的关系便解除了，我们由此能轻松进入一个更为宏大的相互联系状态，感受到自己从属于哪里——一个社会或世界，它远比自我庞大，却在最基本的人性上与我们相通，这样就更易于我们想象自己向宇宙释放爱的能量这一画面。我不是在故弄玄虚，这是有科学依据的。

修复瑜伽只是缓和默认模式网络运作的一种方式。经过一番查找后，我发现还有大量有用的正念认知练习，能帮助我变得"脚踏实地"，跳出自己的思维定式，面向世界。我开始尝试更多方法，还向朋友们打听哪些方法更有效果。

对一些人来说，往嘴里塞一块冰或吃一大口芥末就能将注意力转移到感官上。我认识的一位记者发现拍打自己的脸和手非常有用。莱西喜欢在漫长的散步过程中集中注意力感受双脚踏地的节奏，还喜欢在冷水里游泳。还有一位朋友告诉我，盖上重力毯就能觉得全身舒坦。

我也逐渐挖掘了一些适合自己的方法，比如我最喜欢的正念进食。以前，我总是边吃午饭边工作，食物就在修改稿件的过程中逐渐消失。然而，现在的我却一口一口仔细品味食物的质感和味道，慢慢享用它。说来好笑，我是在一次吃鸡肉帕玛森奶酪卷饼时突然意识到这种做法的魔力。其实它连正经三明治都算不上，只是敷衍了事、性价比很低的卷饼。然而，那天我却能够将注意力完全集中在那份卷饼的味道上。甜甜的番茄酱，光滑细腻的奶酪，微脆的炸鸡块……每一口都是不同质感和味道的混合体，令人紧张兴奋。只要全心全意地吃，糟糕的卷饼也能变成众神之酿。

我还掌握了一招，它就像一个巨大的紧急按钮，在面临危机时我可以按下去求救。有一天，我跟乔伊因为家务事争执不下，他把锅盖往一口脏锅上重重盖下去，我一下子火冒三丈，抓起一把勺子就往水槽里扔，破口大骂他是个怪物。就在我们对彼此大喊大叫的时候，我想起最近刚刚读到的正念认知技巧：数某个颜色的物体。我马上绕着房间转了一周，数了数所有红色的物体，书的封面、桌游、花盆、画里的裙子、靠垫上印着的花，红色物体数完了再接着数蓝色物体。听起来这像是幼儿园老师用的方法，让发脾气的幼童安静下来。令我惊异的是，刚数了几秒钟，我的大脑就通透起来，像是转动了喇叭上的音量开关。两分钟后，我的怒气就消了。这根本不是什么大事，跟乔伊道个歉就完了，大不了洗那口锅。

我以为治疗自己的创伤会像拖着行李爬上六楼一样艰难痛苦，但数颜色之类的方法却证明我并不需要拼命斗争才能获得第二次机会。其实疗愈就像饭后吃薄荷糖一样，可以随时来一点。我真的能用瑜伽伸展姿势彻底清除过往经历在我生命里留下的污泥吗？真就这么简单吗？

不，当然没这么简单。但它是个良好的开端。

21

　　我最初参加的瑜伽课程都带来了极大的欢乐，让我从持续不断的、恶毒的痛苦中获得了一丝喘息的机会。于是，我参加了更多的正念认知课程。布鲁克林区有一位慷慨、乐于助人的冥想老师坚称，即使是修行最久的僧侣，有时候也会在冥想时感到迷失和紧张。我上过一位颇具朋克风格的教练的课，他全身上下都是文身，上课时会穿插着讲大脑科学和古代佛教思想。我甚至还尝试了昂贵的高科技冥想小屋，在经过音效处理的房间里，坐在按照人体工学设计的坐垫上，聆听背景音乐和语音冥想指导。

　　这些都对我很有帮助。我还找了更多听说能起作用的方法，只要地点不太远，费用不太贵，我都会去尝试。

　　比如，我拜访过一位当针灸医生的朋友。她看了看我舌苔的颜色，说我体内热气过重。

　　"我是应该……多喝水？"

　　"倒也不是说你的身体发热，"她说，"而是你的肝脏累积的热毒太多。我没法用西方科学来解释，就相信我吧。你有什么感觉？"

　　"我觉得无法集中注意力，浑身乏力，心神不宁。"

　　她点点头，说是可以用针灸帮我平静下来。她写了一种中草药的名字，让我上网购买，接着便在我前额和耳朵上扎了些针，还在我的脚趾上扎了针。我觉得双腿似有热气流过。

"哇，"我喊道，"我的腿像是着了火！"

"没错，这根针正中大腿穴位。"她安慰我说，"闭上双眼，放松。"

我试着均匀地深呼吸，但在吸气时能很明显感到肋骨下有些不适，那里正戳着一根针。

针灸完的一整天我都晕沉沉的，仿佛喝了杯咖啡，却没起到提神的作用。虽然我特别努力集中精神，但针灸似乎并不能缓解精神上的痛苦。我做了两次针灸，赞叹了医生在针灸方面的天分，但那终究对我帮助有限。

我还到位于三角区的一家奢华声振工作室体验全息呼吸法课程。全息呼吸法是捷克心理治疗师斯坦尼斯拉夫·格罗夫和妻子克里斯蒂娜·格罗夫在1968年研发的，实质上就是用过度换气的方式，让体内的氧气和二氧化碳量陡增，从而产生幻觉。有些人声称，全息呼吸法令他们得以尽情宣泄情绪。我也读到一些报道，说有的病患在使用该疗法后产生幻觉，见到了死去的亲人，或是重新经历最严重的创伤，从此获得新生。

我和其他十几个人一起坐下，各自占据一块大正方形，一起有节奏地呼吸了大约十分钟。教练让我们恢复正常呼吸后我产生了幻觉，仿佛身体离地悬浮了起来。正当我仔细品味这奇特感觉时，有人开始在我耳边吹奏音乐。然而，我并未实现心理上的突破，也没梦见逝者。

我还参加了一个童年创伤互助小组。这个组织相当随意，只是一小群朋友和朋友的朋友被拉到了一起。我们并没有互相介绍说"我的名字是斯蒂芬妮，曾遭受虐待"，但是都分享了各自的故事和日常烦恼，哭成一片。曾有位组员明确地说，人和人的创伤很难比较，谁的故事都不是最糟的。当我说起有个男朋友时，有人说："没经历过性侵真好，可以拥有健康的恋情，真希望我也能做到。"我手足无措，充满愧疚地说了声"抱歉"。

虽然我们各有不同，但我发现所有人的症状都有相似之处。我也经历着与他们类似的挣扎、悲伤和焦虑，也有过类似的过激反应。不幸的是，共同的不安和挣扎并没有让我与他们建立起亲密的关系。我只是不由自主地静观他们的病态，就像过去几个月剖析自己的病理一样。啊，他们不接来电，那是典型的回避型依恋症。即使没犯错也将别人的糟糕心情归咎于自己，那是焦虑依恋，或是焦虑／回避，外加扭曲的自我知觉。

另外，在所有人当中，我参与过的治疗项目最多。这似乎适得其反，令我身陷窘境，成了一名拙劣的江湖郎中。我试图安慰他人，并提供书籍和疗法方面的建议，事实上却自身难保。我这才明白，为何互助小组需要由经过培训、有经验的组织者从中协调——病患自己是无法承担这一职责的。

不过参与这个互助小组还是有收获的，我由此意识到复杂性创伤后应激障碍患者的美好之处。小组的每个成员都经历过深重的创伤，但都竭尽全力地在不伤害他人的情况下让自己康复起来。他们讲笑话时只会自嘲，在自己的公寓里举办小组聚会时会端出上好的奶酪，哭泣时会互相拥抱。他们不仅具有强烈的自我保护意识，在发现别人有消极念头时也会热情地保护他。他们才华横溢、充满魅力，又常常自省。他们读励志自助书籍、整晚跳舞，还能画出色彩艳丽、欢欣鼓舞的画。

也正是这些令我很伤心。每次聚会，我们都会互相询问最近过得怎么样，但大家几乎从来都不会说"很好"，总是说"还行"。唉，永远都面临某种斗争、某段岌岌可危的友谊、某个自恋的家长发出的攻击性短信……我们都那么努力，为什么就过不上太平日子？多么希望我们都过得幸福。

我的日历很快就被各种创伤治愈类活动填满了：声频浴、瑜伽课、互助小组，还有按摩。在布鲁克林上完瑜伽课，就赶着坐地铁去中城上冥想课，再赶回来做理疗。匆忙之间，当然容易犯错。今天忘了带健康零食，明天又因为在礼品店闻精油浪费了太多时间而没赶上瑜伽课，浪费了十五美元的押金。每次犯错我都会责骂自己：没工作还乱花钱，简直活得像个为所欲为的社交权贵，就差再来点奢侈的东西了，比如意式章鱼沙拉和游艇之类。

有一天，我冥想课迟到了五分钟，不得不小心翼翼地跨过别的学员交错的双腿，辗转挪到我的位置上，坐在坐垫上沉浸在羞耻之中。大家都觉得我是个讨厌鬼！他们可以听见我的喘息声！我把整堂课的气氛都毁了！接着，我意识到：在本应放松的课上，我还在为自己的不完美而担心。

我正以对待工作的癫狂和完美主义态度来对待"健康"，这跟当年我那工作狂的紊乱状态如出一辙——经历过极度喜乐的瞬间后，便会为寻找下一份快乐发愁。

我决定减少参加活动，只保留最喜欢的，它们会带给我真诚而简单的快乐。另外，我在家里收拾出一处冥想的地方，在飘窗前摆下一块特别的靠垫，四周放着各式植物。我告诉自己，自我关爱不一定要花钱，也不应该出于义务，真正的健康应该让人身心愉悦。

22

我脑子里有一个大黑洞，它是过往千百次创伤凿刻出来的，已经成了大脑程序的一部分。我一直在努力，尝试过无数办法，都是为了彻底改写这一程序，填平那个黑洞。

当然，这并不容易。

但我发现有一样东西可以暂时覆盖那个黑洞：感激。它就像穿透黑暗的火焰，令我彻底振作起来。要想让熊熊烈火一直烧下去，就得不断添柴。我必须把感恩融入日常生活，才能让这火光存续下去。

以前的心理治疗师萨曼莎曾经无数次叫我这样做，我却置之不理。"这一周请你每天都写下三样令你感恩的事物。"她说。我虽然表面上答应了，心里却不屑一顾，不相信这种愚蠢的做法能治愈我如此严重的抑郁。第二周，我空手而归，她说："好吧，你能否每天找一样令你感恩的事物？"第三周，哎呀，我忘了，还是没做。

如今，残留的积极心态令我决计不再拖拉。我有一个看起来很可笑的笔记本，粉、黄、蓝相间，是我从办公室废品堆里捡回来的。笔记本的封面上印有"内容有趣"的字样，还附有一百多张贴纸，似乎很适合拿来做我的第一本感恩日志。

我把第一页分成两栏，左边那栏为"感恩"，右边那栏为"骄傲"，目的在于将两者都记录下来——给我带来快乐的事物，我给别人带去的快乐。

第一天，我在"感恩"那栏写下了三件事，令人吃惊的是得来全不费功夫：朋友跟我分享了一份音乐播放列表；跟男朋友愉快聊天，我感到安心而快乐；我去吃日式牛肉什锦烧，店员一不小心倒了太多面糊，做成巨大无比的一份，还是微笑着给了我。"骄傲"那一栏比较难写，并不是每天都能收到美好的短信，说某人的事业有赖于我的启发。没有"骄傲"可写的日子要怎么办呢？那一天基本被浪费在电视和社交媒体上，我跟猫咪玩了会儿，吃了零食，看了医生，在曼哈顿漫无目的地走了几个小时，吃了那块巨大的牛肉什锦烧，见了一群朋友……这些对别人的生活会有何贡献呢？我如何通过这些证明自己的价值和存在的意义呢？不过，我回想起自己引得朋友们开怀大笑。那也算是一种"骄傲"吧。够不够格？或许写在这本傻乎乎的日志上还行。我把它写了下来。

后来我打了一通工作电话，相当有成效。做了个罗宋汤，虽然糟糕，但毕竟是做了。然后我坐在那里好几分钟，脑子里一片空白。还有什么？今天早上，医生给了我一个小杯子收集大便，我干得很利落，值得表扬。

那天写完日志，我想：真痛苦。

之后的几周，我每天都认真地做记录，写下别人给我的快乐总比写下给予别人的快乐简单。

刚开始，我觉得自己做的那些小事都微不足道——给谁买了杯咖啡，寄出一张卡片。几周的记录后，我才发现正是那些微小的事成就了所有，为我所依赖。让我笑个不停的笑话，透过咖啡厅窗户看到的美丽花束，看到我很悲伤就过来搂抱我的猫咪……这些东西给了我希望、欢愉和抚慰，它们叠加在一起，令我的人生有了成就感。

如果简单的一束花能够让这个世界变得可爱一些，那么，或许我也低估了自己一言一行所包含的意义。或许我在做晚饭、听朋友诉苦、赞赏一个女人家里漂亮的花园时，都在让这个世界变得更加可爱。或许就在那一晚，当别人回想一天的喜怒哀乐时，也会想到我做的事并微笑起来。

就这样，那本贴满贴纸的感恩日志让我保持初心，将好的坏的都记录了下来。我在日志中记录下前上司马克发短信问我过得如何，对于不在乎的人，他也会这么做吗？我还记录下某人拥抱着我问好。朋友发给我表情包时，不仅惹得我大笑，还让我觉得自己很特别，因为他看到好笑的表情包时会想起我。神奇的事物无处不在。我把这些慷慨的行为装进心里，不断去填补那个深渊。

就像食物一样，当你花时间细嚼慢咽地品味时，就不再需要吃那么多。正如梅洛迪·贝蒂说的："感恩让我们意识到所拥有的就已足够。"

因为感恩，我的心情从不断因生存的痛苦而备受煎熬，变成对生活基本满意。长久以来，我第一次感到欢愉，动不动就笑，享受朋友们的陪伴，也不再那样嫉恨自己。我大体感觉自己效率颇高，相当愉悦，就像最近一次情绪失控之前的样子。为了回到工作状态，我还以自由撰稿人的身份接了几份编辑工作，颇有成就感。然而，所有这些新近获取的快乐依然很脆弱，无法抵御过去创伤的巨大影响。

我可以做到脚踏实地，心怀感恩，可以冥想一个小时。然而，如果我在结束冥想后来到起居室，看到乔伊怒气冲冲地将铅笔掰成两半，我依然会忍不住哭出来。如果我在聚会上碰到前同事，他跟我谈起前老板最近总是冲着谁撒气，那么被母亲揪着头发的我就又回来了。之后的两个小时，我会一直紧张不安，忧心忡忡，仿佛回到童年时代，处境糟糕，备受折磨。

我可以通过深呼吸和数颜色将自己从可怕的状态中解救出来，但脚踏实地和感恩是姑息治疗，而非积极治疗。这种做法治标不治本。除非坦然面对过去，否则无法真正痊愈。我的状态已经稳定下来，是时候深究过往了。

第三部分

往事造就我们

23

对于加州的圣何塞市，我没有太多记忆。

我记得对父母们的各种称呼。有外人在的时候，我们会用英语叫他们爸妈，但私底下，我们用中文叫父亲们为阿爸或爸爸，叫母亲们为阿妈或妈妈。父母们会把用过的食品自封袋和外卖盒洗干净再用，会用曲奇盒装纱线。他们看室内情景喜剧、中文电视剧和宝莱坞电影，还把我们穿不下的旧裙子剪碎，用来缝补破了洞的牛仔裤。父母们很少跟我们的朋友聊天，但朋友们并不介意，因为只要能吃到母亲们做的一盘又一盘菲律宾面条、润饼、缅甸薄饼、越南河粉配扎肉、松软的芋头包和欣欣杯就够了。父母们没听说过胡桃南瓜和瓦尔特·本雅明，也不知道布什和戈尔有什么区别。之所以来美国就是因为你不需要搞明白这一切，这个系统会自行运转，你无须担心。

圣何塞是一个移民城市。我们的父母都来自他乡，我们之中的很多人也并不出生在这里，都是搭飞机到旧金山国际机场落地，沿着101号公路向南驱车四十五分钟，途经It's-It冰激凌工厂，最后抵达圣何塞。从101号公路下来后就能看见商业街，有用大写字母标示Mercados（西班牙语，意思是"市场"）字样的巨型招牌，还有门口摆满鱼的亚洲超市。"跟家乡一样。"父辈这样想，然后摇下车窗，闻到暖暖空气中飘着的花香。圣何塞几乎从来不冷，一度被称为"心神雀跃之谷"。在二十世纪六十年代以前,这里生长着大量本土花草和水果,是个名副其实的伊甸园。父辈相信,这里宛如家乡又胜于家乡。

父母们的英语带有口音,一些小伙伴也如此,但我们彼此听不太出来。青少年时代,我就看到当地报纸将圣何塞称为"少数族群占多数的城市"。在这里长大的人会觉得这个说法很荒谬,仿佛自相矛盾地说"你不应该这样活着",但我们就是这样活着。长大之后,我们开始讨厌被笼统地看作亚裔、西班牙裔……怒怼把我们简化成刻板模样的卡通人物的做法。不过我们却把自己看成一个独立群体,经常共同体验彼此的文化,再稀奇古怪的事情都变得稀松平常起来。

到朋友家看《超凡战队》时,必须先脱掉鞋子才能进门。各家有各家的气味,初次登门略感错愕,后来就会慢慢习惯:咖喱味、烧香味、陈米味、墨西哥碎肉卷味……不要问彼此的父亲从事什么工作,谁都不清楚,只知道他们每天早上系好领带,开车到硅谷做一些与科技相关的工作。从婚礼能看出,印度人和菲律宾人最善于跳舞。在印度人的婚礼上,我们跳来蹦去,直到吃下去的那些炸乳酪球快要喷出来为止。菲律宾朋友的姐姐们跳方舞时,我们跟着老奶奶们跳排舞,她们总是对转弯和下沉的动作了如指掌。无论朋友的母亲们端出什么食物,我们都快乐而好奇地享用,还无情地嘲笑那几个不愿意尝尝味道的白人孩子,冲着他们的鼻子摇晃着裂了缝的菲律宾鸭仔蛋,看着他们作呕的样子尖声大笑。菲律宾人总是能买到好看的街头装,白人女孩和性感的越南人能帮我们买到打折的大牌衣服,中国台湾女孩暑假回家乡后带来的衣服点缀着莫名其妙的蝴蝶结和蕾丝,墨西哥女孩能画出无懈可击的眼线和唇线。

在这个团体之中,我们彼此借鉴。即使你不是印度人,也可以带鹰嘴豆咖喱午餐去学校。我还当上了日本俱乐部的副主席。有时候,我们会在返校节借用彼此的唇彩或牛仔超短裙,但一定会在出家门前先套上一条长裙，再到学校厕所里换上短裙。我们之中有喝酒的，也有抽烟的，但我们从不告密，因为后果很严重。

话说回来，有些家长根本不相信自己的孩子会做错事。杰拉德·陈的母亲把儿子看作上帝给人类的馈赠，听不进一句批评他的话，杰拉德自己也这么看。爱丽丝·吴和贝蒂·陈的妈妈会在每天午餐时把刚刚精心烹饪的饭菜送到学校。露西·陈和她的朋友们周末会去大商场疯狂购物，父母埋单。

很多家长要求不高，当孩子考试不及格时，他们只会略感失望。吉尔·程说父母从没打过她，如果她考得不好，他们只会摇摇头，就像《欢乐满屋》里的爸爸那样鼓励她下次努力考好点儿。莱斯利·阮有时候会被妈妈关在家里，我还目睹了她因晚回家而被骂，但最糟糕的也不过如此。

我们的父母并不懂得如何在不安时以深呼吸保持镇静，也不明白棍棒教育未必行得通，所以每次老师发考卷都会引发我们的一阵慌乱。有些孩子会像胎儿般蜷缩起来，双膝夹着脑袋，就这样呆坐着，肩膀不停地颤抖。可能还会有个女孩掩面哭泣，朋友们围着她，轻拂她的背。他们都没拿到 A。

高三时我们办过一次派对，结果招来了警察。那天我们一共四十个人，分着喝一瓶利口酒，还抽起了偷来的香烟。一听到警察的声音，我立刻停下来，钻到矮床下面。警察做出处罚决定后，坐在矮床上的女孩开始哭泣，其中一个边哭边大声说："我妈会把我送回越南的！"

有段时间，我喜欢和一群朋友到学校后头的可移动教室聚会，那是柏油路边一个硕大的浅黄色集装箱。我们真是一群可怜的孩子，大家在那里消磨时间，宣泄不满，把没吃完的午餐往集装箱壁上扔。或许到了年底，那块墙壁就能成为杰克逊·波拉克式的抽象派杰作，由巧克力牛奶、意大利面酱和可乐堆砌而成。

我们最喜欢玩的游戏是"谁更倒霉"。我记得有个男孩说母亲用烟蒂烫他，还有一个男孩的母亲锁了他卧室的门，逼他睡在沙发上，理由是他太没用，没资格拥有自己的房间。我闺密的母亲曾追着她满屋跑，一边抽打她，一边骂她一文不值，还曾在她睡着时掐她的脖子，让她窒息而醒。我谈起了腿上的鞭痕，以及当父母把我推下楼梯时，我如何蜷缩成一团。我们会就虐待的形式进行辩论：被细细的藤条鞭打和被大而坚固的东西打，哪个稍微不疼？鞭痕是否比瘀伤更疼、更持久？被贬低和被彻底忽略，哪个更令人泄气？

我有个好友，他父亲曾在半夜因为心情不好一脚踹倒他卧室的门，门板在铰链处裂开。随后朋友又被恶揍一顿，第二天来上学时全身瘀伤。那是我唯一一次想当告密者。我告诉他我准备报警，他父亲这样做大错特错，可他乞求我别去。

"那样的话我妈就完了，她可没法离婚。"他说，"拜托了，别这么做，这会毁掉我全家的。"

"你妈也帮不了你！"我大声说道，"我在乎的不是保护她，而是保护你。"

"保护她就是保护我。"他说。

我沉默了，就像其他人一样，没去告密。

我们的父母都很孤单，少有机会回国见兄弟姐妹和父母。他们不得不独自抚养孩子，不像当地人家庭有亲朋好友的照应。有些父母是非法移民，虽然这是座移民城市，有众多同伴令人感觉安全，但他们从未忘记自己客在他乡。

我们的父母绝口不提悲伤往事。他们或许会随口说起阿兵哥或拳脚相向的父亲，但从来不讲述发生过的悲剧：虐待、性侵，以及贫穷和战争带来的创伤。我们当时还小，不太懂事，却可以在日常生活的暗流涌动中感觉到父母隐忍的痛苦，它就像一团又大又黑的物质，被表象覆盖。

因此，他们的巴掌扇过来时，我们就把脸蛋凑上去挨打，心甘情愿当个出气筒。他们受了那么多苦，就是为了让我们过上好日子，每个周日的早上都能看卡通片，吃甜甜的谷物早餐，上大学，在这个国家好好生活，永不挨饿。我们为他们的行为开脱，默默忍受着那些耳光、烫伤和鞭打，将其幻化为完美的成绩单，就为了帮助父母彻底忘掉悲惨的过去。就像父母们现在说的：努力学习，被好大学录取，拿到实习机会和博士学位，最终搬到大城市，成功闯出一番有意义的事业，住现代主义的公寓，配以高级音响。

我们之所以能实现美国梦，是因为别无选择。

一直以来，这就是我所记得的童年。我告诉自己，往事不堪回首，事已如此，那就是我为在"心神雀跃之谷"长大而付出的代价。我和其他人的故事并无二致，然而我如今对此产生了怀疑。

24

我驾车行驶在从旧金山通往圣何塞的280号州际公路上，大声播放着大胃王吉米的《工作》，向过去总在这条路上往来的我致敬。那时我上高中，每天开车上学时都会听这首歌，以此赞颂那令人期待的逃离。"在还有机会的时候，我们可以跳上一辆车离开这个地方吗？"

那个青少年时代的我真让人骄傲，她吸收了情绪摇滚流行乐中的精华，憋着一股劲，冲出了那个倒霉小镇。想到这里，我微微颤抖：她会如何看待现在的我？十五年后我再次开车回到此地，依然是一头蓝发、脚蹬军靴。

我回到圣何塞是为了核查童年虐待的真相。自从被诊断为复杂性创伤后应激障碍患者，我就一直质疑记忆的可靠性。

最近读到的一些资料令我怀疑，解离可能在一定程度上破坏了我对这个地方的记忆。在一次研究中，科学家给调研对象植入了虚假的记忆，让他们误以为自己小时候在商场里走丢过，或看过一段联合航空93号班机在"9·11"恐怖袭击事件中撞击的录像（实际上根本没有这样的录像存在）。科学家称，人的记忆会有偏差，且有证据显示，大脑一直在重写记忆。事实上，回想过往也会改变脑海中的记忆。

离开圣何塞后，我经常回想起自己和其他孩子被虐待的暴力片段。其中有多少是真实的？又有多少就像被复印了太多次的照片，已变得模糊不清、不值得相信？

或许我记忆中的圣何塞童年时光已经被创伤那面哈哈镜放大变形。难道我过度活跃、以恐惧为主的想象臆造出了这些回忆？或许朋友们哭不是因为考得不好，而是因为单相思？或许其他人都不像我印象中的那样高度紧张？我那些最要好的朋友确实备受父母虐待，但我是否一直在选择性地亲近他人，仅注意那几个受伤的朋友，忽略了其他人？

自从读过有关创伤后应激障碍患者的大脑如何被破坏的文献后，我日益对自己的头脑失去信心。每当想要回忆某件事情时，都疑云重重，让我无法清楚地看待过去。

我经历了创伤，所以希望找到同病相怜的人。那么我在多大程度上将自己的经历投射到了其他孩子身上？我对个人经历的狭隘认知如何影响了对移民创伤的理解？这种理解是否带有种族色彩？我将虐待和糟糕的育儿方式视为我们那个社群的普遍现象，那算不算是负面的、不健康的成见？

这就是我这趟回访的原因：搞清楚我所经历的是个人创伤，还是群体性创伤。唯有了解真相，才能彻底理解这个社群，最终理解这个地方如何塑造了我。如果我有关群体性创伤的记忆属实，就能证实我有关个人创伤的记忆是对的，枯萎的大脑皮质还能用，心智依然健全。

我无法在儿时的家中找到真相——唯一的证人是父母，但他们根本不可靠，多年来一直否认对我施暴。真不知道在圣何塞能否找到相信我、愿意将实情都告诉我的人，因为在过去的十五年中，我有意跟这里的人断绝了来往。我对所有高中同学从社交网络发来的好友请求都置之不理，在大学校园里跟他们擦肩而过时也假装没看见，还删掉了他们发来的所有私信。我将圣何塞的旧时相识都当成藏在衣柜上方的录像带，不愿触碰。然而，我现在需要他们的帮助。

我在脸书发了一篇友好的帖子，解释自己要写本有关创伤的书，会提及自己曾是受虐对象，希望与在圣何塞长大的人聊一聊他们的经历，无须公开姓名，还一本正经地以呼吁行动结尾，"让我们一起终结创伤和虐待的恶性循环吧"。然后我找到几位人缘好的旧相识，厚着脸皮给他们发信息说"你还好吗"，并请他们转发我的帖子，他们都很有礼貌地照办了。我耐心地等待。两周过去了，毫无音信。当时，我真心希望所有的高中朋友都拒我于千里之外是因为把我当成了疯子，这比另一种可能性强一百倍——除我以外，没人经历过创伤。

最终我认定，要了解真相，唯有回到犯罪现场。我租了车，预订了汽车旅馆，跟几个高中老师约好见面时间。十五年后，我终于要回到这个一切开始的地方了。我调高车载音响的音量，然后对自己说：这需要一些时间，小姑娘，你还在路上，一切都会好起来的。

沿着280号州际公路，穿过旧金山和圣何塞之间的延绵山脉，我一直在数经过的公路出口：圣布鲁诺、伯灵格姆和红木城。我曾经在这条路上开过好几次，当时是和父亲一起去海特买廉价耳环和哥特式连环画，车窗外那一望无际、毫无新意的绿色山丘一座连着一座，让我昏昏欲睡。

然而，眼前这些山丘与记忆中的不尽相同。

车窗外的风景不仅不沉闷，还美得相当热闹。那些陡峭的小型山脉，山顶高耸，轮廓分明，山谷里草木茂盛，绿油油的。我看到一片片草地和一丛丛树林，有长着饱满球茎的活橡树、长着银针的灰松，还有桉树，摇下车窗就能闻到它们的刺鼻味道。连野草都很漂亮，高高的黄色酢浆草在风中泛起了波浪。这片绿蓝交织的恬静风景延伸了好几英里，迂回流转，曲线优美。

这一定是个恶作剧。

"这里以前不是这样的。"我大声说。

我知道硅谷的富有程度已今非昔比，几乎所有科技公司都参与建设了新的自然地标。但记忆中的那些尘土也被运走了吗？峡谷也可以造出来吗？或许可以，因为这肯定是我走后造出来的。

我呆呆地向峡谷和牛群望了足足有十分钟，才猛然醒悟：这里其实一直那么美，只不过我到现在才留意到。

我总把圣何塞视为充满伤害的地方，觉得那里的人生性残忍。当有人问我圣何塞是否值得一游时，我会歪歪鼻子，告诉他那是一片荒漠，所有人都肤浅而虚假地活着，只会在户外商场里转圈，以此度过他们狂野而珍贵的人生。

然而，那并不是真的。对吗？

其实这里美得令人惊叹，不仅有那些山丘，我开车经过的住宅区里也种满了木兰和忍冬，摇曳的棕榈树为人们遮阴。柑橘类水果很多，大量橙子、葡萄柚和柠檬装点着每条街道。

我驶过沃尔夫和巴斯科姆，在故事路出口下了高速，到国王蛋卷店的停车场停好车后，把脸埋进方向盘，一边大口喘息一边呜咽。我才到这里，就能明显感受到解离性障碍令我蒙受了多大的损失。

为了冷静下来，我信步走过商业街。那些临街店铺依然飘散着熟悉的味道——橡胶和草药。柜台上摆满了廉价泡沫托盘，放着越南蒸米粉卷和越南斑斓糕。我想尽可能多买点带上。这里的好东西真多，不愧是"心神雀跃之谷"，而我把这一切都忘得一干二净。

造成这一局面的可能性有两个。

要么就是当时的我被困在狭隘、黑暗的世界里，满脑子都是破碎的家庭，忽略了一切美好的事物。我总在想方设法让自己和父母活下去，根本无暇顾及窗外的风景，看不见美丽的蜂鸟和三叶草。

也有可能我享受过这一切。我住在这里的时候，皮肤一直是深棕褐色的。不论什么季节，我都和朋友们在草地上高声欢笑，把狐尾草的芒尖插入香甘菊松软的花冠里，做成一根根小飞镖，再迎着阳光踩上滑板穿过宽阔的人行道。夏天，我跟姑妈一起去摘樱桃，她把我举到高处，我摘下那些甜美的深色果子，直接放进嘴里。我汲取了这个地方的一切营养和温暖，但有关伊甸园的回忆已全部被抹去。那些年的记忆已经模糊了，童年就像在母亲离开后被我毁掉的家庭照片一样，彻底消失了。

我扔掉的不仅是糟糕的回忆，还有那些美好的回忆。

这着实令人心碎。

我回到车里，在悲伤袭来之前关上车门。眼泪决了堤，方向盘在额头上印出一个坑。这个损失太大了，那是我整个童年的幸福，是幸福人生的基石。那个一笑就露出牙缝、在排队付费时能轻松与陌生人聊天的聪明女孩就这样彻底消失了。何等浪费！车窗外，鸟儿在啁啾。多么暖和的一日，蔚蓝的天空万里无云。

我的心中升起团团疑云。如果山脉被记成了小山丘，那么我那备受创伤的大脑还改写了哪些记忆？

一个精神不正常的女人讲出的故事能令人信服吗？

我深吸一口气，启动了引擎，朝着皮埃蒙特山中学驶去。几个街区以外，我在街灯边看着一群中学生从身边走过。他们无一例外都是亚洲人，背着沉重的特大号书包曳足而行，特大号的连帽卫衣遮住了双眼。这才下午一点半，是提早放学吗？接着，我用眼角的余光看到一个人。那是卡特·吴吗？我眨了眨眼，显然不是，他现在应该三十多岁了。不对，那个过马路的分明就是他，下嘴唇还是那样噘着，一副焦虑烦躁的样子。

我从未经历过闪回，也没见过鬼。话说回来，我很久没回来了，此行的目的不正是重现过去吗？

如今，吸收太阳能用的漂亮顶盖为皮埃蒙特山中学的大停车场提供了遮盖，却令我相当憎恶。我喜欢把母校描述成一所简陋的、资金不足的公立学校。他们凭什么突然之间把它变得这么漂亮？

现在公用区域空无一人，大家都在上课。这座校园和圣何塞一样，随着时间推移逐渐蔓延扩张开来，在原本那幢老教学楼的基础上，又多出了新的大楼和可移动建筑，看起来更像是所破烂的大学，而不是高中。最主要的那条走廊里贴满了牛皮纸海报，就和我上学时一样，不过现在新添了一些俱乐部，有每周四举行珍珠奶茶募捐活动的品茶俱乐部，还有军事俱乐部。我驻足观赏墙上贴着的一系列照片，都是学生会成员，包括班长、班秘书、宣传委员和会计——啊，都是学校的执政精英阶层。我数了数，姓阮、姓陈、姓恩里克的孩子有四十名，但一个白人孩子都没有。他们都是黑头发黄皮肤，身上很干净，笑容灿烂而自信。

在美术室旁我看到一个小女孩，她戴着复古宽边眼镜，穿着印有外星入侵者齐姆的T恤和工装裤，阴沉着脸走过，让人足以感受到她内心的憎恨——这简直是我自己的影子。在我的印象中，这个四方场地里挤满了爱体育的孩子、滑冰的孩子、受欢迎的越南人、新移民、预备生、日本动画迷、拉丁美洲裔女孩、亚裔女孩，都对我充满敌意，无一是朋友。这可不是什么魔术。有些哲学家声称过去、现在和未来同时存在，从前发生过的一切都在另一个空间里，只不过人脑不够强大、无法感知罢了。因此我们才愚蠢而无助地奔着灾难横冲直撞而去，就像悬崖边对险情一无所知的旅鼠。

全新的科学楼里当然见不到过去的鬼。我探头向一间标有2A的教室里张望，里面坐满了学生。德莱斯先生挥手示意让我进去："没关系，马上就要下课了。"

我走了进去，根本没引起孩子们的注意。这个班的情况比我上学时更极端：除了一个金发碧眼的孩子和德莱斯先生以外，其他人都是亚裔。"你看，这怎么样？"德莱斯先生高兴地一边说，一边拆他的亚马逊包裹——那是他为了旅行刚购买的照相器材。"现在我有了天窗和开放式柜子。还记得那些劣质的移动柜子吗？用了十年，早就没法移动了。"

德莱斯先生这些年老了许多，但给人的感觉还是和以前一样。他长了一张看似在高中时受过校园霸凌的脸，但很自信，像一位全然不在意过往、潇洒走出灰暗期的人生赢家。所有学生都尊敬他，因为他为人风趣，娶了一位性感的妻子，手臂上的文身图案是全部二十二种氨基酸的化学式。在第一堂大学生物先修课上，他告诉我们："没错，我会骂脏话，你们也可以骂脏话，我毫不介意，因为这不会影响你们学习科学。如果你去告诉家长说'哇，我的老师讲脏话'，没人会管，我也不会在意，所以你倒不如省点事。"他立刻赢得了我的信任。

下课铃响了，孩子们离开教室。我坐在一张实验室的金属高凳上，惴惴不安地转起来。"呃，想先问一句，您还记得我吗？"我问。

"我当然记得。"

"您不记得也没关系。我只上了您大约三周的课，就转去上物理了。不过，如果您真的记得……我当初是什么样子的呢？"

他把头歪向一边："你很聪明，一副很有把握的样子。其他我就不清楚了。"

"好吧。"我吸了口气，接着说，"我不清楚您是否听说我从小就被父母抛弃，一直独自生活。我们家搬到这里的那年夏天，我妈就离开家不管我了，我爸在我高二那年也离开了。我不知道其他孩子是否对我在家里办的那些疯狂聚会议论纷纷。"

"我对此一无所知。真可怕，天哪，什么烂家长！"他说。我的敬仰之情油然而生，因为很少有人有这样的胆量承认这种残酷的真实。

"不，我一点也不知道。你隐藏得很好。"

"我还记得跟其他孩子，特别是几个有类似经历的好朋友交流过这件事。我发现，好像在这个学校，这种情况相当普遍。您作为这里的老师，是否遇到过许多被虐待的孩子？"

我以为德莱斯先生需要一些时间来消化这个问题，但他往我右边某处看了一眼，直接回答我说："我只遇到过一个女孩，我知道她爸总是打她，就报告了儿童保护服务局。她是个身材非常矮小的越南女孩，她爸也不高大。就是这么个矮小的男人，总是打他矮小的女儿。后来她被送进收养所，一帮吸毒的女孩偷了她的东西还欺负她。哎，那真是害了她。"说到这里，他显得有些丧气。

德莱斯先生往椅子后背靠了靠，与我四目对视，接着说："除此之外就没有了。这么说吧，我教的大学先修班的孩子几乎是清一色的亚裔，每年都这样。今年的三个生物先修班只有一个白人孩子，超级白，来自芬兰。有时或许会有两个印度和中东孩子。有一年有三个非亚裔，这已经是历史性的了。我上生物先修这门课十六年来，只教过三四个黑人孩子。亚洲孩子不计其数，在旁人看来，他们似乎过着完美的生活，穷人家孩子没有的东西他们应有尽有，拿着价值一千美元的苹果手机，用着苹果笔记本电脑。但我教的孩子都承受了太大的压力。每学期要上四门大学先修课，这样他们的妈妈们就能在网球俱乐部向别人炫耀：'哦，我们家孩子进了伯克利和哈佛！'因此，我的学生经常彻夜不睡。"

"为什么？"我问。

"因为背后的那些虎妈！"他充满自信地说，"他们必须取悦父母，达不到父母的期望使他们备受压力。"

我低下头奋笔疾书，努力不露声色。这种对于亚裔半真半假的认知，在外人看来就像熊猫快餐一样简单明了。

小时候，我很少思考种族问题，但后来就意识到有色学生和白人老师比例之悬殊。

二十世纪六十年代，皮埃蒙特山中学唯一的亚裔是日本孩子，他们的父母在农场采摘花朵、柑橘和樱桃。七十年代早期，第一批越南人抵埠，他们以社会精英为主，大多是有财力的医生和政客。刚开始，皮埃蒙特山中学的老师和学生都很喜欢新来的越南学生，因为他们接受过优质的教育，父母也颇有文化学识。他们的成绩好得惊人，大幅拉高了学术标准。后来出现了偷渡客，这些穷苦而拼命的难民赤手空拳逃出来，在马来西亚和菲律宾难民营都混过。从1975年到1997年，约有八十八万越南难民在美国安顿下来，其中有许多都住在加州的彭德尔顿难民营。到我写这本书的时间为止，圣何塞居住着超过十八万越南人，是最大的海外越南侨胞聚集地。

二十世纪九十年代，大批持有工作签证的中国和南亚移民来到日渐繁荣的硅谷打拼，到1998年，此地三分之一的科学家和工程师都是外来人口。当时美国还面临教师和护士资源的短缺，菲律宾移民潮恰好填补了这一空白，他们照顾着年幼者和病弱者。

我们学校当时超过一半学生都是亚洲人，约有三成是拉丁美洲人，还有一小部分黑人，白人学生非常少，然而大多数老师都是白人。五年级时，我们学到有关朝圣先辈的知识，通过打扮成殖民主义者并以羽毛和墨水书写庆祝殖民日。如今想来，老师们居然可以欢快地看着一屋子亚裔和拉丁美洲裔的面孔，假扮戴着花边帽子、穿着背心的欧洲殖民主义者，而丝毫不觉得有什么问题。他们应该给我们讲少数族群被迫融入当地文化的过程，然而实际上，他们教给我们的却是十字绣。

或许德莱斯先生这样的白人老师难以察觉我们的困境，因为移民很善于融入环境。但如果我是一个想找老师帮忙的女孩，我一定会去找德莱斯先生。他的文化背景与我们不同，但他总是很关心我们，愿意搞清症结所在，克服误解的障碍，不惜一切代价拯救你。因此，这十六年来只有一个孩子来找过他帮忙，这实在是奇怪，甚至是荒谬。

当然，如果学校真像我记忆中的那样，是移民代际创伤的温床，这件事才显得奇怪。可如果德莱斯先生是对的，这是一所竞争激烈的学校，学生家长们因为想要保持优越的生活而陷入焦虑，步步紧逼地进行虎妈式教育，那就没什么奇怪的了。

"我们学校可不像这一片的其他学校那样。"德莱斯先生说，"那些孩子都进了黑帮，无家可归，每个班都有女生遭家人性虐待。我无法想象在那种学校教书是什么情形，那些孩子完全不同。"

我跟好几位老师都聊过，他们的反应与德莱斯先生一样，还给我看墙上贴的照片，是那些最终成为放射科医生和耳科医生的孩子。对，是有一个天才儿童考进了麻省理工学院，结果毕业后找不到工作，半夜回到皮埃蒙特山中学，投泳池自尽，第二天早上被高一游泳队的孩子发现。有位老师告诉我，他有个女学生有自杀倾向，想自杀的原因，用这个女生自己的话来说就是"无法让文章充满魔力"。他说，这个学生抱着令人难以置信的坚决态度不断念叨着"我无法让我写的文章充满魔力"，这句心里话让他夜不能寐。他回家跟妻子也谈起了这件事。这似乎超出了教师的职责范围，到底该怎么应对这个问题呢？不过，至少我又知道了一个这样的案例存在。哎，都是些反常的怪人。

最后，我终于找到了一个可爱的亚裔老师，她警告我说："你在使用'辱骂'这个词时要小心，它很可能会引起误会。如果你对某人大喊,就因为你叫得太大声,那也是辱骂。不是吗?我不会用这个词。"

　　在采访这些老师的过程中,我渐渐对自己提问的方式产生怀疑。这些人之所以成为老师,是因为他们想尽全力培养学生。他们在百忙之中抽空接待我,期待听到的是又一个振奋人心的成功故事。但我不过是一个充满怨恨的鬼魂,指责并质疑他们是否真正留意到了学生的痛苦,质问他们人生目标设立得是否有用。最终,他们都说:"但你现在过得不错,不是吗?"于是,我展现出一副自信的笑容,开始列举自己的成就。我每提到一项荣誉,他们皱着的眉头就宽慰地舒展一些。然而,那一夜我觉得自己失败透顶。我清醒地躺在廉价旅馆的床上,诅咒自己脆弱的头脑。如果我对群体性创伤的记忆有误,那或许我对自己创伤的记忆也出了错。

25

第二天早晨,我驱车来到儿时的住处。那条街似乎比印象中宽阔得多,我把车停在街边时才意识到,原来是大家都安全地把车停到了宽敞的车库而非街边,四下也无人,街道才变宽了。这里的房屋建筑风格各异,私家花园都经过精心打理,虽然是郊区,但很有风格。不过,整条街见不到一个人影还是相当诡异。

儿时住处的诸多细节都是我难以描绘却熟记于心的。比如,我或许不会跟你提起房子门口台阶的材质,但当我抚摸那些灰白卵石时,便会想起儿时假装让玩具小人从台阶上跳到草地里玩耍的情景。

我按了一下门铃。一位年长、矮小的越南女性开了门,神情疑惑地看着我。"您好!"我说,"我从小在这幢房子里长大,冒昧地问一句,能否进去看一看?"

她的英语好像不太好,能听懂我的话却无法应答。她笑容灿烂地把门敞开,张开双臂表示欢迎。我最先注意到的是深色的红木楼梯和地板。"天啊,"我说,"您把地毯拿走了。"这句话足以证实我曾是这里的住客,于是她居然任由我独自晃荡,自己摇摇摆摆地回厨房去了。在那里,另一位老妇人正忙着拣一大筐蔬菜。

我对这幢房子的布局了如指掌且刻骨铭心,但再次置身其中又是另外一回事。它似乎宽敞得很不合理,给三个人住实在是太浪费了。这些年来我住惯了狭小的城市公寓,如今身处这宽敞的空间,游走于各个房间，不免窘迫得脸红。

当然，这里也有很多地方跟从前不同：到处都是别人的东西，还装了新窗帘，墙壁也重新上了白漆。从前的书房成了卧室，我的卧室则成了书房。然而，房子的骨架还在，门把手也没变。

我希望能通过故地重游猛然想起一些隐藏在内心深处的往事，让这些卵石、房间、楼梯把手帮助我再次回到过去的悲剧中，让一切变得更清晰。一帧帧画面在回放，尽在意料之中，它们就像这些年来被我放在口袋里不断搓磨的那几块石头。就在这里，在我们以为父亲要杀了我们的那一晚，母亲一直拥抱着我；在这个楼梯口，母亲把我推了下去；在那个楼梯口，就在企鹅海报旁边，我扇了父亲一巴掌；在这间活动室里，我因为扇父亲耳光而被狠狠揍了一顿……如果我在每个房间里待一小时，仔细回忆每一方寸，或许能实现彻底的改变，但那位好心的老妇人为了不打扰我，正在厨房里等着，我不想利用她的善良在这里晃太久，等待过往的幽灵出现。我在各个房间里逗留了一会儿，记下了回想起的事。

接着我来到后院。泳池过滤器的嗡嗡声依然带给人安慰，池中一面灰色的水泥砖墙辟出一个可以泡热水澡的池子，池边是我们过去种辣椒和柠檬树的地方。有一种感觉在我体内涌动，一时难以名状。过了一会儿我才惊讶地意识到，这种感觉居然是久违的怀旧和欢愉。

我把这个泳池视为自己在四岁时几乎淹死的地方。从那以后，母亲便迫使我在池里学游泳，来回不停地游，确保我再也不会淹死。不论我怎么挥胳膊蹬腿，总有什么不对劲："腿绷直。我说了，要直！你怎么游得这么差！手指并拢，背挺起来。背挺起来了，腿又弯了！"

然而那段记忆却很快消失了。此时我站在此地，没有任何焦虑的感觉。阳光普照，池中的氯气带有化学品的甜味，柠檬树很香很美。这里也充满了快乐的回忆：泳池里曾有好多漂浮棒，我能潜泳一两个小时，父母从厨房窗户口递来一盘盘烧烤。然而，这些回忆并不那么鲜活，我只感觉自己曾在这里度过了快乐的时光。承认这一点比回想被虐待的经历更令我伤心。

离开时，我谢过那位好心的老妇人，她公事公办地点点头。虽然我尽量加快速度，但还是逗留了不少时间。之后我到房子斜对面的公园散步。这个公园占地四十英亩，有宽阔的草坪、弯弯曲曲的步道、网球场和儿童乐园，水泥地上印着树叶花纹。一个女孩一边用呼啦圈跳着抖音上流行的舞蹈，一边给自己录像。

照老师们的说法，这个社群的问题主要在于家长过分强调数学的重要性，还过度保护子女，限制他们接触酒精。这是移民获得成功和幸福的典范社群，充满奇迹，移民曾经遭受的创伤就此消失，死亡、战争、强暴都被优秀的成绩、白领工作和带泳池的两层干净楼房替代。这么说，这里或许确实没那么糟。

我想老师们说得有道理。美国有那么多群体因创伤而备受摧残，遭受极度饥饿、毒瘾和暴力的折磨。或许我小题大做——我衣食无忧，还不够吗？

回到车上，我瞥见街对面的房子，立刻想起了这户人家的名字，在此就先称他们为弗雷德和芭芭拉。又一段往事浮出水面。此刻，我意识到那是唯一一次，我家的体面虚饰遭到严重破坏，漂亮的外观无法坚守破碎的内在。

不记得那次我们为什么吵架，只记得母亲抓着我的头发，把我拉到橙色长绒地毯的另一边。

"我真恨你。不许哭！"她一边说，一边放了手。我试着表现得坚强一些，没有流露出软弱无助，而是紧紧地皱起了眉头。

"呵，你还敢生我的气？"

"不，我只是希望自己看起来不是那么伤心。"我抗议道。但她根本没听见我的话，光顾着大吼："你哪来的胆子，用这种眼神看我？"

接着，我们听到了撞门的声音，门铃也响了两声。我们都惊愕地停了下来，那静寂比嘶吼更震耳欲聋。我们不敢看对方，都盯着前门，仿佛讶异于它的存在。我们每次争吵，这道门就像消失了一样，连同外面的世界似乎也跟着消失了，这个家就成了整个宇宙，世间唯有我和母亲对立着。现在这个幻觉破灭了，我们不知道接下来会发生什么。

母亲慢慢冷静下来，蹑手蹑脚地走到门边，透过猫眼往外看。"我听到你们就在里面，"有个声音在喊，"开门，不然我就要给警察打电话了！"

母亲开了门，我站在她身后瑟瑟发抖。邻居芭芭拉站在那里，一头灰发乱糟糟的。她和丈夫弗雷德是一对退休夫妇，膝下无子。弗雷德不时会跟我爸聊天，谈论花园里的玫瑰花和汽车，我们还去他们家吃过一顿晚饭。然而，今天的芭芭拉看起来与往日判若两人。

"我能听见你在虐待这个孩子。"芭芭拉说，"我就住在街对面，每天都听见你骂她。我实在忍无可忍，无法袖手旁观。"芭芭拉挺起胸膛宣布："你这是在折磨她，我要打电话报警。"

那一秒钟，空气凝结。不过母亲很快回过了神。"你在监视我们？"她迅速反驳道，驾轻就熟地将矛头转向了芭芭拉，"你在干什么？在我家门口偷听吗？尽管去报警！我们会告诉警察你擅自侵入，我们有隐私权。"

"我根本不需要偷偷摸摸，"芭芭拉讥笑说，"从我家起居室就能听到你的吼叫。不过，你说得对，我走近时就能听到她的乞求，她哭着说'拜托'。天哪，这样一个孩子要天天向自己的妈妈乞求。你怎么做得出来？"芭芭拉用悲哀和仁慈的眼神看着我，并愤慨地抬了抬下巴。她自以为是在捍卫我，但她错了。

我推开母亲，走向芭芭拉。"拜托您别那么做。"我说，"非常感谢您的关心，特地跑来帮助我，但我不想被警察带走，我想留在这里。我爱我的父母，他们有时会骂我，但那是为了帮我改正错误，让我有所进步。有时我确实很讨人嫌，只不过您不知道。"

芭芭拉的眼神中充满怜悯："宝贝，你不该遭受这样的虐待。对不起，我必须采取行动。"

我的恐慌反应开始发挥作用，我知道自己该怎么做了。母亲也退了下去，她知道我会处理烂摊子。

"拜托，芭芭拉，拜托您了。"我说着哭了起来，刚开始很轻微，越哭越厉害，直至开始打嗝。我内心确实很害怕，害怕失去父母，但也善于在必要时戏剧性地表现自己的恐惧。芭芭拉说得对，我确实是一直在乞求，早就熟能生巧。

我倒在地上，向芭芭拉爬过去，像祷告那样紧握双手，往她脚踝上蹭。

"没关系，孩子，起来吧。"芭芭拉温和地说，一脸的痛苦。她看看地上的我，看看我妈，再看看我，意识到自己输了。

"您还会报警吗？"

芭芭拉犹豫了一下，对母亲说："我不希望再听到你辱骂她，不然我就报警。你意识到自己在做什么了吗？这是错误的。你会毁掉她，她一辈子都会有创伤。"

我还趴在地上，肩膀在颤抖，看不见她的脸，但听得出她的声音镇静而过分热心。她希望母亲能听进她的话。可怜的芭芭拉。

母亲什么也没说，只有我在抽噎。我们静默许久后，芭芭拉才走开。我看着她穿着凉鞋走过开满茉莉花和叶子花的花园。

母亲关上门，等了半分钟，确保芭芭拉已走开，才开始咒骂："多管闲事，她就是这么个人。插手别人的家事，凭什么管别人？"

当晚父亲回家后，母亲把事情的经过轻描淡写地讲了一遍，说芭芭拉过来抱怨骂声太吵。

"难以置信，我们去度假时，房子的警报响了好半天芭芭拉才听到，最后打了电话找人来帮忙。但她居然能听见我骂这个蠢货！"母亲凶神恶煞地盯着我，"这丫头净惹事，害得我那么大声地吼她，连邻居都听得见。她就是这么讨人厌。"

父亲摇摇头，又大口吃了一勺饭。"你为什么这么讨人嫌？"他问我，"为什么不能善待你妈？"

"对不起，"我说，"我保证改。"

发明了"复杂性创伤后应激障碍"这一名词的朱迪思·赫尔曼曾写道："备受虐待的孩子……必须找到一种方法，保持希望并保留意义，不然就会彻底绝望，那是孩子无法忍受的。为了坚持对父母的爱，她必须否定最显而易见的结论——父母有严重的精神问题。她会想尽一切办法解释自己的命运，为父母开脱罪名……要么下意识地忽略并遗忘虐待行为，要么有意淡化、为其辩解，不认为发生在自己身上的是虐待。"

虽然我清楚自己遭受虐待，明白那是恶劣的行径，但还是以记者的怀疑态度看待自己的故事，仿佛故事里的自己就是个陌生人。我不断寻找借口：或许眼动脱敏再加工是胡闹，或许老师们是对的，或许优越的生活条件足以令人忽略受虐。这些想法赋予我虚假的掌控感：如果这都是我的错，那么我可以改变现状，解决问题。

然而就在层层疑云下，一个全新的我正努力拨云见日。我已经浏览过相关数据，所谓亚裔人口平稳地实现美国梦的说法都是自欺欺人，事实并非如此。这些移民经历了极端暴力，却不相信自己可能有精神疾病，闭口不谈创伤，没觉得自己失败，也不接受失败。每个人都过得很好？最大的烦恼莫过于无法让自己写的文章充满魔力？去他妈的吧。

　　我并没有看那幢房子——那个外观荒诞的所谓幸福之家——最后一眼，而是发动引擎，向星巴克咖啡厅开去。在那里，我要跟一个人聊聊。他是我最后的希望。

26

我到得有点早,买了一瓶气泡水,然后开始刮指甲上的角质层。高中毕业后我就没见过史蒂夫,印象中我们最后一次聊天还是在初中。当时学校组织了一次校外活动,我们正准备上大巴,他把自己录的一盘 CD 给我,里面是蟑螂老爹乐队和实弹乐队那些有关孤寂和无人理解的歌。

他到的时候,我既松了口气,又有些紧张。我颇为尴尬地跟他握了握手,然后给他买了一大杯咖啡。他比印象中高得多,且有些中年发福,一举一动算不上冷漠,却相当酷——他不怎么开怀大笑,动作拘谨,一手端着咖啡,另一只手放在腿上。

"咱们好一阵子没见过了吧?"我做作地问。我们简单交流了一下各自的生活情况。他依然住在这里,有个女朋友,有一份相当不错的工作,跟一帮高中朋友保持着联系。当他提到一个曾经叫我"贱人"的旧相识时,我试着保持平静。这不算什么,在新闻播报室里,我可是坚不可摧的。

"其实,我想跟你聊聊我们的高中和初中。"我说,"当时我很讨人嫌,所以总感觉困难重重。我想听听你的经历如何。"

"这就奇怪了。在我印象中你并不讨人嫌,反而相当受人欢迎。我才被大家嫌弃。不过那是我自身的问题,我不知道怎么跟别人沟通。"

"是吗?此话怎讲?"我问道。

他停顿良久，用很奇怪的眼神瞥了我一眼说："我不确定你是否知道，或许你知道，我曾暗恋过你。"

"哇，我一无所知！"我愚笨地笑起来，极力掩饰自己的震惊，甚至有些弄巧成拙。谈论创伤意味着什么都可以说出来，我们不必再为初中生荷尔蒙的可憎而尴尬。很久以来，我第一次觉得这真好。

我早已将自己童年遭受虐待、被人忽视的故事编成了一个半分钟能讲完的版本并勤加操练，如今正好可以讲给史蒂夫听。他安慰了我一番，说根本不知道我当时的处境如此糟糕。接着，我跟他讲起前一天皮埃蒙特山中学的老师说对我还有其他孩子受虐待的情况一无所知，说我们这些孩子担心的不过是怎么在考试时拿到A。"我只想问，是真的吗？我可以发誓，还有许多孩子也遭到过毒打。我只想跟你确认一下情况。当然了，如果是我搞错了，那很抱歉。"

史蒂夫苦笑了一下："那些老师当然一无所知，因为没人会报告老师！"

我立刻坐直了。

"没错，我们都在挨打。"他啐了一口唾沫，"当然不是所有人，但我知道有很多人都是如此，要不然我们为什么总担心拿不到A呢？"

"就是嘛！"我大声喊起来，"谢谢！我也这么认为！谢谢！"

"即使是那些现在看起来很幸福、在脸书上貌似与父母关系很好的人当时都在挨打。当然了，挨打的程度各有不同。我挨的是拳头和鸡毛掸子，也有人挨的是拖鞋，还有筷子等小物件。"

史蒂夫说我们的社区确实有不少有钱人家，但并非所有孩子都过得上殷实的生活。史蒂夫自己就是个"挂钥匙的孩子"——父母每天都在餐馆里工作，很晚才下班。我们都记得在位于拖车停车场的朋友家里玩电子游戏的日子。

虽然史蒂夫并未透露残酷的细节，却真真切切地告诉我，他的父母经常因为考试成绩而打他，特别是数学。我俩从同一个初三数学老师手里拿到 B+ 的成绩后，都会挨打。

史蒂夫说那时候总感觉焦虑万分，如果成绩不好，就得做好准备回家挨揍。十三岁时的某天，他终于反抗成功，凭借自己的大个子镇住了父母，使他们从此不再动手。那之后，他跟我一样，出于怨恨频繁"挂红灯"。如今，他和父母的关系依然会不时紧张一下，他妈妈不断唠叨时，他就会失控，对她咆哮。

"并不只是华人家庭的孩子，还有很多……"他说出一连串名字，许多都令我相当讶异。其中一个还是我暗恋过的男孩，他很受欢迎，聪明，仪表堂堂，还有几分傲慢——但如今看来，那也许是害羞或内向，因为他得面对好多难题。

"谢谢。"我不断地对他说，"谢谢，谢谢。我就知道自己没记错。谢谢。"其实我俩相去甚远，生活在全然不同的世界，也疏远已久，我甚至还特别讨厌他的一些朋友。但那天下午的咖啡馆像一个仅能容下我俩的秘密泡泡，我们待在里面渎神般地放肆交谈着，可以坦诚相见，也可以据理力争地反驳，这大大拉近了我们之间的距离。

史蒂夫还承认，他受虐的创伤并没有魔术般地随着时间的推移而消失。"这大概就是我一直拼命工作的原因。我会接手别人的工作，完成分外的事，因为我需要得到认可。我希望被老板表扬，不然就会焦虑，仿佛我自己是破碎的，不论付出多少努力都做不好事情。"

我们讲述了各自在工作过程中感到焦虑和低人一等的事，那正是童年时代的烙印。他说什么，我都拼命点头表示赞同。

我说："你还能跟父母如此亲近，真令人吃惊。我对父母憎恶至极。"

史蒂夫瞟了我一眼，我知道揭晓真相的时刻到了。

"我和我妈还是会吵架，但比以前好多了。因为……他们并没有弃我而去。"

"哦,你说得对。"

"对,你的情况比多数同学糟糕。"

我正要反驳,却控制住了自己。哦,我们已经不是中学生了,不应该再玩"谁更倒霉"的愚蠢游戏。痛苦就是痛苦,无法互相比较。我们都尝过那种滋味,然后有些人成长得更强大,有些人一蹶不振,有些人得到治愈,有些人无法复原。

我和史蒂夫小心翼翼地道别。为了保护坦诚交流的成果,我们没有承诺保持联系,只是直白地相互道谢,然后尴尬地单臂拥抱。即使如此,在走回停车场的路上我依然心怀感恩,也松了一口气,那种快感足以让我紧紧拥抱他整整一分钟。

或许我记错了那片山景,也记错了许多别的事情,但关于同学们的遭遇,我的记忆没有出错。我是对的。

或许我的病情不像想象的那么严重。

过了好几周,皮埃蒙特山中学的社工和心理治疗师伊冯·甘特才打电话给我。我上学的时候,学校还没设立这样的岗位。我回圣何塞时她没空见面,电话访谈也一拖再拖。

伊冯是趁午休时给我打电话的,因为她只在那个时间才有空。她气喘吁吁地说:"对不起,上周五没法跟你聊,因为要看护一个有自杀倾向的孩子。现在我手头大约有两百三十个别人介绍来的病例,这些孩子遇到的问题五花八门:染上毒瘾、怀孕、不伦之恋、严重的抑郁症等,还有十个孩子精神失常、有自残行为,还无家可归。"

"啊,天哪!太可怕了。上周我跟几位老师聊了聊,他们似乎认为学生们的焦虑主要源于过分看重成绩。"我说。

伊冯听了哈哈大笑:"对,这里不像有的学校,有那么多涉及黑帮的问题。不过,老师们也太天真了。"

伊冯告诉我,有很多孩子在默默忍受性侵,有一个学生甚至每晚都被生父蹂躏。伊冯打电话给儿童保护服务局报案,结果那个浑蛋父亲被捕后的第二天,女孩的母亲冲进伊冯的办公室,尖叫着说失去了经济支柱,因为女孩的父亲是家中唯一工作挣钱的人,现在母女二人活不下去了。伊冯感到很无助也很崩溃,喃喃自语"我不知道会这样……我真的不知道……"直到眼泪迸了出来,她握着那位母亲的手,两人一起啜泣。

当然,也有学生经常被拳打脚踢。"受体罚的孩子不计其数。"伊冯说。每次接到新病例,她都默认这些孩子被体罚过,因为这种情况太普遍了。每当她医治的孩子开始改变话题,谈起体罚,她就不得不一再提醒:"你确定要讲下去吗?如果继续讲,我就必须向儿童保护服务局进行强制汇报。"但孩子们还是滔滔不绝地哭诉。

"他们太渴望得到帮助了。"伊冯说。然而,这些孩子相当清楚儿童保护服务局的局限性。伊冯提交过数百份报告,几乎都没了下文,原因是当社工们来到那些干净、整洁的家,见到那些貌似善良的家长时孩子们一言不发。如今轮到我苦笑了。"没错,小孩在那种情况下当然会闭口不言。"我说。

"家长就站在旁边,当然什么都不会说!"伊冯喊道。

十五年过去了,圣何塞的移民群体中当然也汇入了一部分新鲜血液,可皮埃蒙特山中学的一些校友如今还是把孩子送到了母校。难道这是要让父辈的错误在下一代身上重演吗?是恶性循环吗?我们这代人从受害者化身成了作恶者?

我试探性地问:"您是否认为这些孩子的创伤没有被重视……是因为他们是亚裔?"我真正想说的是:我们之所以被忽视,是不是因为我们被视为少数人种中的模范、先修课学生、家里有泳池和高级笔记本电脑的乖孩子?这绝对是一种错误的模式化看法。

"正是如此。"她说,语气极为肯定,我甚至能听得出她在电话那边点着头。"当然，不是每个亚裔学生都能出类拔萃。"

在美国的亚洲人并非生而平等，"少数人种模范"的称号将我们从不同国家迁移到美国的不同经历彻底扁平化。华人或许拥有更多资源，受过更好的教育，英文也更好，越南人和柬埔寨人通常家境贫穷。但不论是华人学生，还是越南学生和柬埔寨学生，成绩都会有好有坏。

为了纠正"富裕亚裔"的论调，伊冯告诉我，有许多学生生活在贫困线之下，她接手的不少孩子都得靠医疗补助津贴才能来看心理治疗师。她还说，有一些孩子因无家可归而苦苦挣扎。

伊冯证实，即使是条件更优越、成绩更优异的孩子也面临精神健康问题。"在一次面向学生和家长的活动上，我设了个摊位，向需要寻求帮助的学生开放。"她说，"一位父亲经过时对我说：'我的孩子可不需要心理咨询，他总能拿到全A，哈哈哈！'两年后，他的孩子成了全校成绩最优异的孩子，却有严重的药物上瘾问题。哎，那些家长和老师甚至没想过孩子们怎能不眠不休地学习，读五门大学先修课，还在其他科目中获得优秀成绩。他们甚至要靠药物才能撑下去。"

伊冯还跟我讲到两个精神失常、神情恍惚的孩子。当她向孩子们的母亲通报情况时，两个母亲都说："那是因为他们太无聊了，只要多补些课就会好起来的。"我想起那个"公文教育"的笑话——孩子无法管理愤怒情绪？送去公文教育补习班。怀孕了？送去公文教育补习班。患有埃博拉？送去公文教育补习班……我们总是讲这个笑话，因为它是现实的写照。

真相令人震惊，儿童受虐现象普遍存在。我和伊冯你一言我一语，越聊越激动，"这是代际创伤，对吗？""正是！你居然也知道！"

我们笑得如释重负。虽然这场对话的内容令人悲哀且茫然，但比起我和其他老师的对话更让人轻松，因为它很真实。在黑暗之中，丑陋的东西变得更丑陋。我和伊冯没有掩饰真相，没有将它美化得更容易让人接受，而是共同面对。大声说出丑陋的现实，让我得到一种别样的慰藉。

所有关于创伤的书籍都在试图为我开脱：天性暴躁并不是我的错，而是因为我备受虐待，就像你不能怪罪深山里的狮子会伤人，因为它生来如此，没必要责怪天性。这种逻辑从未带给我宽慰，因为我希望自己能够超越动物。

然而，跟史蒂夫和伊冯的交谈却让我得到宽恕。我感觉自己不再是那个受伤的怪人。我是一个地方的产物，是许多人中的一个。我们都是这个失衡群体的受害者。这个群体非常善于一边掐着自己的喉咙，一边低声说："哭着微笑，咽下伤痛。"

在这里，每个人的痛苦最终都变成一个群体的常态。看透这一点后，我感到浑身充满了力量。或许我还可以改变自己的脑回路。越是普遍的疾病，就会有越多人康复。这个群体不可能彻底沉沦，肯定有人摆脱了束缚。

我成功地离开过这个地方，还要再次走出来。

27

圣何塞的沉默令我怒火中烧。

在那片阳光灿烂的绿洲中,有许多隐藏的痛苦、被忽略的孩子,以及未得到治愈的伤痛,而每个人都以为只有自己一个人在默默承受。我想要站到屋顶上大声疾呼,想写篇文章刊登到报纸上,想打电话给那些老教师,向他们怒吼……

最初,我因为老师们对学生经历的创伤一无所知感到愤怒,但那并不理智。如果孩子们不说,他们又怎能了解情况?我又对保持沉默的孩子们生气,但也不合理。最后,我开始对家长们生气,因为他们从未解释过这些创伤的缘由。

多数暴力行为都有目的性,无缘无故的伤害很少发生。我们这些孩子为什么会遭遇这种不幸?我们挨了这么多打,这种痛苦的根源是什么?有人知道真相吗?在大声疾呼前,或许应该先学会聆听。

我着手展开调研,打电话给加州那些社区中心和心理治疗师,也读起了同班同学充满伤痛的家族往事。我还找到十几位同辈的移民后代聊天,告诉他们我有一些问题,事关成长过程中父母亲对他们的刁难,以及父辈们的过去。在每次谈话中,所有人都向我强调,他们的父母是好人,赤手空拳来到美国,克服重重困难,经历了隐忍和沉默,所以难免有些焦虑。

"明白。"我小心翼翼地说,"你知道他们为什么会这样吗?他们是不是在年幼时经历过什么创伤？"

"我对创伤一无所知，这个词听起来好严重。"他们一开始会这么说，甚至会不屑地大笑。我盯着他们，直到他们的眼神飘到房间的某个角落，然后承认说："好吧，是有那么一段从来没人提及的往事。"接下来就是坦白时刻。

K在快三十岁的时候为父母录制口述史，才知道母亲是坐船从越南逃出来的。那段旅途充满折磨：一个女人就在她眼前被强奸，她不得不闭上眼睛、一动不动假装睡着。她在美国落户后，两个兄弟想要以同样的方式漂洋过海来美国，但他们的船出了事。K甚至不知道自己还有两个舅舅，有关他们的回忆和他们一起葬身海底。或许正因如此，他母亲才偏执多疑，把稍微值钱一些的物品都藏在家中的某个角落。

为了搞清楚父亲一生气就打人、骂人的原因，H阅读了韩国历史，发现自己的父亲经历了1980年的光州民主化运动。韩国军队血腥镇压了民主活动分子，血染他的家乡。然而，在这场运动中，他究竟经历了什么？受到怎样的伤害？她已经不再和父母有往来，不得不通过观看韩国历史电影，引发对父亲所经历的痛苦的同情。

M的母亲极端保护孩子，甚至不让M自己步行上学。最近，M才明白母亲为何这样做。一天半夜里，她听到母亲用越南语大喊大叫："救命！救救我们！别把她带走！她不是你的！"M走进母亲的房间，发现她正处于半梦半醒状态，眼睛睁着，却还在睡梦中。M把母亲从噩梦中摇醒。

这样的情况发生了不止一次。还有一回，M的母亲被摇醒后昏昏沉沉地说："哦，我做了个噩梦，一个朋友被绑架了。我正和两个朋友一起走着路，一转身，其中一个就不见了，于是我大喊救命。"翌日早晨，M走进厨房问母亲："你还好吗？"

"挺好。"母亲回答道。

"你不记得昨晚发生的事了吗?"

"你在说什么?"

"妈……你曾经有个朋友就在你眼皮底下被人绑架吗?"

"哦,对,有一个。"母亲回答说,"不用理会那事。"

"我继承了父母混淆视听的习惯。"作家 C. 帕梅·张在一篇刊登于《纽约客》的文章中这样写道。她说,父母"把来到美国之前的生活描述为一段潦草的引子……入了这个国家的籍,就不要选择对这个国家血迹斑斑的历史说三道四……只消眺望山丘上的城堡,一路爬上去,而对于踩在脚下的那堆尸骨,我们可以一无所知……"

这篇文章充满对抗和勇气,吹散了在周密计划下制造出来的混淆视听的雾,袒露出我们的软肋,任凭秃鹫来啄食。我现在所做的一切也一样,每写一页都冒着下地狱的风险。当我跟一个非常西方化的表亲提及写自己的创伤如何困难时,她警告我:"你很清楚'亚裔之耻'的说法吧,真的要全部抖出来吗?你或许会毁掉你父亲的人生。"

我的心肠并没那么硬,我不愿意毁掉任何人的生活。然而,要不是有了这些秘密,要是我们能直接把话说出来,把发生的一切昭告天下,那么或许就会有人阻止父母毁掉我的生活。

28

  我家的亲戚很善于交换彼此的秘密，并达成攻守同盟。他们深深地守着秘密，我甚至在几十年后都没能看破。

  十六岁的我曾经是全家闲言碎语的焦点。父亲每周都要沮丧地给亲戚们打好几次电话，数落我的不是，并寻求安慰。他因为离婚而蒙受了莫大羞耻，开始破罐破摔，添油加醋地炮制并散播有关我恶劣行径的新闻：把他的车钥匙扔进树丛，对他骂脏字，放火烧房子……

  马来西亚的亲戚开始联系我，试图代替父亲管教我。大姑妈发来好几封电邮，劝我振作起来；喜欢画画的堂妹在电邮里说，原来我也没那么厉害。亲戚们还说，是我一手破坏了父母的婚姻，我有什么好洋洋自得的呢？

  当时父母都已弃我而去。如果他们死了，还能有个葬礼，我还能收到几个礼篮，甚至还会有人来照顾我。然而，我只收到满是责备之词的电邮，说这一切肯定都是我的错。似乎也没有必要澄清了，不论我说什么，都无人能证明。我不再回复那些邮件。

  不过，最后我还是要回乡的，那是我曾经每两三年都要进行的朝圣之旅。另外，或许当我真正回去时，马来西亚依然会是那个温暖的避风港，那里的天气和种种气息还是会带来慰藉和安定感。尽管我犯下很多错，但依然是全家人的掌上明珠。我没跟父亲一起去，而是带上了大学里的男友。

刚开始,一切正常,我们受到热烈欢迎。亲戚带我们下最好的馆子,参观最好的景点——双峰塔、石灰岩溶洞和飞禽公园。姑姑开玩笑说没想到我的男朋友这么会吃辣,嘎嘎笑着称他为"白魔鬼"。不过大家似乎有所保留,不像从前那样无缘无故欢快地尖叫,而且对话也总是戛然而止。姑妈们无法与我四目对视,咕哝着说我"太美国化了"。我已不再是家族之光。

说实话,我的一言一行根本不像家族之光。从前,我们无非闲聊食物和在学校里的暗恋对象。如今,我的翅膀硬了,开始质疑他们的观点。长大的我轻易看出他们的偏见并予以批评,还嘲笑他们对外面世界的浅薄认知。最后,终于有人问起父亲的情况。我说不知道,他就是个浑蛋。

他们开始为父亲辩护,气氛逐渐僵硬。大家冷静下来以后,姑姑和几个姑妈围过来问我为什么不能善待父亲。"是真的吗?"其中一位姑妈在她的客厅里温和地问我,"我听说你跟你父亲闹得很厉害,完全没有一个孝顺女儿的样子。孩子,你怎么能这么做?冷静一点。"

我告诉她:"对,没错,我确实那样做了。"我扔了那该死的车钥匙,大喊大叫,还点燃火柴准备把房子烧了。"但他只告诉了你们这些?"我失声喊道,"他有没有告诉你们他出走了?有没有告诉你们我每天晚餐都吃微波炉食品?我病毒感染后,他不肯带我去看医生,我过了几个月才康复。我在拔智齿时打了麻醉药,他非得在我神志不清的时候对我吼,说他离我而去是我的错。他告诉你们这些了吗?"

"真的?"姑妈问道,但似乎并不相信我,也不同情我。亲戚们摇着头,咂咂舌头。那不可能,是你夸大其词,过分敏感,曲解他人的用意。什么叫他出走了?当然不是真正的出走,他只是跟女朋友一起度过了几个小时而已，不用这么嫉妒，说成是他抛弃了你，太离谱了。你怎么这么自怨自艾。

在这里，我们只会谈论食物，不会谈论感情。姑姑更嘲笑我的义愤填膺。"不要这样啦。所有的事情啊，你都得学会担待点儿，即使你有理，也不能口无遮拦。"

"姑姑，难道您一直隐瞒着什么吗？"我问。

"嗯，要是把什么都放在心里，我早就憋死了。"

我交叉双臂，噘着嘴。她叹了口气，看了看墙。

我在怡保跟姑姑一起待了几天。亲戚们送我去机场前，姑姑紧紧抱住我，轻声耳语道："你现在一点儿都不乖，知道吗？你得向好。"接着，她放开我，走开了。我不予理会。还能期待什么？她们又没经历过这一切，没见过我遭遇了什么，永远不会理解我所深切体会的没人爱的滋味。

这次朝圣失败了。

家族中的所有女人都视静默为尊严，一直忍受着人生的痛苦，从不爆发。我缺乏那份稳重，不过是一颗流星，一只插满刀子横冲直撞的球，一个带着手枪的美国女孩。我必须因此付出代价：马来西亚不再爱我。

从那以后，我不再回马来西亚。我为事业奋斗，在男人之间周旋，被绊倒时也不再喊"哎呀"，而是用英语咒骂。我吃薄煎饼和西班牙什锦饭，在集市买姑姑连碰都不敢碰的奶酪。我不再给她们打电话或写邮件。反正我自力更生这么久了，以后也能独自走下去。

我一连五年没回去，创下个人纪录。结果，父亲打电话来说姑姑病了，虽然病情稳定，但我应该回去探望一下。出于责任感，我跟着他回去了。自从他抛弃我重新组建家庭后，我们只是偶尔简短地见个面，每次就几个小时。如今，我俩得一起出行两周之久，谈话总陷入尴尬的静默。在中国香港转机时他给我买了碗云吞面,试着跟我聊天:一切还好吗?工作顺利吗?我已经十五个小时没上网了,刚连上机场的无线网,而且工作繁忙,要回五封邮件,便让他安静点,然后继续埋头工作。他慢吞吞地吃着面,噘着嘴。记得吗老爹,当时我唱着《摇篮里的猫》让你陪我玩,你却让我安静,别打扰你看球赛。

不过,到了怡保就很难再赌气了。姑姑看到我激动得差点摔跤,幸好及时抓住身边的桌角,高喊了一声:"好靓!"

全家人都在说,我跟父亲一起回来真是件大好事。因为我的此番努力,大家彻底原谅了我。姑姑又疼爱起我来,想尽办法塞给我一大盘一大盘的肉。我一次又一次婉拒,但五分钟之后,她会端来更多水果或一大堆糕点,直到我硬着头皮吃掉些东西为止。我们一起看电视时,她握着我的手,我轻捏她的小拇指,把头靠在她肩上。

我跟她一起度过了一个多星期,将我们之间好几个小时的对话录了下来。我想要收藏家族的历史,以及她古怪而有趣的动作和姿势。

就像儿时那样,我搂着姑姑坐在沙发上,听她讲从前的故事。我长大了,更善于提问,她也愿意更详尽地描述细节。她讲起祖母为喝免费汽水跟男孩子打情骂俏的故事,还有一些尴尬往事,比如当地的公共厕所是用床单围起来的,到了晚上,总有人从床单的缝隙里偷看别人排便,最后大家抓到那个变态狂,狠狠揍了他一顿。

接着,姑姑莫名提起了我儿时的事,讲我如何一直是全家人的宠儿。她拍着桌子说:"大家都对你好,因为大家都知道你受了很多苦。"她点着头,双眼紧闭,掉光了牙齿的上下颌不羁地伸进伸出。"大家对你好就是因为这个。你很小的时候大家就知道了,你受了很多苦。"

我立即听懂了她的话。"哦。"我的声音听起来漫不经心,但包裹在其中的那个故事——我受家族无尽宠爱的故事——却在扭曲变形。

"你见过她打我?"我问。

"对,"姑姑回答说,"大家都看到了。"

仿佛我对过往的记忆一下子由平面变得立体,那些多出来的棱角是我从未留意到的。我突然想起来,有那么一次,大家都在吃饭,母亲却坚决不让我吃,叫我在全家人面前交叉双臂拉住耳垂做下蹲。还有一次,我们回马来西亚,我才六岁,就因为我说的作业内容和母亲说的不一样,她用一根尺子打了我好几个小时,惩罚我顶嘴。我试图躲到桌子下面,她拖着我的腿想把我拉出来,我开始大声喊叫,求她饶了我。我知道亲戚都在,却不明白为什么没人来帮我。当时我觉得,他们肯定是没听到我的声音,我好孤单。但现在我彻底明白了。

那天,数英尺之外,小姑妈欣欣一定拿着表妹的小马宝莉玩偶隔着墙偷听,准备在一切结束后把小马当礼物送我。母亲扇得太狠,以致我双膝下跪跌倒在地时,姑姑可能就在一旁偷看,想着一会儿跟我说我是个完美的乖女孩。当我因为不小心打翻水杯而遭破口大骂时,大姑妈肯定就在一旁噘起了嘴,计划着当晚带我出去吃冰激凌。

我喘不过气来。"您为什么只字不提她打我的事?"我用洋泾浜英语问。

"说了还不是让你父亲倒霉?"

"那我怎么办?活该?"

"你活该?要是我说别打了,她只会打得更重,更别说停手。你以为仅此而已?你以为一切如此简单,我叫她住手,事情就会过去?"

接着,姑姑讲起我小时候有一次半夜醒来害怕极了,便来到她的房间,她醒过来,轻声安抚我,尽可能安静而迅速地把我送回房间。姑姑说她当时也害怕极了,因为如果母亲发现我半夜起床,准会打我。她不敢吵醒母亲，更不敢告诉母亲发生了什么。

"生活就是这样不公平。"姑姑一边说，一边耸耸肩。

小姑妈走了进来。姑姑用粤语朝她喊了几声，接着小姑妈又朝着她毛茸茸的小狗喊了几声。然后她俩同时转向我，大声说："丫头，你想吃咖喱饺吗？吃点吧！"

那是记忆中姑姑第一次说人生不公平。姑姑一生艰辛，相比之下，我的痛苦何足挂齿？

在姑姑看来，家里所有男人都不中用，是她所谓"无望的家伙"。

故事要从姑姑父亲的叔叔讲起。他是家族中从中国移居到马来西亚的第一人，我们的家族从他开始得以发展。刚开始他很精明，怡保是个矿业小镇，他拥有三座矿井和几处橡胶园，赚了很多钱。

后来姑姑的母亲嫁进家门。当时她是个十六岁的小姑娘，媒人说亲时她喜出望外：这家人多么富有，丈夫看起来大有前途，未来的日子将衣食无忧！然而，当她见到丈夫时，才意识到夫家用小舅子的照片浑水摸鱼骗了她。真正的新郎生来双腿变形无法行走，且相貌平平。

一对新人来到马来西亚，住进有钱叔叔的大宅后才发现家业渐衰。两次世界大战令生意变得艰难，叔叔不得不关闭矿井。更要命的是，他还把大笔钱财都挥霍在了女人身上。"有四个老婆，还要去嫖娼！"姑姑谴责道，"色鬼！"几年后，有钱叔叔破产了，姑姑一家人一无所有，流落街头。

姑姑的父亲既不能走路也无法工作，所以她母亲不得不拖着四个女儿，独自挑起养活一家人的重担。对当时的人来说，这简直令人绝望，因为女儿无法接续家族的香火，无法帮助她蹚过死亡之河得以超生，嫁人时还得赔上嫁妆。于是，她母亲下定决心让这些女儿自力更生。不过，虽然微薄的收入仅供一家六口勉强糊口，她还是想尽办法凑足钱，供四个女儿上学。为此，她给人裁剪缝制衣服，做饭菜卖给矿工，还推出每月优惠套餐，确保有稳定的收入来源。她一边打零工，一边养育四个孩子。

日据时代，矿井彻底关闭，粮食短缺情况严重，数千人挨饿。为了多赚一些钱贴补家用，姑姑的母亲向盗墓贼买下死尸身上的衣服，带着女儿们拆掉这些衣服，把抽下的棉线绕到线轴上缝制新衣。

战后，姑姑的母亲发现打麻将是个挣钱的好办法。她太厉害了，能凭借那些麻将牌呼风唤雨，最终攒够钱开起麻将馆。有一次，她想通过在麻将馆里卖鸦片赚一笔，便去泰国买了一大包鸦片。结果，她回到马来西亚时鸦片价格大跌，她血本无归。然而她并没有哭，而是奢侈了一把，买了很多螃蟹吃，以此消愁。"还能怎样？不如吃螃蟹啦！"她说。

姑姑骄傲地回忆道："那就是她的处事态度。不论发生什么，都保持乐观。"

这就是姑姑多年来反复教导我的：她母亲不辞辛劳、牺牲自我和超乎想象的忍辱负重的品质值得我们学习。后来，当我发现汉字的"忍"就是刀刃悬在心上时，就更明白个中含义了。心持一把刀，坚忍地活下去。这就是生存的真谛。

于是，姑姑学会了忍耐。年幼的她经历了无数苦难，生活贫困，吃不饱肚子，整日提心吊胆，她忍了。长大后，因为不够漂亮有钱，嫁不出去，她也忍了。一辈子忙忙碌碌，一边帮着照顾姐姐的六个孩子，一边当汽车销售员、秘书、当铺老板，还不得不在卖彩票时做手脚，她还是忍了。姑姑跟我最小的姑妈最亲，像对待亲生女儿一样把她养大，结果小姑妈年仅三十五岁就死于白血病，姑姑依然忍了。

姑姑反复这样对我说："天塌下来，就当被子盖。大事化小，小事化无。得饶人处且饶人，学着放下。"

就是这样的姑姑告诉我，母亲如此对待我是不对的。我觉得这话特别有分量、特别慷慨，我似乎得到了某种认可。连姑姑这样承受过那么多痛苦的人，都觉得我备受虐待，天理不在。

命运如此不公，姑姑在我人生的天平上做了手脚，试图为我扳回一城。其实一直以来，我并不是全家的宠儿，然而真相更令人欣慰：我受的苦有目共睹。我的家人看到了一切，且他们如此爱我，以至于几十年来精心策划并上演了这出大戏。多年来的"好乖，好乖"其实是说给我母亲听的，让她明白我值得疼爱，只可惜她根本听不进去。不过，或许那也是要让我感到自己值得被爱。

29

亲戚们戏剧化地联手将我高抬成全家的宠儿,从而隐瞒真相,这种做法一直被我视为爱的表现。后来我回到圣何塞,认识了许多有类似经历、因保护之名而被蒙在鼓里的人。当我看到保密造成的破坏时,便开始对这种伪装感到疲倦。

我历数着儿时听信的那些谎言和误导,简直不计其数。

十二岁的那年,有一天,母亲叫我去她房间。她正坐在梳妆台前的一张椅子上修眉,椅子上放着个粉绿相间的刺绣靠垫。我拿起一张软垫凳子坐到她身边,开始玩起她的漆器珠宝盒,指尖划过盒子上雕刻着的充满异国情调且缀有蛋白石的中式家宅。"我有事要告诉你,"她一边修眉一边说,"我是被领养的。阿嬷不是你的亲姥姥,舅舅也不是你的亲舅舅。我还是个婴儿的时候,这家人领养了我。"

"哦,这样啊。"我说,等着听下文。她没有再说什么,我便问:"为什么你的父母要把你送给别人?"

"我不知道,"她说,"从来没见过他们。"

我看不出她是伤心还是生气,或者两者皆不是。"没关系。"我说了这么一句。最后,她开始拔起了唇毛,我便走开了。

我十三岁时,母亲刚刚离家出走。父亲花了无数个夜晚研究她出走的原因:或许她是同性恋,或许她在学区做义工时和上级搞在了一起,或是她跟某个网球球友有染⋯⋯"我就知道她撒谎成性。"

有一天他这样说,"我们从来没告诉过你,你有个同母异父的姐姐。"

当时我就在母亲的梳妆台前,坐在那张放着刺绣靠垫的椅子上。"什么?!"我惊呼。

父亲告诉我,母亲认识他时正在闹离婚,还有个两岁的女儿,但直到结婚前夜她才告诉父亲女儿的事。父亲很爱她,主动提出当这个小女孩的养父。"不用了,"母亲说,"让她留在她生父身边吧。"

几年后,我尝试寻找那个姐姐,甚至想象团聚时跟她说:"其实我知道从小失去母亲的感觉。她抛弃你又有了我,这一定让你很难过,但我要告诉你,其实你更幸运。她是个糟糕透顶的母亲,没有她你会过得更好,希望这能帮助你从被抛弃的创伤中走出来。"接着,我们会互相拥抱,聊起一些共同点,比如我俩都不曾拥有完整的家庭。然而,我一直没能圆梦。我根本找不到她,父母都不记得她叫什么名字。

二十七岁时,我和父亲一起飞到新加坡玩了几天,再转道去马来西亚参加表亲的婚礼。每天早上一醒来,我就会跑到大姑妈狭窄的阳台上,边吃早餐边看《海峡时报》。不论多早,大姑妈都会姑妈腔十足,问我有没有关空调,说我看起来太瘦,拿出一大瓶水给我喝,告诉我回去也该学会自制、保持好的生活习惯,这有益于排便。她端出前一晚做的炒米粉,还叫佣人做咖椰吐司端给大家。父亲睡眼惺忪地走过来,把身体重重地摔在凳子上,开始大快朵颐。

"哇,什么吃相?"大姑妈说,"你老婆平时不做这些给你吃吗?"

他老婆?他又有了个老婆?

"你什么时候又结婚了?"我问。

"哎哟,都已经很久了!"父亲似乎毫无知觉地回答道。

"你结婚有八年了吧?"大姑妈哈哈大笑。

八年前我十九岁,全然不知此事,没人告诉我,也没人邀请我参加婚礼。父亲每次提起那个女人时还是称她为"我的朋友"。我一声不吭咽下愤怒吃完早餐，收拾好行李，还帮大姑妈登记了奈飞账户，吃了几块萝卜糕。去机场的一路，过安检，直至走到登机口我都忍着。

我们在登机口的黑色皮椅子上坐了下来，对面是一个西装革履的男人，正用手提电脑打字。我先是满不在乎地轻声问他："为什么过去十年你都在骗我？明明又结了婚，却说那只是个女朋友而已？"

"你说什么呢？我从来没骗过你。"

"你总说那是个朋友，其实她已经是你老婆了。我上大学的时候你就结了婚？我住的地方离你只有四十五分钟车程！"

他立刻进入了戒备状态："那不过是件小事！你还要我怎样？你从来不喜欢她，甚至没见过她。你到现在也没跟她见过面，因为你就是你。如果我告诉你，你肯定气急败坏。你总是那样。我该怎么办？"

"你怎么知道我会作何反应？真会找借口。"我越说越大声，"对了，天哪，拜托你赶紧去看心理医生，太明显了，你为了隐藏自己的羞耻，把一切怪罪于我。你从来都不可靠！"

身穿西装的男人安静地关上电脑，头也不抬地逃离到登机口另一头。我才不管呢，我就是要让全世界都听见，就是要把真相都说出来，不论它有多么伤人。

父亲还是用那老一套来训斥我："你总是揪着过去不放。那又有什么意义呢？我无法让时间倒流，使你幸福，让你的人生变得完美。你总是扭头往回看，就看不到未来。过去的都过去了！"

过去并未过去，它永远存在，出没于我们的住所，让我们夜不能寐。有人说，假装鬼不在并不能帮你摆脱它。民间故事告诉我们，要直面这个鬼，告诉它这是我的地盘，赶紧滚。然而我似乎是唯一的反抗者，在客厅里对着鬼嘶吼，其他人都视而不见，假装一切正常。

30

不论是家里的亲戚，我访谈的亚裔学生家长，还是母校的亚裔校友，都不愿意谈及我们的根本性创伤，这绝非巧合。我想知道为何这个群体如此善于掩藏过去，便开始研究亚洲文化，以期找到答案。

在生下我之前，父母就改信了基督教，我很少有机会接触华人的传统思想。不过，双方家庭世世代代受道家思想影响，倒不是信奉某位神明，只是表现为一些传统做法的延续。

古老的东方思想主张"无为"，承认世上有许多超越我们个人的力量。百万年的进化将这个世界变为一个无比复杂的广阔系统，与之抗衡是没有意义的。我们应当如流水般顺势而为。

从前，姑姑和祖母挂在嘴边的口头禅是"还能怎样"。那不是个问句，而是听天由命的表达。"还能怎样？事已至此。"她俩也不会对孩子大吼大叫，只是喋喋不休地讲着带有道家思想意味的话，比如："如果孩子明白事理，我就不用骂他们。如果不懂，就算长篇大论也无济于事。好孩子是宠不坏的，坏孩子也教不好。"在我长大后，父亲会言之凿凿地重复这些话："我是在养育你的过程中犯了很多错，但你看，你现在多成功啊！"

我不予理会。那不过是他又在逃避作为父亲的责任，为自己开脱罢了。

因此，大学时代，我第一次读到《道德经》时觉得它太浅显，不屑一顾。"顺势而为"听似有理，但如果水漫进船舱，难道你呆坐等死，不赶紧用桶把水舀出去？正是"顺势而为"引发了我的童年悲剧。

不过许多年后，我后悔在大学时代没有仔细阅读那些经典，便到网上找了一门基础中国哲学课来上。我读到有关祭祖的内容，那或许是最古老的宗教仪式。人们为祖先建起圣坛，点上香，祈祷获得他们的指引。经过千秋万代，祖辈继承了代代相传的智慧，足以为我们指点迷津。严格遵守典仪和传统，才能将古老的智慧传承下去，从而指明一条路——"道"之道。

这令我更困惑了。如果祖先为家人指明了道路，那我们为什么还要刻意隐瞒经历过的苦难呢？

我向旧金山州立大学亚裔美国人研究方面的专家张华耀寻求帮助。他出版过多部著作，还与人共同编写了 *Family Sacrifices: The Worldviews and Ethics of Chinese Americans*（《家族祭祀：美国华人的世界观和伦理》）。

"我研究了道家思想和祭祖，也对将某件事情代代相传的做法非常熟悉。我觉得，那似乎与保密和抹杀历史恰恰相反。您对此有何高见？"我问道。

张教授显然从一开始就对我的提问思路抱有困惑。他在电话线另一端停顿良久，我能听得出他在犹豫如何回应。

"沉默未必是为了保密，"他缓缓地说，"父母有很多事都不会告诉孩子，比如自己的性生活。这也未必是道家思想的做法。或许对有些事，他们宁可选择遗忘。另外，华人普遍笃信不该说不吉利的话，所以对有些事情避而不谈，比如癌症。你听说过《别告诉她》这部电影吗？"他问。那是王子逸导演的电影，讲述了她的家人向祖母隐瞒其罹患肺癌的故事，影片获得了英国电影和电视艺术学院奖提名和美国电影电视金球奖。医生说祖母只能再活六个月，但家人都觉得如果老人家被告知自己没事，或许能慢慢好起来。

张教授提出，这是基于正面思想和迷信。

"华人不把死挂在嘴上，就是这个道理。把一切都摊开说，它不就成为事实了吗？选择谈论死亡，就有点让死亡降临的意思。因此，过年的时候不能讲不吉利的话。你得一直说正面的、好的事情，因为说什么就来什么。你听过中文里的'吃苦'二字吗？把痛苦咽下去。"

"我明白这一点，但把痛苦咽下去有什么好处？我觉得那会让你很不舒服，而且我们不都能通过分享痛苦经历有所学习吗？"

"这么说吧，西方的做法是'我们需要治愈自己，控制局面'，但我认为那是身在福中不知福。"张教授又停顿良久，然后说，"世界上大多数人都会经历创伤和痛苦，一辈子就这样扛了下来。创伤不是一次性的、惊天动地的经历。即使创伤引起一系列健康问题又如何？人生来受苦，经历生老病死。只有养尊处优的人才拒绝承受这一切。"

就像大部分善良、开明的人被别人说成是养尊处优一样，我羞愧难当。"养尊处优"似乎是个贬义词。然而，我总觉得哪里不对劲。如果要求追责和对人坦诚是一种养尊处优的表现，那么被剥夺了权利的人就无权捍卫正义了？我挂下电话，亲戚们责骂我的声音在耳边回响："丫头，你太美国化了。"

几周后，我采访了圣何塞州立大学社会学和跨学科社会科学教授杜贤德。他也认为我归咎错了对象，不过不是因为我养尊处优。首先，他提出"遗忘"并不是一种文化，而更像是断绝关系。这话有一定的道理。毕竟，为了活下去，我不也忘了自己童年的性格特征吗？杜教授的话令我跳出文化迷思，意识到这并不是某个特定族群才会有的问题。最伟大一代的美国人也不愿意提起他们在诺曼底登陆的遭遇。我有一些牙买加、墨西哥和白人盎格鲁－撒克逊新教徒朋友，他们的父母也倾向于将隐藏家族秘密作为生存的方式。

杜教授还鼓励我不要片面地指责亚洲文化。我们之所以一直保守那些秘密，跟美国文化也很有关系。

"在美国，我们面临种种压力。融入社会、出人头地而不暴露这个社会的阴暗面，"杜教授这样对我说，"成为心怀感恩的移民，因为美国给了我们成功的机会。揭露我们所承受的创伤和面对的困难是忘恩负义的表现。因此，只突出成功，顺着模范人物的说法行事似乎更简单。"

美国被称为大熔炉不无道理。我们总是系统化地受到鼓励，遗忘自己的出身，融入社会。在皮埃蒙特山中学，在我的白人英语老师下发的书单上，只有一本亚裔美国人写的书——《喜福会》。当然，我们还读了《大地》，虽然那出自白人女作家之手，讲的却是一个华人家庭的故事。书中充斥着白人对华人的成见，我看了相当恼火。不过，正如保罗·吉尔罗伊所说："苦难史不应专属于受害者。若是如此，关于创伤的记忆就会随着时间推移而被遗忘，最后逐渐消失。"

阮清越在其著作《一切未曾逝去：越南与战争记忆》中写道，加州的圣何塞和橙县的移民群体就是在资本主义的承诺下有意遗忘过去的典型例子："少数族群积累的财富越多、置业越广泛，就越有社会地位、越受人尊重，其他美国人越正面地看待他们。归属感将替代思乡之情，并弥补忘却。"

在旧金山的唐人街就能找到活生生的例证。在十九世纪晚期，加利福尼亚的华人移民不得不与当地强烈的反华情绪抗争。1871年，在洛杉矶，有十八位华人移民被谋杀或用私刑处死。1877年，在"反苦力会"暴乱过程中，旧金山的唐人街惨遭火烧和洗劫，四位华人被杀害。1906年的地震令他们经历了最后一击：旧金山消防局将大量资源调配到富人区，并为了防止大火蔓延，用炸药摧毁了唐人街。该区重建过程中,当地商人陆润卿聘请了苏格兰建筑师 T. 派特森·罗斯操刀设计。罗斯从未去过中国,只得从几百年前的中国老照片和古老的图案中寻找灵感。于是,花哨的餐馆出现了,餐馆里放满了精美的柚木家具和象牙雕刻品。这都是为了缔造一个充满异国情调的"东方迪士尼乐园"以吸引游客,并提升美国华人的形象。它大获成功,包括亨弗莱·鲍嘉、劳伦·白考尔和平·克劳斯贝在内的好莱坞明星都经常去唐人街的餐馆和夜总会。在人们眼中,华人从抢美国人饭碗的苦力变成了令他们迷恋的、充满魅惑的、神秘的外国人。

不过,我们为这种安全感付出了代价,美国华人的自我身份在此过程中受到了这种恋物情结的影响。旧金山的唐人街就是我儿时对中国的印象。二十岁出头时,我才惊讶地发现不是所有中国建筑都有绿瓦铺就的屋顶和雕梁画栋。我觉得自己被欺骗了,仿佛有人耍了花招,让我遗忘自己。

正因如此,杜教授请他的学生们从父母那里收集一些家庭故事,以此记住自己的身份。他的方法相当聪明。"我鼓励他们,跟他们说,如果你告诉父母,这是一份作业,你必须完成,不然这科就会不及格,他们就会更配合。另外你们也要知道,有些事他们会闭口不谈,但你们可以展开联想。"他甚至教学生问一些客观的问题,例如,离开越南的那艘船上有多少人?最后有多少人到了美国?如果最初有一百五十人,最后只剩下五十人,学生们就算无法搞清楚父母遭受创伤的具体细节,也能推断他们经受了何等的悲哀。

我和皮埃蒙特山中学的孩子们应该都算得上是生活优越的美国人。然而,我并不觉得这些孩子就此被宠坏。相反,他们依然脆弱,且从某种角度来看,优越的美国生活令他们受益。

那天,在离开皮埃蒙特山中学之前,我来到当年拯救了我的编辑室，就为了看一眼。它看起来一点都没变，只不过添置了新的苹果电脑。"嘿，伙计们，来了个校友，现在在纽约当记者！"新的编辑顾问大声说。但没人关心，大家都盯着电脑继续排版工作。这些孩子真不错。我看了看他们正在编辑的内容，其中一则新闻的标题吸引了我的注意——《现实感丧失和人格解体》。文章通篇都在讲缺乏情感交流的人仿佛是隔着一扇玻璃窗看世界，他们用这种方式来应对压力、抑郁和焦虑，长此以往是相当危险的。

"这是谁写的？"我问。孩子们指着角落里一个穿超大号连帽衫、蓬头垢面的女孩。

"写得太好了。你从哪里了解到这些信息的？"

"甘特女士告诉我的。"她害羞地笑了。

原来是伊冯·甘特。我继续读下去，最后一段话写道："如果你正经历人格解体和现实感丧失，请深呼吸并放慢思绪。请相信，你可以控制自己。但如果还有这些症状，请寻求精神健康专业人士的帮助。这种情况非常普遍，所以求助时不必害怕，你并不孤单。"

31

虽然我的华人祖先与传统略有偏离，但我依然相信，他们为后世留下的路有迹可循。他们相信先人的智慧代代相传，为后人指点迷津。逝者的生命借此延续，鼓励后辈做出与他们一致的选择。

他们对元素周期表、细胞和量子论一无所知，也不知染色体为何物。他们不知其所以然，却信以为然。信不信？他们是对的。

2013 年，埃默里大学医学院的研究人员进行了一项实验，将雄性老鼠放在有樱花香的环境中，对其进行电击。老鼠从此将樱花香和遭受电击联系在一起，并最终学会识别较低浓度的樱花香。为了适应环境，更好地识别这种"有危险性的"味道，它们脑中的嗅觉感受器变得更发达了。研究人员还发现老鼠的精子也产生了变化。

这些老鼠有了后代，研究人员又将其后代放在有樱花香的环境中。虽然它们从来没闻过樱花香，也未受过电击，但依然瑟瑟发抖，惊跳着一溜烟跑回了笼子。这些年幼的老鼠继承了父辈的创伤。

2011 年，苏黎世大学大脑研究所进行了另一项实验，将幼鼠与母鼠分离并置于充满压力的环境中。显然，被抛弃的幼鼠出现了焦虑和抑郁症状。然而，让人惊讶的是，这一分离还会影响这些幼鼠的后辈：科学家并未令其儿孙们与父母分离，而是让它们过上惬意的家庭生活，但之后的三代老鼠都有焦虑和抑郁症状。

这些确凿的科学证据表明，我们经历的创伤会遗传给后辈。DNA 这一基因密码决定我们鼻子的形状、眼睛的颜色，以及患上某种病的可能性。在我们一代又一代繁衍的过程中，这些密码作为蓝图被一次又一次"解读"。然而，并不是所有细胞都能看到整幅蓝图——那一整串长长的 DNA。每个细胞中既有基因组，又有表观基因组——包裹在基因组之外的一层化学物质。表观基因组提示细胞需要解读哪些基因组，决定最终得以呈现的基因。有些基因被开启，有些被关闭。基因组和表观基因组都会代代相传。当我们谈论 DNA 时，会联想到诸如鼻子的形状、眼睛的颜色等，但这些只占所有 DNA 的 2% 左右。另有 98% 是所谓的非编码 DNA，它们操控着我们的情绪、个性和本能反应。非编码 DNA 上的表观基因组对压力和环境的变化非常敏感。当一个人长期遭受巨大的压力（并非一场车祸或一次严重的流感这么简单）时，为了适应环境，表观基因组会产生改变。比如，那些老鼠在经历电击的创伤后就会开启对樱花香有所反应的基因。创伤还能关闭调节情绪的基因，甚至是开启惧怕的基因。

2015 年，西奈山伊坎医学院创伤压力研究部总监瑞秋·耶胡达针对负责调节压力功能的 FKBP5 基因，展开了一项调查研究。研究显示，犹太人大屠杀的幸存者及其后代在 FKBP5 基因的同一部分呈现出同样的表观基因组特征。耶胡达还参照了生活在欧洲以外地区、幸免于大屠杀暴行的犹太人，他们的表观基因组并未产生改变。显然，大屠杀留下的创伤直接导致幸存者 FKBP5 基因上 DNA 甲基化的出现。

麦吉尔大学的迈克尔·米尼也进行了一项研究，探索 DNA 甲基化是否可以逆转，结果更令人惊讶。他选取了一群很少被母鼠舔舐的幼鼠，母鼠的心不在焉和疏于职守令这些幼鼠在焦虑中成长。米尼向这些幼鼠的大脑注射了一种药剂，以改变表观基因组特征。他成功了，这些幼鼠不再焦虑，它们对压力的反应完全正常化。

不幸的是，人类无法靠向大脑注射药剂解决问题。即使有这样一种药剂，那是不是要考虑使用的后果呢？抹杀经历千秋万代留下来的基因组特征，就像恢复一台电脑的出厂设置。但我的出厂设置是什么？我原本应是怎样一个人？

人类大脑每次因适应环境而做出改变，都是为了更好地保护自己。其中的一些调整适得其反，例如过于激进的压力反应会带来致命的危险。

瑞典小城奥佛卡利克斯拥有全世界最全面、历史最悠久的出生死亡记录和作物生长情况记录，涵盖数据极为丰富。在分析这些数据的过程中，科学家发现了一些非常有趣的关联。奥佛卡利克斯经历过作物丰收和歉收的年份，在一些特别糟糕的年份，家家户户不得不忍饥挨饿。然而，科学家发现，如果九至十二岁的孩子经历过饥荒，其孙辈平均寿命会延长三十年，后代得糖尿病和心脏病的概率也显著降低。如果九至十二岁的孩子营养充分，其后代心脏病发生的概率将增加三倍，其平均寿命也会缩短。饥荒的创伤改变了后辈的基因，令他们有更强的适应能力，更健康，也更善于生存。

天知道无数次挨打令我的表观基因组遭到了何等残暴的甲基化，但很显然，我的今时今日并不只是残酷的成长环境造成的。我身体里的每个细胞都承载着祖祖辈辈的创伤、死亡、出生、迁移……以及我尚未了解的家族史。这些年来，唯有姑姑只言片语透露了一些信息。

家人试图抹杀的历史已经在我身上留下烙印，有职业道德、惧怕蟑螂、憎恨灰尘……这些特质并非机缘巧合地出现在我身上，而是前人留下的馈赠，自有其必要性。

我想要描绘出留在身体里的记忆，在必要时好好利用这些馈赠，在适得其反时将其放下。

然而，当我回望过去时却一无所获。我想要收回被偷走的过去，并以此书写我的未来。

我最后一次探望姑姑的几个月后，她突然去世了。就是在那次探望中，我得知自己并不是家族的宠儿。我无法再从姑姑那里了解更多的家族历史了，但还保留着那次探望过程中我俩对话的录音。我挖出那些旧硬盘，仔细聆听，将粤语的部分暂时搁下，记录所有能听懂的内容。为了进一步了解前辈们吃的苦，我还搜寻了新加坡国家档案馆收藏的口述历史录音。

原来，姑姑和祖母经历的战争不只是我之前想象的二战，还有一场不为人知的、历史选择遗忘的战争。

二战时期，在日据时代的马来西亚，一支五十万人的游击队在丛林中诞生了。数百年来，殖民暴政统治令马来西亚动荡不安，先是葡萄牙人，接着是荷兰人，后来是英国人和日本人。这支游击队揭竿而起，挑战殖民统治，寻求自由。

英军再次占领马来西亚后，这支队伍向其发起长达十二年的攻击。然而，英军从未承认过这场战争，只是宣称进入"紧急状态"。因为一旦承认发生战争，保险公司将拒绝赔偿英国人的锡矿、锡合金矿、橡胶和棕榈树种植园等所蒙受的损失。然而，在这场武装冲突中，有数千名士兵以及五千平民丧命。

这支游击队的成员多为马来西亚华人，依靠支持者捐赠的食物和藏在丛林周边地区的钱生存。于是，英军立法禁止华人向游击队提供食物和钱财，并迫使居住在丛林附近的四十万居民迁离家园。这些华人被迁移到所谓的"新乡村"，那里实行宵禁，有带刺的铁丝网，居民们靠定量配给为生，没有剩余的食物可以提供。

这支游击队的食物来源被切断，为了生存不得不向丛林周边地区的居民和商铺索取钱财和食物。我祖父所在的木材场经常组织工人深入热带雨林采集木头，而那里正是游击队的总部。于是，他们在采木过程中受到了游击队的威逼。为了保全性命（并不至于亏本），木材场妥协了，开始向游击队提供食物。

最终英军发现了这一情况。总要有人当替罪羊，还只是个普通员工的祖父就成了倒霉蛋。英国人甚至没对他进行审判就直接逮捕并关押三年。他被带走时姑妈们都还小，完全不记得自己的父亲被捕前的情况。每当我问大姑妈，祖父具体为何被关押，她都描述不出什么细节。

祖父出狱时判若两人，所有的牙齿都不见了。家中没人知道缘由和事情的始末——到底是因为营养不良掉光了牙齿，还是被打成这样。他找了一份普通的销售员工作，经常出差在外，很少回家。难得回一次家，他还喝酒、滥赌，有时甚至咒骂姑妈们。

不知在狱中那段时光给他的表观基因组留下了怎样的伤痕，父亲是否继承了这些伤痕累累的细胞，然后又传给了我。

祖母和姑姑成了养家糊口的顶梁柱。祖母曾拥有多家彩票站，但在大姑妈七岁时她也因此被捕。当时大姑妈站在一旁手足无措，眼睁睁地看着自己的母亲大喊大叫着被警察铐上手铐并拖走。姑姑看到这一幕倒吸了一口凉气。"那可不是什么好事，"她不动声色地说，"她大概是要去坐牢了！"那是心直口快的姑姑的典型反应。

所幸，祖母在一两天后被保释出狱。从那以后，她只做合法买卖，并最终在一家玻璃厂当上了领班。姑姑将兜售赚到的钱拿出来贴补家用。她俩养大的孩子们最终上升到了社会中上层阶级。有个伯伯当上了医生，有个姑妈当上了银行家，另一个姑妈成了外交官的太太，我的父亲进了科技行业。下一辈中又出了我。

前辈所吃的苦只构成了我基因密码的一半，甚至一半都不到，还有许多不解之谜。我的曾祖父在祖父还很小的时候就去世了,他的家族史一片空白。

我对母亲家的情况一无所知。她的凶恶基于何等残暴的过往?我知道她在年轻时失去了一个哥哥,她的父亲在她二十岁时就去世了。然而,当初她的生母为什么把她送人呢?家里太穷,养不起她吗?她的家人如何来到马来西亚定居的?母亲生于"马来亚紧急状态"时期,她被领养与战乱有关吗?我的外婆是否受到了消极产前激素的影响?是否因为她知道自己无法养育这个孩子便忧心忡忡,产生了情绪问题?太多的痛苦,忍了太多。

难怪我生来如此。

第四部分

如果被爱

32

父亲不停地打电话来。

那是2017年初，我确诊复杂性创伤后应激障碍的一年前。那时我忙得不可开交，疲于奔命，每天不停地开会，且总会有人半路闯进会议室，宣布一些可怕的消息。就在这一片混乱之中，父亲不时打来电话。

我让他事先约好时间再打电话来，但他就是听不进去。他总喜欢在早上玩突袭，搞得我不得不从会议室里走出去接电话。那是他第一次自觉自愿一周打数次电话给我，原因是他很烦闷。

父亲带大的继子们已经长成了叛逆的年轻人，沉溺于电子游戏，妻子又在工作上面临压力，这一切都令他抑郁和焦虑。他打电话就是为了告诉我发生的一切，他如何伤心且不知所措。我耐心聆听并给他提供建议，劝他好好跟家人沟通。这些年来，我一直都在为他出谋划策，因为我觉得他的继子们应该拥有更好的童年。他总说需要我，我是他唯一可以倾诉的人。

在第一通电话中，他说自己刚刚意识到爱的复杂性。"你不仅要付出努力……还得让他们愿意亲近你。"父亲讶异地说，"你得好好跟他们说话……得大声说出你多么在乎他们！"

是的，你破案了，福尔摩斯先生！一个男人怎么到了这把年纪才明白这些道理？

"无论如何，"父亲接着说，"我得用不同的方式跟他们对话……这让我很焦虑。我还没开口就开始担心。要是我做不到怎么办？我真想找个洞钻进去死了算了。我只能跟你诉苦，只剩下你了。我老想死，无时无刻不在想，也许我就应该一了百了。"

接电话的时候，我正在曼哈顿中城，绕着公司的大楼踱步，一听到父亲有轻生的念头就立刻爆发了。我朝着电话那头大喊："你怎么能对我说这种话！太自私了！你怎么能把这么大的压力加到我身上！你不想要命了，那是你的命，不是我的！这不公平！"路过的一位老妇和她的小狗都充满疑惑地看着我。

"好吧，好吧，好吧。"他说，听上去略显疲惫。

我花了好几分钟才平静下来，提起我们一度经常吐槽的老熟人。"看看亨利，"我说，"他从来不思进取，过着浑蛋的生活，得罪所有人。他也不知道照照镜子，但凡有一丝自知之明，就能像现在的你一样，意识到应该做出改变，为自己的为人处世方式感到自惭形秽。但他永远做不到，因为他不会自省。至少你在自我反省，这很勇敢。改变确实很困难，但你可以做得到，只是需要一些练习。"

接下来的半小时里，我一直在用从心理治疗中学到的东西教父亲该怎么做。真希望我二十多岁的时候就有人告诉我这些事，那我可以少走很多弯路——跟父亲一样的弯路。

"你说得真对！"他很震惊，"怎么你成了家长，我却成了孩子？"

他怎么才明白我们之间一直都是这么回事？

我跟他说我已经溜出来好一阵子了，必须回去上班。"好吧。"他说，听起来有些不情愿，"不过，我最想达成的愿望就是修补你我之间的关系。我要善待你。"

"如果真是这样的话，之前三次给我打电话，怎么从来没问问我过得怎样？你问过任何有关我的事吗？"

"没有。"他承认。

"为什么没有呢?关心一个人不就应该问问他过得好不好吗?"

"我知道你过得挺好。你很成功,还有乔伊相伴。"他驳斥道,"我知道你很好,还有什么可问的呢?"

我走进电梯轿厢,重重地靠在人造木板内墙上。真是悲哀,他似乎从来都无法了解作为父亲最基本的职责所在。

我俩似乎永远无法就彼此关系应有的状态达成一致意见。我小时候就总觉得他需要我的照顾,尽管是他一直在给我提供食物、住所,并帮我完成数学功课。成年后,我们之间的关系就更奇怪了,是陌生人?泛泛之交?当然,还有惹人嫌的血缘关系带来的职责。

其实我很感激他,他成就了我,供养我长大,供我读大学(虽然我也打了不少零工),直到我二十岁大学毕业都帮我交房租。要是真想把账算得一清二楚,还得算上我二十多岁时他请我吃的每顿晚饭。在我生日的那个月,他会带我去乔氏超市,任我买一百美元的杂货(虽然他从来都不记得我的生日具体是哪天,也记不清我的年龄)。我上高中时他给我买了一台好相机,我大学时他送了一台便携式摄像机。有好几年,我的手机话费都包含在他支付的全家月费计划之内。他在我身上花的这几千美元,能让他犯下的罪孽一笔勾销吗?况且我上的是州立大学,两年就毕业了,毕业之后再也没花过他的钱。我就这样算了又算,仿佛精打细算之下就可以逃脱关爱他的责任。

我俩时不时就会断绝联络,为期半年左右,因为我们吵得太凶了,最终都是以我大喊着跟他断绝关系收场。然而我总会心软,几个月不联系之后,当他找上门来请我吃饭时,我总是如期赴约,特别是当他说有事想跟我聊的时候。可每次聊完回家,我又会心烦意乱。

被我拽着尴尬地去跟父亲吃饭的历任男友都问我究竟为什么要去,心理治疗师们也问我,当他几乎不履行父亲的职责时,我为何还维持这段父女关系。我总是厉声斥责他们不懂，那是我的选择，我的职责，亚洲人就是这样。

当然，我尽孝道的方式也不过是在他找我的时候不回避。共进晚餐时，我会不留情面地批评他：从不知道要擦掉眉毛上的汗和下巴上沾着的食物，方向感永远都那么差。但凡有一点看不惯的，我都咄咄逼人地指出，说他蠢。如果他点菜太慢或说话结巴，我会不耐烦地哼哼。我努力不流露出愤怒。两个前男友都在分手时告诉我，如果我对自己的父亲都如此残忍，那么有一天也会这样对他们。

有那么几年，我总是梦见父亲病危的样子。在梦中，我深深地忏悔，为自己做得不够、没有在他离世前帮他解决所有问题而内疚。梦中的葬礼上，我扑到他的棺材上羞愧地抽泣。然而，醒来之后我总是很迷惑，与梦中的那些情绪完全脱节，无法判断哪种感情是真实的——是潜意识中的悲伤，还是清醒时的冷漠。

无论如何，我希望学会原谅。用姑姑的话说，我要"向好"才行。我总是如期赴约，一心想着吃下父亲埋单的那一盘盘蒸鱼、炸鱿鱼和豆芽就能宽恕他，攥紧的拳头隐藏在台面之下。

有一次，我俩很久不见后在一起吃晚饭。一段尴尬的沉默后，他结结巴巴地坦白道："对不起，我毁了你的人生。"

这是他说出的最接近道歉的话。那晚，他穿着一件非常宽松的Polo衫，看起来如此卑微。他的内心一直很脆弱，但那一刻，所有脆弱都写在了他脸上。

"你很幸运，"我说，"我一切都好。"

不过，他定是依然觉得必须对我有所弥补。过了几个月他又问我："我需要做些什么才能跟你更亲近呢？"

"我不知道。"我说。

"写下来，"他说，"你要我做什么，给我一张清单，我会去做。"

但我始终拿不出那张清单。我不知道要写下些什么，不知道如何才能解开我们之间的结。过去发生的事真的可以被弥补吗？你记得我的生日吗？我崩溃时你在吗？来看望过我吗？哪怕是一次圣诞节，或者其他小节日，你来陪过我吗？你给我打过电话、发过短信，问过我是否一切都好吗？你愿意完全承认自己的错误，而不是打太极拳，反过来说我揪着过去不放吗？你愿意承认过去的一切让我很受伤吗？

我憎恨这件事。为什么总要我承担所有的职责？父亲对他的两个继子疼爱有加，几乎是全职照顾他们，每天给他们做饭，送他们上学，观看他们的体育比赛。有一次，我和父亲回马来西亚探亲，无意中听到他跟两个继子打电话。他说话的时候非常温柔，还说很爱他们、想念他们，完全不是我从小认识的那个样子。他并没有像打电话给我时那样啰啰唆唆只讲自己的事情，而是关心地问他们的学习成绩、高尔夫球比赛的得分，以及午饭吃了什么。他真的很爱他们，我亲眼见证了他的真情流露。如果你真的爱某个人，就不需要清单。你的爱将万分诚恳并且源源不断，慷慨得毫无保留。然而，父亲对我的爱总有附加条件。这次的条件如下：为了让我爱你，你得给我一张清单。为什么我得教父亲如何爱我？

另外，羞于启齿的是，我有些害怕。我怕即使写下清单，他也一一照做，用尽时间、金钱和精力来弥补一切，可我依然心存芥蒂，无法爱他、原谅他。那样的话，真正的浑蛋就不再是他，而是我了。

他开始定期打电话给我的几个月后，我终于决定不再拖延，问他要了他妻子的电邮地址。

我给那个女人写了一封很长的邮件，描述母亲对我的虐待和抛弃，以及父亲离去时我承受的痛苦。我因此怪罪于她，且依然对她怀恨在心：你怎么能让一个男人抛弃自己的孩子来照顾你的两个孩子？然而，如果她愿意为过去十年给我带来的痛苦道歉，或许我们可以和平共处。

通过几次邮件和电话的交流后，我发现她根本不知道母亲虐待并抛弃了我，也不知道父亲走后我一个人住，因为父亲只字不提我的状况，只告诉她我大喊大叫、不尊重人。因此，当时她只顾着保护自己年幼的儿子免受负面影响，她遗憾地承认自己从未真正为我考虑过。她心怀歉疚。

我并没有自己想象的那样怒不可遏。她没为我着想，不过问我在哪里过父亲节和感恩节，这着实令我恼火，但她唯一的信息来源就是我父亲。

2017年秋天，父亲带着全家到纽约来探望我，乔伊和我陪他们在曼哈顿逛了一天。我给他们买了纽约最好的甜甜圈和一些味道平平的比萨，带他们刷卡搭公交到处逛，带他们到中城看那些高楼大厦。

他的两个儿子很可爱。我从青少年时代开始就一直厌恶他们，对心理治疗师抱怨他们，叫他们"淘气鬼"，控诉他们偷走了我的父亲和我的生活。然而，真正见面时我才发现他们不过是孩子。我当然错了，他们很有礼貌，天真可爱，充满好奇心，看到纽约巨大的建筑时会头晕目眩，看到地铁里人潮汹涌、转车时一片混乱会很兴奋。他们被照料得很好。

父亲的妻子喜欢摩天大楼，所以我们逛完优衣库后就直奔帝国大厦。在入口处，工作人员会邀请游客们站到一块巨大的绿色荧幕前留影。照片上显示的是游客们站在帝国大厦闪耀着光芒的皇冠前，仿佛飘到了大厦顶部，照片上方还印有当天的日期。这种照片拍得夸张做作，实在太游客化，我不禁摆出一副臭脸。

我们在大厦顶层尽享纽约的繁华风景，脚下的大楼都如此渺小。当日的天空晴朗无云，可以看到很远的地方。两个孩子对所见的风景惊叹不已。离开时我们走过礼品店，售货员开始向我们兜售在入口处拍的照片。

照片上几乎每个人都笑得很开心，似乎因为这次团聚而心花怒放，真是欢乐的一大家子。唯有我皱着眉头，厌烦地双手叉腰，不满地瘪着嘴唇，对这专为游客设下的陷阱不屑一顾。

然而，父亲几乎全然不在意照片价格之离谱，也没留意到我厌烦的怪模样。他看到那张俗气透顶的照片时开心极了，数十年来，终于有此照为证，证明他可以拥有一切，将他所爱的一切聚集一堂。他买了一张五英寸乘十英寸的带框相片。

当晚，我带着大家去我最爱的韩国城餐馆，那里的炖肉很美味，还有又甜又辣的小凤尾鱼干、掺了豆芽和泡菜的鱼饼。我们大吃特吃，享受着韩式炖牛肋排和花旗参糯米鸡时，父亲和他的妻子聊起了当天的所见所闻，两个孩子则不停盘问我和乔伊各种问题。

"你们的事业是怎么起步的？你们上的是哪所学校？"父亲的小儿子问。

"我上的是加州大学圣克鲁兹分校，毕业后搬去了旧金山，再后来又搬去了奥克兰。"我回答道。

"哇！你曾经住在旧金山和奥克兰？"他用憧憬的眼神看着我，问题就像冒着气泡的苏打水一样涌出，"那是什么感觉？你更喜欢旧金山还是奥克兰？旧金山和纽约有什么不同？"我保持微笑，告诉他两个地方的食物和天气有何不同，暗地里却心跳加速，头晕目眩。

他们竟然不知道我住在旧金山？

大学毕业后我在湾区待了五年，住所离他们家不远，曾在他俩上学的时候去过他们家。有好几年，父亲每个月都会跟我吃一顿晚饭，还帮我搬过四次家，每次都带着同样的二十只纸箱、书架、书桌以及床垫，帮我从一间小公寓搬到另一间小公寓。那些日子他是怎么跟孩子们交代自己行踪的呢？他是不是也跟他们说，见了一个"朋友"？他们怎么会连我上哪所大学都不知道？为何对我一无所知？

回家的地铁上，我跟乔伊说自己曾离他们那么近，却又那么远。

"那是他们没福气。"乔伊说，"要是有你这样一个好大姐在，他们肯定受益匪浅。"

我心中的悲哀和愤怒像两条打架的蛇一般彼此撕咬。"别这么说。"我忍着将所有情绪都咽了下去，打开手机里的填字游戏玩起来。

过了几天，我才缓过神来面对这残忍的真相——我的家人们一直擅于隐藏秘密，这次，我就是那个被隐藏的秘密。

我是祖父坐牢的时光，是抛弃我母亲的生身父母，是母亲模糊的童年记忆和早逝的兄弟姐妹，是那个喜欢穿女人衣服的叔公，姑妈们从地板的裂缝中偷看他涂口红，是那个有同性恋人的叔婆，是那个失散多年的同母异父的姐姐，她的存在几乎不留蛛丝马迹，竟然无人记得她的名字……我就是那些不堪的回忆，无人愿意提及。

我是被深埋的创伤，沉默不语的谎言，可以随意掩埋、灭绝、抹杀的东西，只要不碰就能佯装已经忘却。我在脸书上注册了一个非公开账号，偷偷浏览父亲母亲的个人主页，看他们的近况。母亲和新老公一起参加当地网球俱乐部比赛，父亲和妻儿一起去爬山。在每张家庭合照中，他们都笑得很灿烂。母亲戴着大钻戒，身边还有只小狗，父亲发了一些旅行照片，笑着和两个儿子在一起。他们的人生看似完整，那是因为他们彻底撇开了我。

我是血与罪，是父母所有悔恨的总和，是最大的耻辱。

父亲从纽约回到加州后，给那张装帧好的家庭合照拍了个照片，并用短信发给我。但照片看起来有些不同，我似乎是后来被加进去的，看上去黑黑的，格格不入。我对着镜头，双眼流露出质疑的神色。我才不会假装什么都没发生过,被一脚踢开后还能安然无恙地回到他们的怀抱。我在眼神中写下了一切。

你们抛弃的不会就这样被遗忘。

四个月后,我确诊患有复杂性创伤后应激障碍。过去的记忆翻江倒海般涌现,就像火山爆发出炙热的有毒废物,把一切搞得一团糟,也令我深陷泥沼。我给父亲发了一封邮件,标题是"终于有了正式诊断",内容是复杂性创伤后应激障碍的维基百科网页地址。

当时,维基百科的网页是这样写的:"复杂性创伤后应激障碍是一种心理障碍,通常是因个人经历长期、反复的人际关系创伤而无法逃脱造成的。"

后面还有一段:"复杂性创伤后应激障碍是一系列后天形成的回应机制,患者无法完成数项重要的发展。它并非遗传性心理障碍,而是由后天环境造成的。它容易与很多心理障碍混淆,但其实有很大不同,不是先天的、性格上的、与基因有关的,而是因为缺乏照管才引起的。"

缺乏照管。

我在邮件中并没有向他问好,甚至没有署名,只是在一大段空白中留下了维基百科的链接。我没有明说,但希望他能看懂:你毁掉了我的生活。

你毁掉了我的生活!你毁掉了我的生活!

他没回复。其实在我发邮件的几个月前,他就不再给我打电话了,因为我已经帮他修补了家庭关系。我等了又等,电话始终静默。

33

　　我一直以为亲子关系的断绝是个开关，但华盛顿大学传媒系副教授克里斯蒂娜·夏普却不这么认为。她是少数对亲子关系断绝有研究的学者。"我认为，有关亲子关系断绝的一大错误认知就是，把它当作一种彻底的决绝。"她在接受全国公共广播电台的采访时如是说，"实际上，关系断绝是一个连续性的过程，双方之间可能时而疏离、时而亲近，许多人需要尝试多次才能最终找到一个适合自己的距离。"

　　我之所以接触到夏普的研究，多亏了朋友凯瑟琳·圣路易的介绍。她是一位才华横溢的记者和编辑，气场强大，不仅在于六英尺的身高，更在于极强的说服力——无论是请别人吃东西、讲述自己的故事、表达观点，还是关怀他人。我们在推特上认识后便相约在布鲁克林一间敞亮的小咖啡馆见面，原本是要聊自由撰稿的，却很快发现我们都有过与亲人断绝关系的经历，这大大拉近了彼此的距离。凯瑟琳围绕断绝关系做了很多报道，对断绝关系的家庭进行了大量研究，最初的契机正是她与父亲断绝关系的亲身经历。她一再强调，断绝亲子关系依然被看作一种耻辱，但其实相当普遍。

　　"真的吗？"当时我这样问她，"但除了几个好朋友和你以外，从来没人跟我提起过断绝亲子关系的事。"

　　"我访谈过的四五十个人都这么说。"她微笑着说，"正因如此，我们才需要公开谈论这个话题。"

凯瑟琳跟我描述了她与身为海地移民的父亲之间充满矛盾的关系。父亲望女成凤，希望她学业、事业有成，但又总是恐吓、羞辱她。最后，她决定不再联系父亲。她告诉我，那就像是决定不再碰热炉灶，因为每次接近都会被烫伤，次数多了就不得不终止这一切，保护自己的肌肤。

我告诉凯瑟琳，我正在考虑到底该如何对待父亲。我无法想象怎么能在跟他维持关系的基础上，从过去那一大堆断壁残垣中爬出来。但同时我感到愧疚，他毕竟带着儿时的我去过科技博物馆和沙滩，还给我买过孙悟空玩具，每晚都会来床边道晚安。那时，我和他都坚信他是爱我的。责任感令我心中的天平严重倾斜。

"这确实与移民经历有关。"凯瑟琳回答道，"我爸肯定也经历过巨大的童年创伤，他总是这样描述在海地的生活：'要是我在学校里干了什么坏事，不仅会被我妈打，还会遭到整个社区的谴责，走在路上就会有人过来责问我为什么要那样做。'"她做了个扇耳光的动作，接着说道，"他从不打我，但心里肯定是觉得'就算挨打也根本不算什么，何况我根本就没打过你，骂你两句又如何'。"

"对！对！"我双脚不安地轻轻敲击着地板，"我应该作何感受，我被允许作何感受，对这一点我总是难以理解。"

"那是你的文化背景造成的。不只是移民，所有的美国人都理所当然地认为孩子们长大后会照顾父母，特别是女孩。你知道吗？科学期刊将照顾老年痴呆症患者的人称为护工女儿。"

"为什么是女儿？"我问道。

她泄气地看着我说："你明知故问。"

我也泄气了，惨淡一笑说："没错。"

"你访谈了六十个与父母断绝了亲子关系的人，"我结结巴巴地继续问道，"不知道你是否有相关研究报告？凭经验看，这些人在断绝亲子关系后是否会觉得自由呢？"

"不会。"凯瑟琳非常确定地说。我等了等，可她没有补充。我心里一沉，接着问："不会？如果他们不觉得更自由，是否会更快乐？"

凯瑟琳嚼着饼干，耸了耸肩："也未必。"

她一定是留意到了我郁郁寡欢的表情，接着说道："这么说吧，我不认为断绝亲子关系会给任何人带来快乐。人们那样做并不是为了快乐，而是逼不得已。我觉得你需要自己做判断，看看是否真的有这个必要。我无法告诉你应该怎么做，只能说，决定那么做的人不少。"

2018年夏天，在确诊几个月后，我再次发邮件给父亲，告诉他我需要空间才能康复，所以他只能通过某个中间人——最好是心理治疗师——联系我。那年9月，我在奥克兰市中心最后见了他一面。我跟他说的是，我刚好经过奥克兰，想顺便取些物品——旧的日本娃娃和学校年鉴，请他给我带过来。我并未跟他说这是最后一次见面，但那封邮件应该就是这个意思。父亲发了条短信过来，问我是否愿意见个面。我随便挑了个街角，并让乔伊陪着，给我一些精神上的支持。

我们过了马路，看见父亲已经站在那里，手里拎着一个纸袋。他戴着眼镜，看起来苍老而憔悴。我已经开始感到愧疚了。他皱着眉头向我问好，我回以"你好"并伸手准备去拿那个纸袋。

"我想跟你坐下来聊一聊，如果你愿意施舍那么一两分钟给我的话。"他用生硬的嗓音冷嘲热讽地说。我们在半个街区外的一家咖啡馆坐了下来。我想上洗手间，让乔伊和父亲先坐下。

乔伊后来告诉我，在我上洗手间的时候父亲问他："你知不知道她想干什么？"乔伊回答说："这应该让她来告诉您。"

"我不明白为什么她现在要这样做，换作十年前我还能理解。"

父亲对乔伊说，大约是指我们即将断绝亲子关系这件事。我们已经断绝关系了吗？

从洗手间出来，我一看父亲的表情就明白大吵在即。他说："让我先说。"

"你通知我的时候，我感觉很糟糕。"父亲说，"我想，唉，你真差劲。你知道吗？这样做太伤我心了。"

"伤你的心？"我本能地回以讽刺。

"我就知道你会这么说。"他说，"我只觉得……这件事莫名其妙。"

"你毫无头绪？"我打断了他的话。

"可以让我说完吗？我无法改变过去，也不知道你想要我怎么做。"

"这样讲下去不会有什么结果。"我说。

"好吧，我也受够了。"他说着，气愤地站起来准备离开。

我拦住他说："我还指望你对我有足够的尊重，能通过心理治疗师保持交流，因为这牵扯到我们过去的无数次对话。"

"我已经看了五次心理治疗师了！"他怒不可遏，伸手摆出五根手指，"行了行了，我只想跟你说祝你幸福，还有就是我受够了。我不知道你为什么要这么做，不过我一点也不在乎，因为我受够了。"

"你不知道为什么？真的吗？"

"用一句话告诉我为什么。我就只想听那一句话。"

我缓缓地说："因为你不爱我。"

"什么叫我不爱你？那是什么意思？"

"那是什么意思？虐待，不管不顾，你还利用我……"

"我利用你？为什么要利用你？"

"你去年总给我打电话，就是为了跟我讲你抑郁、想死。你有没有考虑过我的感受？你给我打电话就只是为了这些。唯独就是我……"

"行！"他打断我，不再继续对话，"我把你当朋友，但我错了。"

"我不是你朋友，"我喊道，"我是你女儿。"

那就是问题所在。

咖啡馆里的其他顾客转过头来看着我们。"好,"父亲看都不看我,一甩手说,"去他妈的吧,祝你幸福。"

他起身向门外走去,突然转过头来对乔伊说:"等你有了孩子,麻烦帮我亲他一下,行吗?"说着还拍了拍乔伊的背。乔伊迅速躲开,厉声说:"别他妈碰我!"我抓紧乔伊的手臂喊了一声"别这样"。

他就这样走了。

我坐着发愣,沉默了好几分钟。就这样,说不出口的事成为现实。如今,我漂浮在无尽深渊的上空,没有了根基和家园,只剩下满腔怒火。咖啡馆的其他顾客都在盯着我看,但我毫无愧意。

"我们走吧。"乔伊一边温和地说,一边带我走出咖啡馆。我走过一整个街区后才缓过神来,呼吸灼热而急促,瘫在他怀里,像个孩子一样在百老汇大口喘息着啜泣起来。

"即使走到了头,为什么他……还是什么都不肯给我?"我问。

即使走到了头,我依然知道自己该怎么做。我给父亲的妻子发了条短信:"我觉得他今天不太对劲,请留意一下,我怕他会自残。"

就这样吧。我再也不会去阻止他伤害自己了。

凯瑟琳说得对,断绝亲子关系不会让人感到自由和愉悦,只是不得已而为之。另外,我总是自问:这样做是不是很自私、很残忍?接着,我想起了读过的一句诗:"你养出了一个残忍的孩子/来看看你都干了什么。"

如今的静默与我多年来独自一人度过假期的寂寥并无二致,是我和父亲每次一连几个月不联系的延续,但更完整。区别在于,我无须再努力求得他的爱了,只消努力接受这个事实——我永远不会得到他的爱。那并非内心的宁静,不过是事实罢了。

34

父母不再出现对我而言是一种保护，但这样并不能彻底解决问题。这种排除无法疗愈创伤，只能帮助我奠定重新开始的基础。真正困难的是下一步，用什么来取代他们的存在。

许多人相信，走出复杂性创伤后应激障碍的前提条件是得到亲切、宽厚的、父母般的呵护。如果我们的生身父母无法给予这种爱，就必须找个新的"家长"履行职责。

有种治疗方式是找人扮演父母的角色。一些患者会组队来到休养中心，轮流充当彼此的"父母"。临时父母代表你的生身父母向你道歉，并给予你作为孩子应该得到的慷慨赞美——他们为你感到骄傲，因为你天性善良美好。许多人因此得到解脱，并对自己有了新的信念。

还有不少疗法教导成年人如何自我培育，眼动脱敏再加工就是其中之一。在第一次眼动脱敏再加工治疗中，我由衷接纳了儿时的自己，将她从虐待中"解救"出来，并告诉她，她应该被爱。然而，之后的几次治疗效果欠佳，我再也没有类似第一次的感动。加上心理治疗师埃莉诺本人、她交代的作业，以及她不断的咳嗽让我越来越反感。三个月后，我便不再去找她了。

美国国家心理治疗中心有一支正在接受培训的创伤治疗团队，

以较为合理的价格提供服务。我在春季提交了申请，上了治疗候补名单，直至入秋才看上心理治疗师，这距离我确诊已有七个月之久。我管我的心理治疗师叫"毛衣背心先生"，他笑起来相当和蔼，但看我的眼神中流露出畏惧，这让我很不自在。内在家庭系统疗法是他采用的治疗方法之一。这种疗法让病患想象自己的内心世界是一个内在家庭，可分为多个次级人格。假设你是个酒鬼，那么在这种疗法中，饮酒会被看作你身份的一部分，你的个性之中只有一小部分总在驱使你喝酒。使用内在家庭系统治疗的医师将这样的次级人格称为"消防员"，一旦诱因产生作用，他就会通过一些不健康的习惯——比如酗酒、大吃大喝——来"安慰"你，从而扑灭火苗。你可以将"消防员"视为内在家庭的一部分，原谅他的坏习惯。再怎么说，他不过是想让你镇静下来而已，况且你真的会有需要他的时候。你可以请他暂行退下，让另一位更健康的家庭成员来照顾你。我认识不少人都是通过内在家庭系统疗法得到治愈的，所以我决定也去试试。

毛衣背心先生让我用漫画画出自己所有的次级人格。我随手画了个跳绳的女孩，那是我天真快乐的一面。还有长着六只手的交通指挥官——我过分讲究的领导，一个拿着烘肉卷的超完美娇妻——我的养育者，挥舞着剑的艾莉亚·史塔克般的人物——保护我的斗士，还有一团黑乎乎的淤泥——我伤心时不断向人求助的模样。

毛衣背心先生让我跟这些漫画人物对话，感谢他们为我做的一切，但我无法真正跟他们交朋友。

"你想跟那一团淤泥说些什么？"他问我。

"呃……不知道。我……不喜欢那团淤泥，希望它消失。所以我想对它说的大概就是希望你有一天能干结……对不起。"

毛衣背心先生看起来颇为恼火。

"不行吗？你似乎不喜欢我的回答。能给我一些指导性意见吗？我应该说些什么呢？"我问。

他勉强挤出笑容，耸了耸肩。他试图保持沉默，希望利用尴尬的场面来逼迫我最终说出些什么。我了解这招，那是我采访别人时惯用的伎俩。你可不能用我的招数来对付我，伙计。我死死盯着他，跟他互瞪了好一会儿，他的眼神开始流露出不自在和动物般的惊恐。我真想一枪击毙他。

最后他说："你必须相信这个过程，不然它无法奏效。你为何会对这个过程产生怀疑？你是否应该先探究一下自己为何无法信任他人？"

"我知道自己为什么无法信任他人，但就是不知道要对那团淤泥说些什么。"

现在回想起来，我当时不想跟那团淤泥对话，或许是因为害怕面对并接受自己最可憎的一面；或许是拒绝依赖家庭，哪怕是脑海中虚构的家庭；又或许就是受不了跟假想的无生命物体对话。无论如何，内在家庭系统治疗法一直没打动我。每次治疗完毕，心里总有个声音在说：这真愚蠢，你在浪费自己的时间；不然就是你太笨了，无法理解这一切。我知道这是母亲在作祟，却依然无法让她闭嘴。

偶尔需要振奋精神时我还是会去上冥想课。我去了几次 MNDFL，这家著名的冥想中心现代得令人心生敬畏，仿佛就是科幻题材的英国电视剧《黑镜》某一幕的取景地。有一间空空如也的纯白色房间，透过巨大的圆形落地窗可以看见一片郁郁葱葱的花园。这是有钱人的顶级享受，不过我通过健身应用程序几乎不用花钱也能来这里上课。

有一次，指导冥想的是个帅哥，国籍不详，却操一口英国口音，温文尔雅，简直就是电视剧里的理想人物。我把枕头夹在双腿间，闭上双眼聆听。

"我想来定义爱。"他说，这与以往冥想老师惯用的台词有所不同，"爱来自你的内心。你知道爱的感觉，希望那个人过得好，与他心心相印，即使他有缺陷也愿意接受他。请你全神贯注地想这个你深爱的人，而他也深爱着你。"

我当然选了乔伊，满腔热情地抒发着我对他的爱，想象他的体贴、让人感到安心的笑容，以及带给我的那种不顾一切的确定感。我对他的爱如此强烈，似乎要奔涌而出，双手都接不住了。我在那里坐了好几分钟，心中充满爱意，满心欢喜且光彩照人。

"好，让这种温暖、美好、充满爱的感觉直达你的双腿、脸颊和五脏六腑。留意它的质感、形状和带给你的喜悦。现在，请把它传达给你自己，要知道你所爱的那个人一定也对你有同样的感觉。"

这似乎有些困难。不过乔伊正在家里等我，他斩钉截铁地表示会永远在家里等我，千真万确。我试着体会他如何爱我的缺陷，但这项任务太艰巨了，我情不自禁地流下了眼泪。最终，我不再列举理由，只是确信他非常爱我，那真是天大的馈赠。我心中充满了感激，被如此深爱是多么幸运。多么幸运！多么幸运！多么幸运！

过了一会儿，冥想老师第三次讲话："现在，将那种温暖美好的爱的感觉转移到你自己身上。"

换作一年前，我绝对无法做到这一点。但如今，我可以用眼动脱敏再加工治疗的经验。通过眼动脱敏再加工，我想象出两个同时存在的自己——儿时的我和如今的我，同时体会到了小斯蒂芬妮和我自己的情绪，并以更成熟的心智来安慰那个孩子，在付出的同时也得到爱。

现在，我只消建立类似眼动脱敏再加工治疗的联想。我回想起九个月之前，那个无法接受最终诊断的我。那时我把头发染成蓝灰色（如今已是紫色），穿着一件冬季的派克大衣。我看着她，将那满腔的爱赠予她，竟然毫无厌恶之情。我同情和怜悯她，为她感到难过。我最深刻的体会是，她真的非常努力——她在竭尽所能地治愈自己。

"你真的很努力。"我对她说，"你很痛苦，但也在竭尽所能地疗愈自己，能做的你都在做。"

接着，我回想起其他时点的自己，宛如摊开一叠扑克牌，每张牌上都是某个版本的我：十二岁的我、大学时代的我、二十多岁的我……翻阅这些斯蒂芬妮的同时，我不断对自己重复这句话："你很痛苦，但也在竭尽所能地疗愈自己。"

冥想老师打断了我的独白。"全身心地接受她！"他兴高采烈地大喊，仿佛是吹响起床的号角，"接纳她！即使她有缺陷，也要全盘接受！"

我愁眉不展，整张脸仿佛皱巴巴的葡萄干，因为这实在强人所难。不过，我深吸一口气，使劲下咽，开始努力接纳二月的自己，又试着接纳当下的自己。当然，后者更难。慢慢地，自我意识将我包围。我终于挣脱了束缚。那感觉就像蜷缩在一朵郁金香之中，像投中了靶心并赢得我一直想要的大奖。我从未有过这种美妙的感觉，它沁人心脾。

其他学员有人叹气有人喘息，似乎冥想也对他们产生了作用。

这就是爱自己。我做到了无条件地爱自己。

离开冥想中心时，我内心无法平静，却下定决心要更好地照管自己的情绪。我将那天余下的时间都用来记录我对自己的喜爱之处，就像为一本赞美某个朋友的书收集资料一样简单。

不过那次冥想的最大收获是，之后每当我坐下来冥想，都会有一张熟悉的脸庞相伴，只消几分钟她就会出现。那是某个更成熟的我，身处未来的一年之后。我沐浴在阳光下呼唤她，想象她坐在我身后，拥抱我。她的脸上多了几条皱纹和一些雀斑，穿着宽松柔软的衣服。

"你好。"我说。

"你好。"她说。

"今天我有些伤心。"我承认道。

"伤心不要紧。一周后你就不会再伤心了。我爱你，你正竭尽所能。"她说。

我知道她是对的。我向她的腹部靠上去，几乎能感觉到那种有力的支撑，仿佛在说我并不孤单。有了她，母亲从此销声匿迹。她就像是我的第三个家长，她有权关心、支持我。

自我养育的练习教会我慢慢重新建立健康的自我对话，但值得一提的是，我有很多朋友都受益于"再养育"，但几乎所有人都告诉我，这种做法令人筋疲力尽。"再养育"需要花费大量时间，要求注意力高度集中且心态平稳，需要身心投入，放弃以往神经系统的惯用路途，另辟蹊径。即使成果喜人，也难免令人悲从中来，因为善待自己往往让你回想起自己应得却未得的关爱。

创伤并不只来源于挨打、无人照管或羞辱，那只是一个层面。创伤还是一种哀悼，哀悼你本应拥有的幸福童年——有在你膝盖摔破时过来抱你亲你的妈妈，有带着一大束鲜花来参加你毕业典礼的爸爸。你身边的其他孩子都有这种童年。创伤是为成年的你不得不自我养育而感到悲哀。你站在厨房里，饥肠辘辘，看着烤焦的鸡都快要哭了，却无法打电话给妈妈，向她诉苦，听她说没关系，你可以去她那儿蹭她做好的饭菜。你只能依靠自己的努力去解开人生痛苦的谜团。你还有什么选择呢？没人会帮你。

那种失去的悲伤与清算的悲伤不同。清算的悲伤发自肺腑，带着愤怒甚至还有一丝暴力倾向，似乎可以用报复或正义治愈。失去的悲伤更像渴求，仿佛是空洞的、无法满足的饥饿。

我总是告诉自己，我不需要父母。如今我开始意识到那种渴求并非孩子气——它是人类普遍的原始需求：我们都想受到照顾。我冥想时脑海中出现的那个穿着宽松柔软衣服的女人并不是真正意义上的父母，但她却搂着我，轻声说："我要爱护你。"

我靠过去，接受她的爱。

35

学习如何对一个家产生归属感，依赖家人并相应付出，是我与乔伊交往时的必修课。

圣诞节将至，乔伊和我要给他的家人买礼物：给妈妈买毛衣，给爸爸买无人机，给弟弟买漫画，给祖母买什锦巧克力，给最小的妹妹买首饰，还要给另一个弟弟买厨具。这只是最基本的，沿路还要给其他亲戚再买至少十样别的礼物。我穿梭在大街小巷，把辛辛苦苦挣来的钱都花在买老式毛衣等各种玩意儿上，这对于一个长久以来痛恨圣诞节的人来说实在太荒谬了。

高二那年，父亲走后，我迎来了第一个孤单的圣诞节。我驱车来到市中心的圣诞集市，一边吃热狗，一边看情侣们坐在装饰着雪花的摩天轮上秀恩爱，孩子们在绿色的圣诞火车里欢笑。我想，你们真令人讨厌。麋鹿很讨厌，将圣诞节等同于雪花很讨厌，消费主义就是那么讨厌。走出集市时，我从一个摊贩那儿顺手偷走一个巨大的充气圣诞老人，回到家后在房间里哭了一整晚。

之后的几年，圣诞节都是在朋友家度过的。然而，即便他们很友善，热情欢迎我加入，我依然浑身不自在。我看着慈祥的父母将路过厨房的孩子一把搂进怀里，轻声说"我爱你，孩子"，或是"你什么时候长那么大了，亲爱的"，看着他们在晚餐时津津乐道一再回味家庭故事，看着晚餐后兄弟姐妹跳到沙发上拥坐在一起。那是多么美好，又多么残忍，因为它不属于我。

最终，我不再参加任何家庭聚会，假装圣诞节不存在。我会在那一天工作、画画、看 DVD、泡澡，会请自己吃一顿大餐，或是带着奶酪蛋糕跑到马路对面，找过渡教习所里的男生聊天，博些乐子。不过，凌晨两点的我多半是在循环播放摇滚乐队"俏妞的死亡计程车"的那首《总有一天你会被爱》。

我甚至会在感恩节后就开始略感紧张，一听到电台里放《小小鼓手》就会换频道，为了避开过多的圣诞节灯饰宁可绕远路。

但这一切因为我与乔伊的恋情而彻底改变了，因为他超爱圣诞节。

我们交往才几个月便到了圣诞时节。我告诉他："我不太喜欢圣诞节，那是为有家庭的人创造的。"他点点头，显然在聆听却安静得出奇。后来我去他住的公寓，发现那里已经焕然一新：炉子上的炖肉、灯饰、花环，还有一棵光秃秃的圣诞树，旁边放着一盒来自他父母的挂饰。我仿佛走进了一部圣诞电影。即使我对此嗤之以鼻，也不得不承认这次不同于以往——我并非踏入了他人的圣诞世界，这一切都是为我准备的。

几天后，他递给我一杯热巧克力，并带我来到一个以好看的圣诞节灯饰著称的社区。一周后的平安夜，他坚持要我加入他们家为期两天的圣诞聚会。我到他家时，所有人都微笑着自我介绍，以拥抱欢迎我。他爸还拎起一袋湿漉漉、咸乎乎的东西在我面前晃荡。

"你会做蛤蜊吗？"他问。

"啊……会啊。你是说用白葡萄酒和大蒜做？"

"我也不知道，我捡了些蛤蜊，却完全不会做。"他说着把袋子扔给我，"来吧，你来做。"

那是我参加过的最疯狂的圣诞聚会。在别家，父母会准时从烤箱里取出晚餐，其他人等待的时候会安静、温暖地拥坐在一起。但在乔伊家，可以说一切都乱了套。小弟小妹大声嚷嚷说自己不被理解，父亲喋喋不休地责骂所谓的主流媒体，母亲找不到眼镜，四处摸索的时候跌跌撞撞，连家里的狗也来凑热闹，把屎拉在了地上——也不能算是完全拉在地上，当时厨房正在装修中，地上铺着一张巨大的硬纸板，狗把屎拉在了硬纸板上。那屎没法擦，他们就用刀片把沾了屎的硬纸板割掉，然后继续忙忙碌碌。社交尴尬？不存在的，大家似乎并不讲究社交礼节。因为装修，我们不得不围着茶几坐在客厅的地板上进餐，晚餐相当丰盛。乔伊的家人幽默、有爱，为我的到来感到万分兴奋。不管是谁，每次匆忙赶着去解决什么新麻烦而与我擦肩时，都要对我重复表达自己的兴奋之情。

按照家族传统，在每个平安夜，乔伊全家人都会熬夜准备彼此的礼物。进别人房间前要先敲门，以防一不小心看到送给自己的礼物而破坏了惊喜。当然总会有各种意外发生，吵吵闹闹便接踵而至。凌晨四点，一切重归平静，所有人都筋疲力尽。圣诞节早上，家里会出现一大堆礼物，每件都很贴心，但一看包装就知道打包的人当时非常困倦。乔伊为我做了一枚戒指，还用心写了封情书，说他对我俩关系的进展感到兴奋不已，他之所以努力将这个节日变得特别，是因为希望我爱上圣诞节，尤其是，他希望我爱上圣诞节的意义——因为有家，所以快乐。

不过，要不是乔伊的家人也竭尽所能地帮助我融入，他未必会成功。乔伊的兄弟姐妹给我买了茶、漫画书和首饰。乔伊的祖母用爱尔兰土话不停地唠叨："你真棒，斯蒂芬妮！我确信你俩从来不吵架。吵架了？那就赶紧和好吧，绞尽脑汁想法子和好才是最有趣的事。"接着她会朝我挤眉弄眼，还用手肘顶我。乔伊的母亲向他打听我最喜欢吃什么甜品，然后专门为我做了覆盆子梨派，并送给我一大堆礼物：厨具、香水、口红、帽子、袜子、毛衣……所有她能想到的温暖可爱的东西。让她如此破费，我着实感到愧疚。她微笑着看我打开所有的礼物，显然很享受这个过程。

乔伊家人的关爱并没有在圣诞节之后就停止。一天，他母亲问及我的家人，并说："好吧，忘了他们。从今往后我们就是你的家人，你就是我们的家人。"他的兄弟姐妹过生日、唱卡拉OK都会叫上我，还会跟我分享秘密。他们把旧家具和音乐播放清单塞给我，逼我看他们喜欢的动画片。我们每年都会到乡下组织夏季狂欢派对，在树丛里拔河。我对乔伊的母亲诉说了种种有关家庭的焦虑，她噙着眼泪抓着我的手说："我保证永远不会离开你。"

我和乔伊在一起的第二个圣诞节，他的母亲给了我一大堆衣服（我原以为穿那些衣服参加家庭聚会有失端庄，不过，如果她想看到我俏皮的样子，看我大方展现自己的翘臀，倒也不是不行），还为我俩的公寓准备了各式杯子、小家电、沙拉碗等物品，家里其他人也纷纷慷慨地送来礼物。乔伊继续向我发起"你怎能不爱圣诞节"的攻势，亲手做了一台木制时钟送给我，里面藏着十年的日历，供我们共同计划未来。

我们一起走过了疯狂的又一年——我确诊复杂性创伤后应激障碍、辞了职、进行各种治疗——很快迎来了第三个圣诞节。我充满期待，想看看这次他能搞出什么新花样。然而，所有礼物都拆完了，包装纸也都被团了起来，我还是没收到来自他的那一份。

就在这时他给所有人发了一个信封，每个信封里都有一块拼图。

数年前的一个圣诞节，乔伊和兄弟姐妹还小，他们的爸爸设计了一个复杂的寻宝游戏。孩子们非常喜欢，并开始为彼此设计寻宝活动。今年，乔伊将这一传统活动又搬了出来。

全家人分成两组开始寻宝，每个人都得到了一条线索。其中一条是寻找《哈利·波特》中的厄里斯魔镜，魔镜给的提示是《瑞克和莫蒂》中的一则笑话，通过笑话我们发现了一条有关国际象棋的谜语，然后按图索骥，改写一连串音符的声调，最终拼出了"白菜"这个谜底，并在谜底里找到了下一条线索……三个小时的寻宝过程中，我们撬锁、喝烈酒、翻查《圣经》、解数学题，最后还在上楼的时候互相绊倒。

上楼之后，我发现乔伊弟弟的门上挂着一张很大的纽约地图，两边钉有索引卡，每张卡上都写着我俩交往过程中的重要时刻：他第一次说爱我、带我去纽约市中心玩、我的旧公寓……那一刻我明白了。我揭开了谜底，最后一条线索示意我独自去他祖母位于街尾的家。我开始颤抖和哭泣，怎么也找不到鞋子。乔伊的母亲温柔地带我来到衣柜边，为我穿上她的雪地靴。紧张和兴奋令我一路不停地打嗝。

乔伊站在祖母家起居室那面挂满家人照片的墙边等我。"大家都那么爱你。"他轻声说。我继续喘着粗气，情不自禁地流下眼泪。"他们都有自己的理由，你无与伦比，从未有人让我感到如此自在。我希望给你一个一辈子的家，希望你成为我的家人，你愿意嫁给我吗？"他单膝下跪，打开一个丝绒盒子，里面是一枚我与好友曾经垂涎三尺的漂亮戒指。

我大声喊道："我的天，乔伊，不！那是一颗天然钻石！那肯定非常贵！你应该买人造钻石的！"

不过，我还是说了我愿意。

乔伊的家人都在家里等我们，诚挚地欢迎我。有个弟弟对我说："我想象不出还有谁能比你更会照顾我哥，也找不到比你更适合这个大家庭、能成为我家人的人。"乔伊的母亲拥抱了我，眼泪打湿了我的肩膀。接着，她开了瓶香槟。乔伊的祖母牵起我的手坐到了沙发上，最后在我身边睡着了。

我的圣诞礼物并不只是那枚戒指，甚至不是求婚。是三年以来所有的烧烤、密室逃脱、覆盆子梨派、逾越节上的饮酒祷词，以及夜场电影，是总能找到人帮我搬家、洗碗、选择买什么棋牌游戏，是视我为己出的这一群可靠的人，是归属感。我就是你们之中的一员。

之后的那几天，我开心得夜不能寐。太令人难以置信了！你是怎么做到的？怎么说服别人与你这个疯子终身为伴的？我这样问自己。我心怀敬畏地意识到，终于有人愿意照顾我，如此爱我并愿意留下来陪我。

黑暗中，我转向乔伊，想看看他那张善良的脸。即使睡着了，他还是在感觉到我的骚动后转过身来，把我抱住。

第五部分

完 整

36

2019年1月,我在确诊一年后终于感觉有权享受自己的人生了。我与深爱的男人订了婚;我的自由撰稿事业有了起色,能定期接到工作,收入回到了辞职前的水平;那些自我安抚的技巧还都管用,并且大多数时候我都心怀感激而非怀疑。身边的人似乎更友好了,常去的咖啡店送了我一块司康烤饼,出地铁站的路上有陌生人伴我同行,与我聊天。后来我才意识到,这是因为我不再像从前那样惊恐地生活。我微笑着,对这个世界抱以信任和开放的态度。

我原本计划去犹他州参加圣丹斯电影节,现场讲述我编辑制作的广播故事,为新年开个精彩的好头。我还计划在那里与童年时代最要好的朋友凯西一起享受自然,泡温泉或是滑雪,希望这次旅程给新年带来好兆头,以历险取代恐惧,以友谊取代孤立,以成功取代自责。

然而,我在机场疾走赶飞机时突然感到一阵剧痛,痛到我不得不停下脚步,顾不上行李箱,就那么径直往前滚去。当时我正值经期,但那比痛经更剧烈,仿佛有人在我肚子里放了一根鱼钩,每走一步都扯得我疼痛难忍。

旅行过程中,那种疼痛断断续续地折磨我,走路时会加剧,浑浊的温泉能平复它。回到纽约后我看了妇科医生,做了好几项检查,包括验血、超声波,还有令我颇不舒服的子宫扫描,护士把一台录像机放进去,还使劲转动。最终,医生坐下来就事论事说:"你似乎是得了子宫内膜异位症。"

"什么？那是什么病？"

"就是说子宫内膜在子宫以外的部位生长，在输卵管、骨盆，甚至是大肠和下背肌肉附近。不过，除非开刀做手术，否则无法证实。另外，这种病没有治疗办法，只能进行疼痛管理。或许可以给你服一些激素类药物，抑制其过速生长。如果病情严重，最终可能真的要开刀，切掉一些内膜组织，但手术是万不得已时的选择。"

划过我脑子的第一个念头是：我是因为复杂性创伤后应激障碍才得了这个病吗？

我忍不住这样问医生，结果她对我说："大约有十分之一的女性患有子宫内膜异位症，很普遍，并不奇怪。精神健康的问题要去咨询心理治疗师，不必问我。"

她的直率令我退避三舍。虽然以前也有人跟我说过"去咨询心理治疗师，你的大脑和身体健康毫无关系"，虽然我知道这种观念是完全错误的，但一想到要浪费宝贵的几分钟时间给她上一堂有关创伤如何影响大脑和身体系统的课，我就浑身不自在。

医生告诉我，随着子宫内膜异位症的恶化，伴随经期出现的阵痛会愈加严重。我的经期原本就有些难熬，但主要是出于心理原因。好几年来，月经前我都极度烦躁，往往会陷入愤怒和抑郁。难道从今以后要承受情绪和肉体上的双重打击？医生说最好彻底终止我的月经，以减缓病情的恶化。

"怎么终止月经呢？"

"吃避孕药。"她看着电脑，打着字，一眼都没看我。

"等等，我对避孕药过敏。我尝试过好几种，但最后都全身发疹子，严重到会留疤。"

"那子宫环呢？记录显示你装了一个铜的，改用曼月乐环如何？"

"曼月乐环会让我抑郁，我试了两个月，不断有自杀的念头。"

我轻声说，"我是不是该取出子宫环？这会有帮助吗？我是说，它令经期更不稳定，对吗？"

"不需要，铜的子宫环不会释放激素，所以没什么影响。看来，我们不得不采用提前停经的办法。就用亮丙瑞林吧，它会让你感到潮热、引发情绪波动，但能终止月经。"

她说这番话时非常淡定，仿佛在她看来，终止月经就是家常便饭，如此对待病人真是过分。"等等！"我努力想要反驳。我几乎尝试了所有的避孕方法，结果总是陷入抑郁。然而，提早二十年停经似乎也不利于我的精神健康。真是两难，我到底应该优先考虑身体健康还是精神健康呢？我知道这两者息息相关，如果精神健康遭受损伤，身体也会出现问题。我是否应该强忍疼痛不服药？但那应该会影响我的精神健康。或者，为了缓解身体不适，我应该服用药物，但那是以损害精神健康为代价的。

"必须服药吗？没有别的方法了吗？"

"如果你不服药，疼痛会加剧，直到你无法忍受。这一点我可以打包票。"她一边说一边大声笑起来，"我有很多病人最后因为剧痛什么都干不了，那也会令你万分痛苦。"

"好吧。"我放弃了，"我在几年前用过一次舞悠避孕环，虽然也让我感到非常抑郁，但跟其他激素类药物相比不那么可怕。如果必须用什么药……"

"很好，就用它。我来给你开处方。"

"不知道你是否真明白我的处境。这药并不好，我会变得郁郁寡欢。"我在这间冰冷的灰色病房里，穿着纸袍，无助地扭动着身体。

"如果它会引发抑郁，我再给你开一些左洛复，问题就解决了。"那个医生回答我的时候依然神采奕奕，说完泰然自若地走出病房去见下一位病人了。

这个消息如五雷轰顶，令我双腿发软。我决定奢侈一把，搭出租车回家，一路搜索着子宫内膜异位症的相关信息。一项研究显示，童年创伤令女性患疼痛难忍的子宫内膜异位症的可能性提高80%。

不出所料。

我们的社会存在着一个充满性别歧视的偏见——创伤后应激障碍是男性病，这些勇士之所以得这种病，是因为他们在海外某些危险丛生的荒漠或丛林中战斗过，大脑受到了损伤。

然而，实际数据却显示，女性患创伤后应激障碍的概率比男性高出一倍有余。在人生不同阶段患创伤后应激障碍的女性为10%，而男性则为4%。即使在"#Me too"运动席卷全球、公众提高了对女性创伤的认识后，对于这种创伤的治疗依然相当敷衍。接受治疗？那只是女性出过风头后，闲来无事偶然萌生的想法而已。

朱迪思·赫尔曼在《创伤与复原》中说，虽然女性对现代精神分析的发展起的作用至关重要，但她们的痛苦总被忽视。安娜·O是精神分析先驱约瑟夫·布洛伊尔的病人，是史上第一个接受谈话疗法的人。通过她的案例，精神分析师们发现创伤可以导致精神疾病。西格蒙德·弗洛伊德是第一位提出女性歇斯底里或许是由童年性侵引发的心理学家，然而他工作的那个豪华的维也纳社区里也充斥着性侵问题。意识到这一点后，他打消了这一假想。

一百年后，科学界依然试图掩饰女性与创伤之间的关系。长期以来，创伤后应激障碍研究者在用老鼠进行实验时，一直选用雄性老鼠，直到最近几年，雌性老鼠才被选用。令研究人员惊讶的是，雌性老鼠对电击的反应与雄性老鼠全然不同。雄性老鼠在电击后彻底惊呆，雌性老鼠则试图迅速逃离。对于女性创伤的科学研究严重不足，这一点不容忽视，因为两性创伤后应激障碍的表征截然不同。

从症状上看，男性创伤后应激障碍的表现多为愤怒、多疑和夸张的惊吓反应，而女性的表现多为回避、情绪起伏和焦虑。男性聚焦于解决问题，女性则更注重调节情绪。在紧张情况下，男性普遍采取"战斗或逃跑"的反应机制，而女性的反应是"照料和结盟"。女性比男性更主动寻求外界帮助，更能从心理治疗中获益，但也伴随着更严重的自责倾向。

但为何男性和女性的创伤后应激障碍症状不同？这还是个谜。

乔·安德里亚诺是麻省总医院的认知神经科学家和导师，研究课题包括月经周期如何影响女性大脑。他对我坦承："在各类学术会议上经常会有女同胞对我说，研究这个课题需要相当的勇气，她们的看法让我产生了些许受到威胁的感觉。难道我应该害怕吗？"

我可以公开地说，安德里亚诺作为一名科学家，在对待这一课题时，很好地平衡了科学的客观性、对女性经历的同情，以及在各类大会上针对经前综合征开玩笑的男人的敌对。他们之所以开这些玩笑，是因为安德里亚诺在其神经成像研究中发现，女性的情绪在黄体期（排卵之后，经期的下半段）更易被激发，情感和记忆之间的关联更为紧密。他的这项发现比将一切归结为经前综合征要精准多了。这种关联性意味着，如果女性不幸在黄体期遭受虐待，受虐经历将在记忆中留下更深的烙印，也能更大程度地改变大脑回路。这时的虐待行为更容易引发负面记忆偏向，即个体更易回想起负面记忆而非正面记忆。这一发现的重点在于，如果女性在经期的特定时点经历创伤的话，就更易引发创伤后应激障碍。

"但杏仁核也负责内分泌和应激反应的调节。"安德里亚诺解释道，"所以它不仅会导致行为和记忆的改变，还会影响你身体内的激素如何应激。应激激素系统和性激素系统之间的关联非常紧密，只要其中之一受到影响，另一个系统也会被影响。一旦性激素被扰乱，应激激素也会发生相应混乱，从而进一步扰乱性激素，形成恶性循环。"

我终于弄懂了："这样就形成了一个反馈回路，这就对了。"

这相当有道理。女性在经期某个阶段更易受创伤的影响，创伤令女性更易产生不健康的性激素变化。有事实为证：经历创伤的孩子青春期来得更早，童年受虐的女性患子宫内膜异位症的可能性比一般女性高出80%，还更有可能出现经前期焦虑障碍，甚至患上子宫肌瘤。这些或许会影响生育能力，还会增加产后抑郁和更年期抑郁的风险。

命运终于敲响了我的门。不必等到年老，书中说的创伤会带来的病症和健康风险已经现形了。

确诊患有子宫内膜异位症后，我打电话给好朋友珍，对她号啕大哭："我刚刚感觉到一丝幸福，刚刚理顺了千头万绪，伤口开始愈合。用了舞悠避孕环之后，我肯定又会抑郁的，一切又要从头开始了。"

珍善于感同身受，听着我的哭诉，在电话那头也哭了起来。

"哦，斯蒂芬妮，"她叹着气，抽噎着说，"你真的很努力，也学到了很多，或许一切并不是那么糟糕。"

然而，一切就是那么糟糕。

舞悠避孕环令我再次严重抑郁，还引发了外阴痛，疼得我没法使用卫生棉条。

为了抗抑郁，我开始服用来士普，那是我使用过的第三种选择性血清素再摄取抑制剂。

有生以来，许多人都希望我服药，他们以为药物可以"解决"我的问题。大学时代，我在服用百优解后经常出现脑雾，无法集中精神，于是便停用了。结果一个朋友说，不服药就是"不够努力"，我并不真正重视自己的精神健康，因此她无法继续照料我。

十年后，另一个朋友也厌倦了我不断的抱怨，并说服我使用选择性血清素再摄取抑制剂，还说这样就代表我"不那么自私"。我当时的心理治疗师萨曼莎认为这是个糟糕的主意，她让我正视并解决自己的问题，而不是用吃药来走捷径。然而我不希望做出自私的举动，便不予理会，还是服用了安非他酮。它加重了我的惊恐症，让我变得十分狂躁。幸好我发现自己的心跳加快到每分钟一百次，立刻终止了服药。

在用过安非他酮并被确诊患有复杂性创伤后应激障碍后，我花了不少时间阅读资料，想弄清楚为什么单凭选择性血清素再摄取抑制剂难以解决创伤后应激障碍、抑郁和焦虑等问题。我有许多朋友依靠药物维持睡眠、工作甚至日常生活。如果药物能起到作用，尽管服用，你会更有力量！然而，对数以百万计的人而言，药物或许毫无用处，甚至会令病情恶化。超过一半的临床试验显示，抗抑郁药并不比安慰剂更有效。如今，在功能性磁共振成像技术的帮助下，脑科学家发现假设人生来就有化学物质失衡的问题是很荒谬的，因为创伤能改变大脑的结构及化学和激素反应。在许多情况下，我们没法简单地将起反作用的化学物质注射进体内，并期待以此解决问题。我们要治疗的是根本性的、原始的起因：创伤本身。

于是，我万分犹豫地吞下了第一粒来士普，并对自己承诺，如果这种药不能奏效，我不会怪罪自己，也不会继续服用不适合我的药物而危害自己的健康。起初，来士普似乎没什么作用，只让我有些头晕罢了。几周后，我明显感到疼痛有所减轻。不过，或许这主要是因为我睡得特别好。我每晚都睡十个小时，白天工作的时候也会打瞌睡。低剂量服用来士普几个月后的一天，我开车经过市中心，在一个美丽的公园前停了下来，准备花五分钟欣赏一下风景，却一不小心睡了两个小时。成天昏昏欲睡让我感到相当不安，于是我停药了，开始用已经掌握的方法让自己走出情绪的低谷。

然而，那些方法不像以前那么管用了。抑郁带来的精神压力导致关节发炎，严重到我无法做瑜伽，不论是恢复性瑜伽还是其他类型的瑜伽都做不了。我平躺下来做身体扫描，却根本无法将注意力集中于手掌上方的空气，因为身体其他部位如此强烈地颤抖着。我尝试了专门为缓解疼痛设计的指导性冥想，也不起作用。将注意力集中在身体及其感受上只会带来一阵阵害怕、背叛和愤怒交织的感觉：我害怕散布全身的炎症，担心自己大限将至，成为又一个经历过童年不幸的典型案例；我想背叛这个从来就不怎么属于我的身体，比以往任何时候都希望跟它一刀两断；还有愤怒，因为母亲的手又要掌掴下来了，它竟能跨越时间和空间，一再伤害我。被扇到地板上和被衣架抽打的痛楚并未消失，而是深藏在关节和子宫内。我依然在承受惩罚。

此时的我已手无寸铁。激素类药物令我的复杂性创伤后应激障碍越发严重，一系列症状重新显现，且比以前更加痛苦。

我拼尽全力使劲挣扎，还是难逃复杂性创伤后应激障碍的流沙。我读了安·拉莫特的书和苏珊·科隆的《瑜伽心灵》，每天都收听伊莎兰学院和禅修中心的播客。我试着体会，尽管人生的路常常越走越窄，很多人都只是为了活下去而拼尽全力，但维持最基本的需要就已经是一种富足了。我试着享受那种富足感，用心品味加了海藻的早餐燕麦粥。我读了佩玛·丘卓的文字，照她所说的那样扪心自问："因为这份痛苦，我是否更深切地体会了人间况味？"我还读了珍妮·奥德尔那本倡导不要过分忙碌的书《如何无所事事》，试着看淡自己身心所受的限制——是的，我现在因为一些原因无法工作，但不妨将其视为对资本主义过度劳动文化强有力的反抗。我甚至花了大量时间在户外观鸟。

另外我还在进行心理治疗，至少是坚持了好一段时间。我到国家心理治疗中心接受毛衣背心先生（那个让我用漫画描绘自己性格特征的人）的治疗已有几个月了。一开始他承诺我在六个月内会有显著改善，但已经快六个月了，我的情况依旧糟糕透顶。于是，有一天我走进他的办公室哭诉，告诉他身体处于失控状态让我如何怒不可遏。

"是的，这听起来很艰难。我明白你已竭尽所能地照顾自己，但命运不公，你觉得很无助。你想不想用眼动脱敏再加工疗法，或者试试别的方法，先让自己镇静下来？"他以心理治疗师小心翼翼的口吻说道。

但这让我更崩溃了。"我们到底在干吗？"我打断了他的话，"我问了你很多次，今天就是想要得到一个答案。你到底给我制定了什么治疗计划？眼动脱敏再加工、内在家庭系统疗法、认知行为疗法……这都是些什么鬼？你就没别的方法能帮我吗？我们现在处于什么阶段了？下一阶段是什么？这些疗法什么时候才会奏效？我还需要做什么？你有什么计划？"

"我们先来聊聊为何你觉得自己需要一个计划。"他说，"我觉得你好像不太相信这个治疗过程。"

"如果我对这个过程更了解，或许就能相信了。"

"我觉得这个问题源于你个人的信任危机。我们是否应该聊聊，为何你会一门心思地想要将一切浮出水面的问题都牢牢掌控住？"

所幸，在所有对付创伤的手段中，我还保留了一招，那就是大胆说出"这不是我所需要的，再见"。事后看来，那或许是最重要的一招。

我看过的很多医生都说我疯了，当我因为服用避孕药全身长疹子，又因为曼月乐环而陷入抑郁的时候，他们说这些症状是心理焦虑引起的。有医生说铜制子宫环不会影响心情，对子宫内膜异位症和我体内的激素水平也没有影响，因为它不会像释放激素的子宫环那样产生副作用。还有医生收了我几百美元，却要么误诊，要么试图操纵我的情感，让我误以为我对自己的身体缺乏了解。

所以，这次我拒绝被医生误导，我受够了。那天之后，我不再接受心理治疗。作为病患，我想了解治疗方案的实质和章法，这怎能被视为病症的体现呢？这应该被当作合理需求，应该得到尊重。

我也不再去看那个打断我的话，对我说"精神健康的问题要去咨询心理治疗师，不必问我"的妇科医生。

不行，我需要得到尊重。

我重新找了一位妇科医生，她专攻骨盆疼痛的治疗。她给新病人的信息表格比其他医生的长许多，其中有一部分问题专门涉及创伤。我们第一次见面时，她最先问的问题是："你受了什么样的虐待？"

看到我表现出惊愕的神情，她说："没关系，如果你不想谈及此事，我们就不谈。"

然而，我笑了："不，不，不！我要说！我愿意说！我只是感到有些意外！"

艾米丽·布兰顿医生不紧不慢地与我展开对话，花了整整一个小时，小心谨慎地探究。然后她一边摘下手套一边说："根据我的判断，你过去二十年的长期炎症都是由子宫内膜异位症造成的。你骨盆周围的肌肉或许是因为长期的压力和炎症而受到了损伤，现在这些损伤开始浮出水面，才造成你的病情。其实你多年来都在肌肉痉挛的情况下生活着。"

布兰顿医生先让我继续尝试曼月乐环，但几个月后，我疼痛难忍且抑郁难当，她毫不犹豫地让我停止使用。她没有对我的痛苦视而不见，没有让我觉得自己应该以更正面的态度面对治疗，或这一切都是我的过错。她积极乐观地说："你可以放弃这个治疗方案了，让你难受的药最好还是不用。精神痛苦和身体痛苦一样糟糕，我们的目的是让你好起来。"

她取出曼月乐环，让我进行骨盆健康理疗，每天做十五分钟的骨盆伸展运动。

仅过了一个月，疼痛就有所好转。没过多久，她又取出我的铜制子宫环，这大大缓解了症状，疼痛变得可控。另外，使用子宫环十年以来，我的经前综合征第一次大幅度缓解。

要不是我拿出勇气，撇开那个糟糕的妇科医生，或许我已经走在停经的路上了。要不是我拿出勇气，撇开难以相处的毛衣背心先生，或许我永远都找不到那个对路的心理治疗师，让我得到急需的治愈。

37

"创伤的本质在于让个体以为自己不值得被爱。"耳机中的声音这样说。这句话让正坐在火车上赶着去看医生的我产生了巨大共鸣。我立刻从包里掏出笔记本把它记了下来。正准备放下笔,又听到一句说得特别好的话,于是我继续奋笔疾书。

我的好朋友珍时不时就会分享一些东西给我,这套由西奈山医疗网络推出的名为《坚毅之路》的播客也是她转发的。那天我听的那集名为《童年创伤的深远影响》,内容是患过复杂性创伤后应激障碍的喜剧演员达瑞尔·哈蒙德与西奈山的心理学家雅各布·汉姆的对谈。通过哈蒙德这样的明星来科普这种心理疾病着实有益,但真正触动我的却是汉姆。我认为他的评述,特别是以电影《无敌浩克》做类比的那段,是有关创伤的最具洞见的表述。

汉姆说,《无敌浩克》中的布鲁斯·班纳在童年时遭受过虐待,导致创伤并引发狂怒。被伽马射线扫射后,狂怒变成了一种巨大的力量。他说,浩克的行为方式跟那些受到刺激的创伤后应激障碍患者一样。随着狂怒的爆发,浩克的智商越来越低,以至于无法说话,无法完整思考问题,还会失去自我意识,只知道紧盯眼前保护自己。而且从浩克模式切换出来是很难的,需要时间冷静下来,并通过沉睡复原。

"我喜欢浩克,因为他并不是坏蛋,而是全宇宙最厉害的超级英雄之一，不是吗？"汉姆的声音从耳机里传来。

当体内的浩克出现时，你会本能地想：哎呀，我这是在发怒，我又要变成魔鬼了，不行，快停下，浩克，你快走开！然而，汉姆的应对方式恰恰相反——他温和地与内心的浩克对话。"我会试着对他说：'浩克，你回来了？你是不是觉得我遇上麻烦了？哦，真的很感谢你这么爱我，总想要保护我。'"

"与浩克交朋友吧。"汉姆坚定地说。

当内心的浩克满腔怒火地出现时，我依然觉得羞愧难当。然而，汉姆这么说给了我极大安慰。这种狂怒并不总是邪恶的，如果使用得当，它甚至可以帮上大忙。

汉姆还说，社会应该对浩克予以包容。他支持患者将内心浩克的情况解释给亲人和朋友听："你可以这样对大家说：'有时候他会咆哮着跑出来，一旦他离开，我就会回来，但请你别把我错看成浩克。'"

让身边所有人了解我的处境，这会带来极大的安全感。我忍不住想把这段播客分享给所有认识的人，但没这么做。我还有很多疑问：怎么能让别人容忍我的浩克？别人会不会觉得我这样做很自私？为什么不彻底让浩克消失？我一到家，就上网搜索汉姆的相关信息。他是西奈山童年创伤和复原中心的主任。我给他发了封电邮，告诉他我是一名记者，正在调研创伤这个问题，想进一步了解有关复杂性创伤后应激障碍的有效疗法，并针对他的浩克比喻提了一些问题。八分钟后，我收到了回复，他邀请我下周去办公室面谈。

汉姆的办公室在西奈山伊坎医学院一条无人的棕色走廊尽头，装修风格宁静而时尚：现代的灰色家具，蓝灰色的墙，还有各式各样的木制小装饰品——那些在店里我会拿起来，但一看昂贵的价格又耸耸肩放回去的小东西。立方体形状的书架上放满了有关创伤的书籍，还有零食和给儿童病患准备的游戏道具，旁边还有一张立式书桌。

汉姆医生在热情欢迎我的同时流露出一丝犹豫。他笑容可掬，身材修长，戴着眼镜，有韩国人的好皮肤，让人猜不出他是三十五岁还是五十岁。他举止优雅温柔，仿佛身边的一切都是易碎的玻璃。相反，我却重重地跌坐在灰色沙发上，从背包里拿出录音机，立刻进入状态。

"我很喜欢听你的播客，简直着了迷，你说得很有趣，特别是浩克那部分！"

"哇！是的，请你坐在这里，对着麦克风说话。"

"你早饭吃了什么？"

"你的音量刚刚好！"

接着，我开始发问："我读了很多与创伤相关的书。介入创伤儿童生活的方法似乎很多，但对于成人患者，特别是复杂性创伤后应激障碍患者，有效疗法并不多。生物反馈、眼动脱敏再加工、认知行为疗法、内在家庭系统疗法、正念减压疗法，还有一堆用英文缩写命名的疗法，这些能有效治疗单一创伤引发的病症，但对复杂性创伤后应激障碍却不那么有效。那么，到底应该如何医治复杂性创伤后应激障碍患者呢？"

"我接受过五种实证有效的创伤治疗方法的培训——聚焦于创伤的认知行为疗法、依附疗法、自我调节和能力培养疗法、一种名为'强大家庭'的疗法，还有亲子互动疗法。目前我使用的是现代关系论精神分析的相关方法。我认为，通过这些关系的建立，我才得以体验各种实验性的状态和自我状态，而这些状态不存在创伤。"他说。

我点点头，试图表现出听懂的样子。我想再深挖下去，但他的每条解释又会引出新问题。他抽象地描述着各种调和方式，解释前额皮质退化和依恋障碍之间的关系，还说自己一直致力于"寻找动人之处"。我能听懂字面意思，却并不明白深层含义。所有术语都很熟悉，但我为什么就是听不懂他说的话？承认自己的困惑是否会让他觉得我是一个糟糕的记者？

"我想问一下，聚焦于创伤的认知行为疗法有效吗？我的意思是，这五种疗法中哪种最有效？"我傻傻地问。于是，他针对各种疗法，又给了我一通充斥着"或许""有点""看情况"等字眼的抽象解释。

云里雾里四十五分钟后，我无望地瞟了一眼自己的问题清单，彻底没了方向。或许这次来找他是浪费时间。在放弃前，我最后说了一句："我很想提几个问到点子上的问题，能引发你给复杂性创伤后应激障碍患者们提供一些建议，但是我该问些什么呢？"

汉姆医生眯起眼睛，看来要把矛头指向我了。面对这阵势，我不由自主地畏缩起来。他说："每当思考大方向上的问题而找不到出路时，我就会集中精力探讨眼前的具体问题。因此，现在我想知道为何你如此绝望。你一直在追问这个病是否能有转机，但你为什么会处于这种状态中呢？你提到自己努力了十年，也一直在做功课……但这些功课对你并没有帮助。令我最好奇的是，你经历过什么样的痛苦？为什么它如此难以承受？你想要改变些什么？"

"呃……我经过什么样的痛苦？呃……"我的访谈对象突然反客为主，这让我很不适应。我深吸了一口气，结结巴巴地说："我觉得……我的默认状态是怀疑并害怕自己陷入那滩……泥沼。那滩泥沼有时是深度抑郁，有时是人格分裂，这些让我无法正常生活，比如参加会议，我原本应该……它……"我叹了口气，"怀疑感连珠炮般不断攻击我，让我觉得大家都恨我。"

"你为什么会那样呢？"

我试图将对话带回原本抽象的话题，聊聊特许学校、代际创伤，或是超越我这个具体案例的其他什么话题。然而,汉姆医生一次又一次用令人毛骨悚然、不请自到的眼神看我,并把问题抛回给我:我为什么问这些问题?我尝试过什么疗法?治疗失败时,我是否能原谅自己?我从来没经历过这样的访谈,感到一片茫然。一个半小时后,我依然没搞明白任何问题,却掏心掏肺地讲了好多关于自己的情况。我都不知道自己为什么要说这些,也没意识到怎么就说了这么多。

就在我收拾东西准备起身时,汉姆医生略带犹豫地看了我一眼,说:"我很想知道,你会不会接受我的免费治疗?我不知道这个请求是否合乎伦理,我会请同事帮忙查证一下的。"

"什么?!"

"我可以免费为你提供治疗,唯一的要求是请你为我们的对话录音,最终这些录音记录或许能为你所用。"他说自己一直对有声故事着迷,总想尝试一下。他曾经在征得病人同意的情况下,以录音记录下双方对话内容,居然对他人颇有帮助。他觉得我积极努力地寻求康复,在录音方面又很在行,善于通过自己的有声故事帮助别人,是个合适的人选。当然,前提是我愿意将谈话内容公开。

"我们先试四个月。如果你觉得不合适,可以随时终止,我绝不为难你。不要有压力,也不必承担任何责任。另外,这些录音百分之百属于你,你想怎么用就怎么用,当然也可以完全不用,都由你全权决定。如果最终你决定不予公开,要把它封存起来,那也没问题。我只是觉得,这或许能成为一项有趣的实验。"他说。

他一说,我就心动了。我需要一位真正优秀的心理治疗师。从某种意义上来说,汉姆医生确实有些古怪,但他从一开始就表现出了可靠、仁慈和个人魅力。并且他非常善于聆听,简直让人想起来就后怕。我完全不介意公开自己的心理治疗对话,还曾经问过其他心理治疗师是否能将治疗对话录下来,或许未来某天可以派上用场,却一再遭到拒绝。有什么理由拒绝他的提议呢？我想不出。

"没问题！"我最后说，"当然！我愿意试试。出于好奇，你平时的诊疗费为多少？"

"每小时四百美元。"他羞怯地说。

"每小时四百美元！"我惊呼。

"我还有一份中心主任的全职工作，"汉姆解释说，"因此，能提供心理治疗服务的时间非常有限。"他每周花四十多个小时为西奈山童年创伤和复原中心的青少年筹划解决创伤和药物滥用问题的方案、为哈林区的黑人和本市的非异性恋社群建立创伤治疗中心，并培训博士后和医院的医护人员。

第二天，汉姆医生告诉我，他已经跟同事和上级沟通过，确认只要他不在如何使用这些录音的问题上对我施加任何压力，完全遵从我的意见，就可以对我进行免费心理治疗。

我太幸运了，简直难以置信。这样一位广受欢迎的、真正的专家居然愿意为我服务，更何况是免费！我大致算了一下，诊疗费约为六千五百美元！我有些犹豫，觉得这样享受特权有违道德。然而，为了化解身心承受的巨大痛苦，我决计放下疑虑。

"就这么定了。"我说。

有些心理治疗师认为，在第一次咨询时，你就可以学会所有治愈自身的方法。其余的咨询不过是为了让你和心理治疗师讨论不同的主题内容，并练习第一次咨询时学会的一些方法，反复练习，直至你彻底掌握并自如地运用这些方法。汉姆医生（大部分病人叫他雅各布，但我从一开始就开玩笑似的叫他"医生"或"汉姆医生"并一直沿用）正是如此，且是我所遇到过的第一个使用这种方法的心理治疗师。

我见过近十位心理治疗师，对第一次咨询的套路烂熟于心。你要先向心理治疗师说明自己希望达到什么目的，然后简单陈述自己的经历，让他们体会你的情况有多糟（他们会一边听一边同情地点头），最后谈谈自己当下面对的困难。真正的治疗要到下一次咨询时才会展开。

汉姆医生的首次咨询似乎与一般套路并无二致。他问我有没有什么目标，当然有，我做足了准备，写过一大堆治疗目标。

"总的来说，确诊复杂性创伤后应激障碍后，我就变得越发自我责备、缺乏安全感、不愿社交，因为我不愿意伤害别人。"我说，这段话我也提前排练过了，"我想摆脱这一诊断对我的影响，包括它对我自我理解的影响。"

"能否问一下，它如何对你与他人之间的关系产生负面影响呢？"

"我时时刻刻都会发现自己的各种糟糕行为。比如我喜欢把人分为'安全'和'不安全'两类，不喜欢某人时，就会把他归为不安全类，无法与其相处。当有人感到不安时，我也做不到袖手旁观，总是想去帮他解决问题。还有人说，我喜欢把事情扯到自己身上，思想负面，总是喋喋不休地抱怨生活。我总觉得自己身处危机，因为我不善于平复自己的情绪。"

听我说话时汉姆医生一直在点头——他对这种情况并不陌生。"这些症状相当常见，可以说很典型。然而，我不想这么说，因为我不知道你是否会……"

"没错！正因如此，我才拿这个病毫无办法。我读了那么多书，都说复杂性创伤后应激障碍患者难以相处。这几乎将我置于死地，仿佛我是人类中的某种残次品。在确诊前，我也知道自己有缺陷，却并不觉得无可救药。"

"所以，诊断让你更好地理解了自己的行为，但也让你绝望，你发现自己得到疗愈的机会非常有限。"

"另外，它还让我更清楚地看到自身糟糕的行为模式，以及我需要做出的改变。然而，我要解决的问题太多了，压得我喘不过气来。我看到自身存在太多问题，无法跟朋友们好好谈话。我一直担心自己不值得被爱，现在我找到一大堆有科学依据的理由，证明我确实不值得被爱。因此我最想达成的目标就是正确看待我的病情，放下执念。"

"对，"汉姆医生微笑着说，几乎带着一丝惊叹，"这非常鼓舞人心。我想说的是，你所取得的进展让我看到了希望。给我讲讲你都做了哪些改变吧。"

"我跟我姑妈之间的一次交锋让我相当自豪。"我说。

一个月前，我和乔伊到新加坡和马来西亚探访家人，并以此作为婚前蜜月旅行。有一天，我们开车驶过邮局，我姑妈递给乔伊一个包裹，让他帮忙邮递。乔伊一下车，她就转向了我。"阿茵，你必须明白一点，无论公婆对你多好，他们都不是真正的亲人，不能相信。在他们面前，可不能像跟我一样随心所欲。千万不能当着他们的面跟乔伊吵闹，他们永远都会向着乔伊，而不是你。"接着，她长篇大论地说起我应该原谅父亲，对于亲人的微小冒犯，最终都要予以原谅，因为我在这世上真正的亲人只有他们。

乔伊不过短暂离开了十分钟，但当他回到车上时，我正双手掩面，气得不停啜泣，大声喊道："你根本不知道事情的真相！"

"怎么了？"乔伊震惊地问，来回看着我俩。但我俩都顾不上他。

姑妈倒抽一口凉气，说："哇，你还那么计较你爸的事？都这么久了？知道吗，你应该化悲愤为力量，成为一个更好、更坚强的人。"

"其实，我觉得斯蒂芬妮已经做到了这一点。她努力让自己变得更坚强。"乔伊在后座试探性地反驳着，因为我抽噎着说不出话来。

"哦，好，好。"我姑妈说，"哎呀，行啦，孩子，对不起啦。来，别再哭了，我们去吃鸡饭。"

我告诉汉姆医生，在进行治疗前，那些话肯定能让我难受一整天。我会哭一个小时并怀恨在心，再因为怀恨在心而自责，最后变得不可收拾，直到旅行结束为止。然而，我数着车窗外不同颜色的汽车，调节呼吸，试着放下。几分钟之内，我就冷静下来，再次谈笑风生。

"我是说……还不错……"汉姆医生说，语气中带着一丝怀疑。

我们的第一次咨询就此别扭起来。

"不妨告诉我你是否有兴趣尝试以下的方法。"他说，"你当然可以从脚踏实地的练习着手，但那并不足以治愈你。如果你只想着'好吧，让我们向前看'，那么你就只是调节了情绪，尚未触及重新建立联系的部分。我希望你试着体会为何你的姑妈要这么说，并且先搞明白，为什么她这样说会令你不快。"

其他心理治疗师此刻都会表扬我取得这样的进步，但汉姆医生却立刻发起了质疑，这令我相当焦虑不安。

"我知道为什么那令我不快。"我不耐烦地回答。

"好，那就说出来。"

我告诉他，姑妈经常凭个人经验对别人说三道四。那天她之所以这样说，是因为她那代人的婆婆都很难对付。可她竟然连我婆婆的面都还没见过就下定论，其实我婆婆特别好。我还列举了以前跟姑妈间的争执，她总在我面前捍卫我父母，这些累积起来引发了那次对峙。

然而汉姆医生还是不断逼问："那又如何呢？要害到底在哪里？"

最终，我吐露了真言："要害是我一辈子都想要有个家，总想知道无条件地被爱是什么感觉，加入乔伊的家庭让我有了那种感觉。但姑妈却说，不，你不会得到那种爱，不能相信他们，永远不能相信任何人。我有那种渴求，她却给我泼冷水。"我眼中噙着泪水说。

原本一直前倾而坐的汉姆医生终于往后靠了过去，微笑着，仿佛得到了他想要的答案。我为此有点讨厌他。很好，他觉得自己实现了什么突破，但这对我来说一点也不新鲜，我毫无收获。因此，我试着改变话题，想谈谈更有助于我的事情——人际关系或是家族历史。然而，过了几分钟，汉姆医生又打断了我。

"不得不说，我只想先略过这一点。当我问你，你的姑妈击中了什么要害，你说自己只想被爱。那很动人。"

"对，没错。"我有点恼怒，"那么，你刚才说我……"

"哦，不。实际上我只是在回忆并跟你分享……呃……只是想……天哪，真对不起。"他停顿了一下，似乎不知如何继续对话，最后他说，"某些时刻你会过分警惕，自认为明白我所说的一切并打断我。"

"对不起。"我的声音小到几乎听不见。哦，不，我真的是那样吗？我不懂得聆听——又一复杂性创伤后应激障碍的症状。

"还有一些时候，你流露出真情。怎么说呢，楚楚动人。你提及想要被爱的那一刻真是感觉好极了，让我想哭，且很有共鸣。你有这些情绪上的起伏吗？"

"过分警惕？"我反问了一句，"对不起，我完全没注意到。"

"你已经道过歉了。"他叹了口气，"哎，真糟糕。这就像你之前提到的，复杂性创伤后应激障碍如何破坏了你的人际关系。"

"你看出什么来了吗？"我略带犹疑地问，"我是不是很古怪？"

"我并不是这个意思。"

"哦，好吧，呃……我有时候很敏感。"

"没关系，我有时候简单粗暴。"他停顿了良久，"你对这次咨询感觉如何？"

"还可以，挺正常的。不过，之前你说光调节情绪是不够的，什么叫不够？我还要怎么做才行？我真的很好奇。我说那话是在质疑你，但那既出于好奇，又出于自卫，有双重意图。"

"我完全理解。"汉姆医生顿了顿。我坐在那里,不明白当时的处境是怎么回事。最终他说,"真希望我能够更有效地与你沟通……"

"很多人应该就是冲着你良好的沟通方式来找你的吧。"我说。

汉姆医生突然笑逐颜开,兴奋地向前挪了挪,瞪圆了眼睛:"刚才那个时刻很有意思!我们能不能深挖一下这个点。"

我震惊地看着他,仿佛他刚从自己的鼻子里挖出一大团鼻屎。"呃……可以啊。"

"你又打断了我!你打断我是有原因的。是为了给予某种安慰,对吗?你为什么要那么做?你留意到什么了吗?你在想什么?"

这种过度分析的荒谬让我情不自禁地笑了起来。"因为你说真希望可以更有效地进行沟通……我不希望你感到失望!"

"所以你就开始家长式地开导我!但你说那句话的时候带着某种语气,仿佛是在说,这可不容易,因为人家来找你是为了得到安慰。"

"我不是那个意思。呃……"我笑得更厉害了,"我说话的时候确实有些离奇可笑,特别是在陌生人面前。"

"一点都不离奇可笑,只是就事论事。"汉姆医生说。

我承认自己彻底糊涂了,我刚才说话的语气有问题吗?"所以……用那种语调说话让人生厌?"

"我的天!不,不,不!我没有批判你的意思!那会终止我们的探索!"他说,"我不过是指出一些问题,让你自己去思考。思考你在说某些话时具体作何感受,因为我不觉得那纯粹出于安慰。"

什么意思?我作何感受?我不知道在那微妙的一刻自己作何感受。他似乎有些郁闷,我便试着说些什么缓解气氛,但在以治疗我的创伤后应激障碍为目的的咨询过程中做这样一件事确实是有些奇怪。不过,无所谓。我顿了顿说:"我只是想同时安慰你和我自己,因为我也一直在考虑有效交流的问题?我用那种语气或许是因为我累了?"

"啊！就是这么回事！"汉姆医生几乎是语无伦次地从座位上跳了起来，"你累了！撑不住了！"

"我确实有很多功课要做，试着更好地进行沟通。"这是个很好的例子。

"如此精准地分析是什么感觉？"

"天哪，要是我必须这样精准地分析自己的情绪……会没完没了。这一切的目的是什么？指出我的问题？"

"不！当然不！"汉姆医生厌恶地皱起了整张脸，摇了摇头。"这令我目瞪口呆！你又觉得我是在批判你！"

"对不起。"我的嘴巴条件反射地说。

"你刚刚再次打断了我，并问'我是不是不应该那样做'。"

我耸了耸肩。他似乎就是很挑剔，抑或很古怪？我完全搞不懂他葫芦里卖的什么药。我应该作何反应？迷惘之中，我试图抓住些什么。"你为何抓住我试图安慰你的那一点做文章？做精准分析吗？"

"因为那与我们所进行的对话有冲突，我们之间的沟通出现了刹那的破裂。破裂的出现总能让我们发现些什么。因此，我们要做的就是保持好奇，继续探索，不要批判。通过这个过程，你就能学着对自己好一点。这么说你能明白吗？"

"是的……我能明白。"我说。其实我不太明白"刹那的破裂"是什么意思，但他最后说的"对自己好一点"，我听懂了。"我对自己的行为非常好奇，但并不是'哦，我那么做是因为……'那种好奇，而是'糟了，原来你那么做是因为……，你这个笨蛋'。"

汉姆医生点了点头，两眼带笑，仿佛在说"对，完全正确"。他再次目光如炬地紧盯着我说："很有意思，大部分人确诊了创伤后应激障碍之后，都会感觉获得了自由和宽恕。因为诸如躁狂和抑郁等心理问题都是病态的，似乎是患者自己的责任，唯有创伤后应激障碍不是患者的错。换句话说，诊断结果给了你一个借口。然而，对你来说……"

我耸耸肩："我只是不喜欢借口罢了。"

过了一会儿，对话渐渐停下来。我打破沉默说："医生，我现在该做些什么？"

"你说你想要得到无条件的爱，却还是喜欢直截了当。你希望我足够上心，努力帮助你治愈并质问你吗？你希望我既严厉又温柔吗？"

我并没有这么说，但确实如此。然而，当他说得如此直白时，我又觉得很荒唐。所有的诉求似乎都很重要，相互矛盾。我坐在沙发上扭动着身躯，想把自己变得越小越好。"那样的要求是否太过分了？"我轻声问。

"不，那正是你所需要的。"他充满自信地宣布。

这听起来真的很不错，但汉姆医生能做到吗？

38

我走出汉姆医生的办公室,那一个半小时的咨询令我云里雾里。然而和以往不同的是,我立刻跑到附近的咖啡店,将咨询录音导入电脑。自动抄写服务器仅用几分钟就生成了完整的对话记录。我创建了一份谷歌文件,先分享给汉姆医生,然后自己读了起来。

令人吃惊的是,当时听起来费解的对话一旦变成白纸黑字就好理解多了。咨询时,每当汉姆医生打断我,问我为什么说出某句话时,我都觉得他的插入很奇怪、毫无意义。然而,当我阅读谈话记录时,才发现他每次插入都是因为我说了自我贬低的话,或是我突然转换了话题,还有几次是我彻底走题,开始闲扯。此时,电脑屏幕上突然跳出一条评论——汉姆医生正在添加注释。"这段总结得非常好。"他这样评论我在咨询开始时表达的诉求。"这是你第一次先发制人打断我。"他圈出了我后来说的一句话。"这是恐惧在作祟!"他这样评论我的两次自我怀疑。

我发了封邮件给他,问:"我能否同时添加注释?"不到一分钟,他回复说:"当然!"

我俩一起对咨询内容进行了批注。在页边空白处,他解释了刚才谈话过程中多次打断我的原因。我指出自己对他不满的地方,他大方地接受了,还因向我过分施加压力而道歉。我也发现了自己内心更深层情绪暗涌的时刻。我留意到,只要没明白汉姆医生的话,我就会扯开话题。就算感到困惑，我也往往不会去弄清楚，而是条件反射地假定他在批评我。我会打断他，为自己的糟糕行为道歉。我对自己的描述往往很刻薄，且屡屡语无伦次。我还注意到自己甚至莫名其妙地大肆谈论乔伊的工作。我写下一条评论："我这是在说些什么。我在哪里？"汉姆医生回复说："没错！这就是人格分离的后果。"

有意思，我为什么会人格分离？我回到前文找答案。

胡言乱语前，我一直在讲自己经历的体罚，轻快地描述着父母拿刀对准我喉咙的情节。原来，一旦谈及创伤，我就失去了自我意识，迷失了方向，完全不知道自己在说些什么。太不可思议了！

我喜欢这种心理治疗。汉姆医生当面质疑我时，我会感到莫名其妙，并为自己辩解。然而，重新整理对话内容时，我有了必要的空间，能客观看待我们的互动。白纸黑字，一目了然，无须各执一词地论辩。心理治疗成了有趣的研究项目，而非令人沮丧的吹毛求疵。每当遇到一位像汉姆医生一样耐心、能与我共同对稿子进行批注和修改的好编辑时，我往往更能平心静气，与他通力合作将稿子改得更好。现在也是同样道理，我和汉姆医生一起，通过校订对话的方式治愈我的创伤。当记者的我为此感到无限兴奋。

我甚至毫不介意汉姆医生对微小的细节穷追猛打，比如我的语气，比如我简单粗暴地转换话题。还常常会出现一些有趣的细节，值得引起注意。他也经常出错，比如有一次，他大喊道："你眼泪汪汪！为什么要哭！"我说："伙计……我刚打了个哈欠。"然而，我能明白，汉姆医生偶尔的过度分析是他密切关注咨询者状态的结果。

我大学时代的所有文章得分几乎都是A，包括根据所读的书籍进行主题对比和文化分析。然而，每当需要对某一首诗或文章的某一个段落进行精读，解析作者使用某个字眼或句式的意图时，我的成绩总是不理想。我曾经想要分析约瑟夫·海勒在《第二十二条军规》中对于官僚主义之荒谬和战争之伤痛的描述。我认为只言片语本身并无内在含义，它们不过是呈现更宏大的、贯穿始终的想法的载体。然而老师们不这么看。"你必须就这一段话而不是整本书进行分析。"他们的批语这样写道。事后我会跟他们辩论说，你无法将一段话从一本书中抽离出来，这会令它失去意义。但他们毫不动摇，维持原判。

然而，汉姆医生简直就像服了兴奋剂的文学疯子，痴迷于精读人生。当我指出这一点时，他又无比兴奋地说："这让我想起有一次读康明斯的诗歌，他以'）'作为一首诗的开头，这是要我作何感想？我当时就觉得，对，不论你之前在想什么、经历过什么，都已经过去了，括号已经关闭。现在，你要进入诗歌的世界了！"

我哈哈大笑："好吧，换作是我读那首诗可不会这么想。"

拒绝精读就可能错过很多信息。此前我花了大量时间将自己的缺点视作病态进行分析，用难以解读的宏大主题来概括它们，如不懂聆听、缺乏安全感……完全未觉察出自己在对话过程中根本没听懂别人的意思。如今有了对话记录，我可以清晰地看到问题本质。第4页，我戒心太重了，应该抱有更开放的态度；第12页，我打断了汉姆医生，贸然断定他在批评我；第25页，我的语气彻底终止了对话……

我通过这些评语来剖析自己的创伤，从而找到正确方向，这正是之前我期待从心理治疗师那里得到的。我需要这种方向，需要汉姆医生对我说"渴望别人的关爱很正常"，需要医患合作带给我的掌控感。

以前的那些心理治疗师往往自视为巫师，无所不知，无所不能。"你为什么会有那种感觉？"他们总是这样问。然而，每当我试图掀开帘子，对疗法探个究竟时，都会遭到他们的反对。相反，汉姆医生热情地带我参观了他的"机房重地"。

"我一直在观察你的面部表情，意识到自己犯了个大错。"他在某处留下这样一条评语。在另一处，他写下了自己的一段小故事，并注释说："对于你成长的痛苦，我能感同身受，这段小故事就是证明。"

汉姆医生承认了自己在咨询过程中流露的脆弱。然而，脆弱并未削弱他的能力或权威，恰恰让我更加相信他，也更愿意让他指正我的行为。与此同时，当我觉得他逼人太甚时，我可以反抗并直接告诉他。

第二次咨询时我告诉他，他和我之前见过的那些心理治疗师截然不同。"因为我自己也讨厌成为那种心理治疗师的病人，那会让我害怕极了。"他坦承，"你必须清楚地意识到医患关系多么不对等。如果你真的想有效治愈病人，就必须不断放低自己。那意味着以谦卑示人，允许自己犯错，并慢慢摸索。"

这样一来，我也能更轻松地摸索。第一次咨询时，每当疑惑不解，我就打马虎眼蒙混过关——我表现出聪明干练的样子，假装能听懂他说的一切。但现在我知道，那样做对我毫无益处。于是在第二次咨询中，我提出大量问题，对于自己不确定的事情一概不放过，追着汉姆医生刨根问底。他喜欢抛出学术名词，我就请他做名词解释。我追问他做出某些论断的理由，问他我应该怎样应对姑妈的那番话，为什么那天我数汽车的做法是对的，但只这么做远远不够。

汉姆医生承认，他在处理有关我姑妈的那段回忆时有些"浑球"，对我过分挑剔，或许有些草率。不过他说："在我看来，对你最有益的是改善与他人的关系。自我调节是相当封闭的做法，纯粹是为了生存而已，这就好像是在说：'我不准备学习如何与你建立良好的关系，但至少在生你气的时候，我可以控制自己的不安情绪。'我不希望你只是躲在角落里自我调节。你会因为羞耻而躲起来，离别人远远的。然而，如果你可以改变自己的状态，提出这样的问题——'你是谁？你现在需要我做什么？我需要你做什么？'那结果是不是就会不一样呢？"

如果我的坏情绪没有发作，我会对姑妈说什么？如果我有充足的时间和良好的精神状态提出汉姆医生说的那三个问题，结果又会如何？或许我会说："我知道你的公婆很难相处，我为你感到惋惜。但我爱我的公婆，他们是我在美国唯一的家人。你说他们不是真正的家人，那让我很难过。其实，我需要你支持我与他们保持良好的关系。"那她会不会做出更积极的反应呢？她还会反对我吗？那是否会拉近我们之间的距离，而不是留下又一段互相发脾气的不堪回忆？或许我应该试着与她坦诚相见？

"如果行之有效，最终的结局将非常圆满，你俩的关系会得到改善，你们会彼此拥抱在一起。"汉姆医生说，"或者，你跟她讲述了自己的需求，她却没有按照你想象的那样做出回应。你或许会生她的气，会感到失望，但不会斤斤计较，因为你能体恤她的行为，也能原谅自己对她的行为所产生的反应，你会想：'我希望她能做得更好。'"

"我正在努力改善和自己的关系。"我缓缓地说，"这也属于你说的'改善关系'，对吗？"

"对。"

这就是汉姆医生的治疗思路：从根本上来说，复杂性创伤是人际关系创伤。换言之，这种创伤是由与他人之间的糟糕关系造成的，这些人原本应该给予你关爱、让你产生信赖感，结果却伤害了你。这就让经历复杂性创伤的人未来更难以与他人建立关系，因为脑回路被改变，总觉得他人不可信赖。汉姆医生认为，要想从人际关系创伤中走出来，唯一的方法是不断操练人际关系之舞，而不只是阅读自助书籍或独自冥想。一定要走出去，练习如何与他人维持关系，重塑遭到破坏的信念——这个世界可以是美好安全的。

"人际关系就像体育运动，最重要的是肌肉记忆，是动作的操练。仅仅读有关网球的书是打不好网球的。人际关系中会有很多决斗，人与人之间的决斗！"汉姆医生认为自己的办公室是一个适合操练决斗的地方，可以学习如何聆听、说话、提出要求。

我们之间的共享文本升华了人际关系像体育运动这一比喻。汉姆医生喜欢打壁球，且相当争强好胜。其他人最多只会花几个小时苦练，他会在壁球房角落放一架小型相机进行记录，并在事后回放录像，研究自己犯的错误，调整自己的竞技状态，快速实现进步。重新梳理我们的谈话内容，就是利用了同样的技巧。

"你这样做需要相当的勇气，"他说，"并非所有人都能客观审视自己，这会令很多人浑身不自在。"

要说这种心理治疗让人紧张害怕，我完全可以理解。记得当初刚开始在电台工作的时候，我花了好几个月适应自己的声音。那时，我为自己奇怪的呼吸声和咬舌而焦虑不安。然而，经过广播工作的培训，如今的治疗过程并不陌生。几个月以来，我第一次感到充满能量。第二次咨询快结束时，我告诉汉姆医生："我感觉很好！我很乐观！"虽然只过了两个星期，但我似乎已经掌握了一些非常有用的技巧，可以在日常生活中使用。这些方法很实在，有助于我更好地爱身边人。

几天后，我和凯西通电话，聊过去几周发生的事。她说自己的同事很恼人，却欲言又止。"哎，没关系，"她说，"没什么大不了。你的工作如何？"我最初的反应是放弃那个话题，聊点别的，但没那么做，因为汉姆医生的指导令我清晰地意识到她说着说着就停了，我应该鼓励她继续讲下去。我的第二个念头是通过抱怨以前遇到过的离谱同事，甚至信口侮辱她的同事（我根本不认识那个人！）来安慰她，但也没那么做。我说："等等，你刚才提到了你同事？他们对你做了什么？"她有了机会和空间，便跟我透露了她对工作的恐惧。如果我没仔细聆听，只顾着说自己的，就无法听到她那些脆弱的想法。从那以后，我觉得自己与她更亲近了，她似乎也有同感。这是几个月来，我第一次因为一段对话而产生成就感，并感觉自己是个好人。

或许这招管用。

39

去汉姆医生的办公室就像去健身房，那是一个锻炼心智、使人更强大的培训基地。它让我想起一个专门为青少年创建的训练基地。

几年前，我在为《美国生活》节目做调研时，去过莫特哈文学院（Mott Haven Academy）。该校位于布朗克斯区，大部分学生都是寄宿生。经校方许可，我花了一整天观察那里的学生，并立刻注意到了这所学校的与众不同。

操场上有几十个孩子在踢足球、荡秋千，在攀登架上大呼小叫，疯狂地互相追逐。没错，一切正常，但总让人感觉哪里不对劲。过了一会儿我才意识到：那些独来独往的孩子去了哪里？在大多数学校的操场上，都会有那么一两个独自待在角落里画画、看书或跳绳的孩子。然而在这里，每个人都看似大家庭的一员。

一个八岁的男孩除外。他独自站在一旁，怒视前方。我一直盯着他，他看起来内心有什么在搅动，表情越来越愤怒，最后跑到操场另一头，捡起一根四英尺长的树枝，往一群玩抓人游戏的孩子身上扔，但没打中。那群孩子用奇怪的眼神看了他一眼，跑开继续玩去了。

当班的操场监管老师向他走去。他的举动显然是暴力行为，很有可能伤害他人。我以为老师会让他在一旁罚站，或把他送到某个办公室好好教育一番。然而，老师蹲下来说："你看起来很不安。发生了什么？"

"我最好的朋友今天在跟别人玩。"他一边说一边低着头，几乎要哭的样子，"我很生气，因为我俩每天都在一起玩。"

监管老师把他的好朋友叫了过来："嘿，尼可。"

尼可小跑着过来。

"杰瑞米说，你今天跟别的孩子一起玩，这让他很不开心。杰瑞米，你是不是很担心尼可不想再跟你做朋友了？"

杰瑞米依然垂着头，勉强地点了点头。

"哦，我当然还是很喜欢你呀。"尼可微笑着说，他的语气令人感到宽慰，"我今天只是想玩些新花样。"

"你们是非常要好的朋友，但有时也可以跟别的朋友一起玩，不是吗？那并不代表你们不再彼此喜欢了。"监管老师说。

"是啊，你是我的朋友，杰瑞米！"尼可斩钉截铁地说。

杰瑞米终于抬起了头："我也喜欢你，尼可。"

监管老师走开了。就在一分钟之内，杰瑞米彻底变了。他向踢足球的孩子们跑去，在午休最后的时间里，兴高采烈地运着球，重新回归群体。

要说创伤，寄养家庭的孩子或许经历得最多。超过半数的寄养儿童童年不幸经历评分为四分或以上，而一般儿童的这一比例仅为13%。不少寄养儿童在童年时代频繁更换寄养家庭，多达十多户，甚至更多，所以完全无法建立家庭的稳定感。一项研究显示，寄养儿童遭受性虐待的可能性比一般儿童高出十倍。当然，这些儿童长大成人后，难免会承受痛苦的童年经历带来的严重后果。更换过五次以上寄养家庭的儿童长大后，有90%成为刑事司法体系的惩戒对象。

这些统计数据说明的问题，正是莫特哈文学院与其他学校有所不同的原因。莫特哈文学院并未将重点放在学习成绩上，而是在学校范围内建立一个社群，给孩子们一个安全的港湾，一个稳定、充满爱、类似家庭的组织，或许他们在别处无法拥有。这意味着该学校需要建立一套完全不符合常规的奖惩体系。

孩子们不会因为在教室里无精打采地坐着、敲铅笔，或在课堂上走来走去而受惩罚。只要能积极听课、做作业，他们可以站起来或换座位。对于确实无法集中注意力的孩子，也有几处安静的地方供他们休息——用毯子堆起来的小城堡和豆袋座椅等。他们可以在那里待上几分钟，自我安抚一下。每周有几次，孩子们会在一起分享校园里和生活中让自己心神不宁的事。大多数孩子每周至少见一次心理医生。

当孩子们发泄情绪时（孩子发泄情绪司空见惯，更何况是经历过创伤的孩子），监管老师注重的是治愈并维持关系，而非惩罚。

来到杰瑞米跟前时，监管老师知道他发泄情绪并不是因为想要伤害别人，而是心有不安。经过询问，她发现杰瑞米希望得到关注，确认自己为朋友所爱。的确如此，一旦他有了安全感，痛苦就消失了。所以她把尼可叫过来，给杰瑞米一个机会修补破裂的关系。更重要的是，她还教会尼可如何缓解朋友的忧愁。"对，我们不会对争执视而不见。"那位监管老师说，"跟其他学校不同，我们会调停所有的分歧和争吵，尽量不让孩子们日久积怨，而是给他们安全感。"

"我们不分这组、那组，所有人都属于一个大群体。"女孩薇洛（我给她的假名）说，"在这间学校，每个人都有自己的问题，但也都有好的一面。有时候，会有人做出刻薄的事，这很不好，但这些人也会有好的时候，非常非常好。"薇洛喜欢讲老掉牙的笑话，讲完后会淘气地傻笑。你绝对不会想到在来莫特哈文学院前，她曾经因为控制不住情绪、袭击老师、在教室里扔椅子而被好几家学校退学。原本，她对莫特哈文学院并没有什么期待，以为它和从前的学校并无二致，受欢迎的女孩子们会嘲笑她头发凌乱。但出乎意料的是，在这里，争执并不以负面情绪收场。

薇洛跟我讲了一个故事。几周前，她和朋友吵了一架。她骂一个女孩神经病，她的朋友说那样做不对，且整节课都没再理她。然而第二天，薇洛问她："你还生我的气吗？"她的朋友已经熟练掌握了安慰的语言，说："不，事情已经过去了，我不生气。我还是你的朋友。"

友谊改变了薇洛。她的学习成绩进步了，开始喜欢原本讨厌的学科。以前，她总觉得自己懒惰，并且目不识丁。如今，仅仅过了一个月，她就建立了新的看法，认为自己善于写作，并且有足够的动力取得更好的成绩。另外，她也很有耐心。有一天，她觉得班上所有同学都不搭理她的笑话和搞怪动作，便来到教室一角，坐在豆袋座椅上独自待了一会儿。"我对自己说，薇洛，他们不过是些孩子，真搞不懂你为什么要生气，没关系的。"她平复了自己的情绪。那并不是老师和心理医师教导的结果，而是她凭直觉学到的。大脑的恐惧反射普遍存在，但还有一个同样古老而强大的反作用力。有了某一重要元素，我们的身体和大脑就会友善起来。

"这间学校让我觉得自己在这里是被爱的。"

看到杰瑞米和尼可和好时，我不得不使劲眨眼，不让泪水流出来。我觉得他们好可爱，他们的沟通技巧也令我深感敬佩。我希望自己像他们一样善于沟通，我想加入成人版莫特哈文学院。

还能通过什么方法学习这些技巧呢？谁会愿意教我呢？

"今天你想聊些什么？"我坐到汉姆医生的沙发上时他这样问。

我的语气毫无生气，充满疲倦："这周末很糟糕，我俩又吵架了。"

那天晚上，我跟乔伊约会后坐地铁回家，在路上聊起了天，交流近况。突然，乔伊扭了扭身体，皱起眉头。

"你没事吧？"我问。

"没事。"他不耐烦地说。

"你是不是哪里不舒服？睡了几个小时？"我继续追问，"哎，真是的，昨晚我叫你早点睡的！"

乔伊气鼓鼓地看着我，一副疲惫不堪又怒火中烧的样子。

看到他这副样子我也不示弱，变本加厉起来："怎么了？你干吗那样看着我？"

他似乎彻底放弃了，转向另一边，不说话。

几年前，乔伊承诺可以"对付"我的创伤及相应的一系列问题。当时我以为他会泰然自若地处理一切，但现在看来，那太高估他了。他是个好人，却不是也没有义务成为圣人或救世主。三年过去了，我们的怪癖不再那么古怪，却越来越讨对方嫌。乔伊的耐心也是有限度的，他勉强忍受着我的诸多缺点，但也会毫无征兆地发脾气，令我彻底崩溃。

"他的那种表情给你什么感觉？"汉姆医生问。

"我特别讨厌那种表情。他对我发脾气，这越来越让我生气。因为我觉得，好像自己一开口就会搞砸我们的关系似的。"我说。

"天哪。"汉姆医生皱起了眉头。

到站时我气愤地冲了出去。乔伊追上来，准备尽快和解："我觉得你那样说话相当无礼，所以就用那种无礼的表情来回应你。"

"你把它曲解成了无礼，那并不是我的原意。"

"那就是很无礼。难道为了避免让你情绪爆发，我就得如履薄冰、从不生气？难道你就不能为自己的错误负责吗？"

"天哪。"我嘟哝着，决定不再吵下去。

第二天，乔伊和我出去散步。走过社区的小公园时他想去街角买杯咖啡，但我说那不合适。他又给了我同一副表情——龇牙咧嘴，仿佛在说"你又无礼了"。

"什么玩意儿？"我问，"昨天，你为了一点小事跟我发脾气，今天又来了。怎么回事？你怎么了？"

"如果我总是监督你，问你'你的私处还好吗'，你会怎么样？会高兴吗？"

"我不会怎样！我会直截了当地告诉你我私处的情况，还会跟你分享我大便的情况！你想知道些什么？大便的黏稠度和颜色吗？"

他翻个白眼，径直走开了。

我思绪万千。我现在是什么感觉？如何解释这种感觉？

"你对我太刻薄了，根本没有考虑我的感受！"我对他大喊道。

他诡秘地笑了一声，厉声喊道："哈！"

浑蛋！

"我到底对你做了什么？"我大喊着，"告诉我，我到底做了什么，让你这样对我？"

我瘫倒在路边石上，双手掩面，情绪的暴风正席卷而来。真是太好了，我在大庭广众之下哭了起来。我没法再讲话了，因为那会让所有人都讨厌我。从今以后，我最好变成一尊沉默的女性雕塑。

"行了。"乔伊最终说，"嘿，到底发生了什么？"

雕塑不会有任何回应，因此我保持缄默。

他站在那里看着我。几分钟后，他问："你在想些什么？"

"晚了！我不想告诉你。"我说了一句。

"你恨我？"

"不是。"

"你还是不想结婚？"

"不是。"

"你觉得我很讨厌？"

"不是！"我大哭起来，"我只是恨自己，最好马上死掉算了。"

我把这件事告诉汉姆医生后，他忍不住大笑起来。

"我的天！"他说，甚至都没有停止大笑的意思，"对不起，我忍不住。"

这真让人尴尬。不过我自己也因为讲不合时宜的地狱笑话而被人骂过，因此可以理解。

"没关系。悲哀的事情常常让我发笑。"

"啊，不，是因为你以'我想去死'那句傻话作为结尾，这实在是令人发指。我只能通过大笑来化解这种创伤反应的愚蠢。"

"好吧，"我勉强笑了笑，"我不觉得那很愚蠢。"

"你当然不觉得。"他严肃起来，"对你来说，那一点都不蠢，而是沉痛万分。你想去死就意味着你的忍耐已经到了极限。然而，你用死来证明自己如何差劲，如何是全宇宙最令人讨厌、最糟糕的人，这才令人发指。"

"对。"

我们静坐了一分钟。最后，汉姆医生问："为什么？你为什么想要问他身体怎样？"

"控制欲。"我一边说一边叹着气，"显然我把他当成我的孩子了。"

大多数心理治疗师会好好利用这个机会分析这件事，回顾我的家族历史，大做文章。然而，汉姆医生只聚焦于当下。"好，"他追问道，"你为什么会想要控制他的身体呢？"

"因为……自从开始教书，他就不好好吃，不好好睡。为了批改作业和制定教学方案，他每天只睡三四个小时，工作时间长达十七个小时。如果他不那么拼命，上级就会说他对学生不管不顾。每当他压力过大或缺乏睡眠，他的自身免疫性疾病就会严重发作。他最近就在发病，所以我总叨念他放下工作，好好吃饭，照顾好自己。"

汉姆医生明白了真相，再次瞪大双眼："你担心他的健康没有保障，担心因此而失去他。"

"对。"我低声说。

汉姆医生思索了一会，突然爆发了："如果我是你，我就会勃然大怒！如果他不好好照顾自己的身体，作为一个爱他的人，你有权唠叨他。他真是岂有此理。"

我大吃一惊："哦，难道我做的……是对的？"

他摇了摇头："不，我并不是说你应该一直唠叨，而是说你出于好意才会唠叨，且不必觉得'我唠叨个不停，真是个白痴'。"

"那么，如果我的唠叨和担忧不无道理，应该怎么做才能不惹他生气呢？"

"你可以跟他分享自己的感受。比如'我并不想唠叨你，对不起。但你不能就这样把自己往绝路上送，我不能坐视你毁掉自己的身体。因此，能否请你为了我照顾好自己'。"

"哦，好的，我下次试试。"这个办法听起来不错，但依然无法使我振奋起来。我一旦发作，就不可能说出那样的话。另外，老实说，乔伊或许还是会反感。

我拿起沙发上一个靠垫，往肚子上一抱："如果我们要为这种小事吵架，那或许压根就不该结婚。他那副表情会不断诱使我情绪发作。"

"你真傻。"汉姆医生说着，又一次大笑起来。

"什么？！你……说我傻？我可不傻。"他笑得合不拢嘴的样子让我气不打一处来。

"你这么说很傻。"他说，"重点不在于争吵，而在于和解。"

和解。

"你依然是我的朋友，杰瑞米。"

"事情已经过去了，薇洛，因为我是你的朋友。"

汉姆医生告诉我，成人和解的过程更复杂、涉及更多的相互作用，效果也总是不那么尽如人意。

"遭受过创伤的人只看到关系的破裂，总向施虐的人道歉，却从来不注重自己的需要。这种付出是单向的，没有回报。"汉姆医生说。

我思考了一下他的话："你是说……问题出现时，我学会的只是去道歉，说'对不起，我真是糟糕透顶'。"

"正是如此。你不知道如何通过道歉，将它变成一种双向的和解。"

我结结巴巴地将我对这番话的理解说了出来："因此，经历过创伤的人总是在道歉……却忽略了自己的问题，也无法予以解决。或者他们总是想要别人道歉，而没有……"

"意识到对方的需求。对！"

"因此，他们的和解缺乏细节功夫。"我惊叹道。

"对。原谅是一种爱的行为，你要对某人说'你并不完美，但我依然爱你'。你想传递的是这样一种能量，'我们不会放弃彼此，要一直共同成长下去。你伤害了我，我也伤害了你。对不起，我依然爱你'。"

"这样真好。我希望有这样的双向和解，但真的不知道要怎么做。"

"这就是你来进行心理治疗的目的。"

40

发掘真相并非易事。如果人人都能看清真相,世界就会太平许多。相反,所有人都有各种诱因、欲望、情绪和需求,都有自己隐藏这些需求的方式。因此,当我们不能正确理解他人的需求时就会产生冲突。减少冲突的秘诀在于尽可能地了解真实情况,掌握实际发生的一切。然而问题在于,"我们看到的并非事物的本质,而是自己的样子"(据说这句话出自小说家阿内斯·尼恩)。

汉姆医生认为,复杂性创伤后应激障碍令患者进一步丧失对基本感官的本能感知能力。我们风声鹤唳,总觉得会出现危险和冲突,因此总看到危险和冲突,却往往对实际情况浑然不知。因此他主张解除情绪上的武装,拨开恐惧和愤怒的迷雾,实事求是地、清楚地看待事物。

汉姆医生说,复杂性创伤后应激障碍患者出于恐惧,对事物的理解很狭隘。但现实真相往往是另一回事,比他们想象的复杂得多。当然,我们始终无法彻底了解现实。即使是我们的至亲,在与我们产生冲突时也未必意识到具体真相是什么,在交往过程中通常对真相抱以好奇而非惧怕。汉姆医生说,我应该在对话时持"是什么伤害了你"的态度,而不是"我是否伤害了你"。

汉姆医生在对我的心理治疗过程中就一直这样进行示范。谈话进行到一半,他会突然直挺挺地望向天花板,并问自己:"我在做什么？我怎么了？"每到这时我就坐在原地，静静地等他搞清楚状况。他会对我说："我刚才遭到你的质疑，所以非常不开心。""我设身处地，是为了让你好过些。""你怎么了？为什么你的表情突然变了？"有人如此坦诚公开自己内心的想法，并且毫不掩饰地认真了解我内心的想法，这让我如释重负。

我和汉姆医生一起审阅了所有咨询对话，仔细梳理咨询过程中出现的不合拍之处。几周后，我终于开始发现自己在人际交往过程中的不合拍。我告诉汉姆医生，有一次我跟两个朋友相约吃早午餐，但对话过程始终不协调，感觉多数时候我都在强行对话，或者说是在演戏。

"很好，你能留意到这一点，我很高兴。"汉姆医生说。

我办了一次晚餐派对，场面相当尴尬。于是我便对汉姆医生描述来龙去脉，想要搞清楚到底发生了什么。我真的是一个糟糕的主人吗？口无遮拦，说了太多？为人差劲？

"等等，来的是两个女孩、两个男孩和一对情侣？"他问。

"一个女孩，一个男孩。"

"他俩都是单身？"

"呃……对。但我不觉得他们对彼此有意。"

"你邀请了一个单身女孩和一个单身男孩？他们肯定误会你要撮合他们，这本身就会让氛围变得奇怪。"他笑着说，"这个好办，下次多请些人就是了。"

我偶尔会意识到问题所在，并迅速挽救。有一天，乔伊的弟弟到我们家吃晚饭，提及他的手最近刚受了伤。为了安慰他，我开始说起自己也扭伤了大拇指的事情，他咕哝着应付了几句。我想，似乎不太对劲。或许不应该比较我们的伤势，尤其我的伤比他的轻很多，或许承认他的痛苦相当严重才是他所需要的。第二天，我发了一条短信给他:"你的手很痛,我真的很难过,那太糟糕了。"接着,我分享了自己喜欢用的几种药物。他回我说谢谢。好了,这感觉让我舒服多了,我想。

然而,我可以采取挽救行动的机会少之又少。一天,我跟汉姆医生提起我的一个朋友,她刚与男友分手。"我听她说了四个小时,却似乎并没有带给她安慰。或许我不应该给她出主意,而只是应该告诉她'哇,这种事真的很痛苦'。或许那才是她需要的。"

"啊,那是直觉反应,确实可能会对她有所帮助。"

"是吗?哎,真是的。"余下的时间里,我一直因为后悔当时没有想到这一点而难过。

"你这是在走自己的死胡同。"汉姆医生注意到我的情绪后提醒了我,"你的坏情绪被激发了,别陷进去。"

每当汉姆医生发出这种警告,我就会反驳说"我可没走死胡同,我甚至不知道自己的死胡同在哪儿呢",这时他就会说"好吧,好吧"。一段时间后我会意识到自己的坏情绪确实被激发了,于是为没及时反应过来而尴尬万分。接下来,我会坐在那里,一边哭一边晃动身子,感觉自己将孤独终老。就在我坏情绪爆发的这难熬的一个多小时里,在我不停责怪自己时,汉姆医生会禁不住大笑,并骂我傻。不知为何,我非常受不了他这种反应,只能说亚洲人就是这样吧。我会骂回去:"我不傻!你才傻!你个傻子!"然后我俩会同时笑起来,我也就冷静下来,可以重新进行咨询。

有天晚上,我梦见自己在上绘画课。我跟两位女同学成了朋友,在创作落日和牧场的湿壁画的过程中,我们拉近了彼此之间的距离。我们一起来到海边小屋度假,她们中的一位开始聊起自己的离婚经历,说个没完。我对她说:"哦,那真是糟糕。对了,我们是不是应该把这一块涂成蓝色?"结果她尖叫道:"我烦透你了!你完全不懂得聆听！我再也不想跟你说话了！"接着冲了出去。我跟着她跑出去，大声喊着："等等！"然后我啜泣着对自己说："天哪！我没能好好理解她！我没有凭直觉去感受她的需要！"

汉姆医生听了这个梦之后也笑了："为何如此一板一眼？"

"对啊！"我说，"我的潜意识应该试着马虎些。"

六周之后，我看了一段录像，从此改变了心理治疗的基调。

我发现了汉姆医生的 YouTube 频道后，就在那上面看了《周六夜现场》的所有视频。看到那些标题，我就情不自禁笑地起来——呆头呆脑、满嘴术语的汉姆医生为这些视频起的标题竟然如此冗长沉闷。

我点进了一段名为《通过心领神会的爱治愈依附的创伤》的视频。汉姆医生正帮助一对父女进行对话，没有图像，只有录音以及打在黑色背景上的白色字幕。我猜女儿二十多岁，父亲是典型的纽约人，高大、粗暴。显然，父女二人的关系不怎么样，因为女儿感受不到父亲的关爱（可以理解）。父亲生气时会发脾气，会骂女儿说她被宠坏了、很自私，所以女儿有需要的时候也不愿意向父亲开口。一位家庭成员去世后，他们的关系更是每况愈下。那个人的死让这对父母痛苦至极，无心帮助女儿消化她的感觉。每当女儿试着表达自己的焦虑或悲伤时，父母总不予理会，说她小题大做，甚至说他们的痛苦远甚于她。

刚开始，女儿相当犹豫，一直沉默寡言。在汉姆医生的循循善诱下，她哭了，颤抖着吐露了心声。她的愤怒和悲伤如此汹涌澎湃，显然已经忍了多年。"后来你好了，但我没好，因为我接过了你的痛苦。我能向谁诉说？谁来陪我？谁都不行！我忙于听你诉苦，根本无暇接受悉心照料和保护。这令人沮丧，因为我明明知道你想要保护我……你到底在哪儿？"

最初，女孩的父亲还想为自己辩护。他说完全不记得自己说过那些伤害女儿的话，还说女儿不找他，他又怎么会知道女儿需要他，难道他要不断猜测她的心思吗。啊，这太熟悉了。我记得和父亲有过一百次几乎完全一样的对话。

然而，女孩和汉姆医生团结一致，让那个父亲最终意识到了自己的错误。他自我捍卫的盔甲四分五裂，整个人陷入了绝望。"我就是搞不好人际关系。"他无望地说，"我口无遮拦，无所顾忌。长久以来，我只想做一名好父亲。"他停顿了良久，最终哽咽着承认："但我不是。"

这听起来也很熟悉。偶尔有那么几次，我和父亲的谈话也到过类似的阶段。我把他说哭了，他也似乎看到了我的痛苦。但我无法因此得到安慰，相反，父亲的自我憎恨令我不得不去安慰他、照顾他，这实在是让人不爽。但如今我似乎明白了一些以前未曾想到的事情，但这更让我心烦意乱。

看这段视频时，我不仅和那个女儿同病相怜，还在那个父亲身上看到了自己的影子——我就是那种搞不好人际关系的人。这个男人钻进了自我仇恨的死胡同，他就是那个坐在街边的我，哭喊着"想死"，却没有着手解决问题。听那段对话时，我一直不安地刮着指甲。

幸好汉姆医生打断了他的话。"你为什么要做出这样的回应？"他像平常一样直白地打断那位父亲，但声音温和慷慨，"这能算是对她的回应吗？你并不体恤她。别扯那么远。你对现状感到悲哀，但不必扯那么远，说自己是个糟糕的爸爸。"

接着，女儿插话进来："我怕你听了我说的那些话以后，误以为我的意思是'你很烂，糟糕透顶'。我怕这些会成为你脑中消极想法的一部分，在你脑海中那个黑暗的角落里，别人对你的评价都是负面的——你很烂、很糟糕。但我想说的是，不，真的不是这样！"她用拳头猛捶了一下："你并不差劲！只是还在努力。我不希望你受伤，想看到你有继续努力的动力。"

当时，我并不觉得那位父亲可以给出一个贴心的回复。女儿也承认自己甚至无法抬头看父亲。汉姆医生显然不知道如何在不引起更大痛苦的情况下给予更多的指导。"我觉得你可能得聚精会神，设法体会她的痛苦。我也不知道怎样做到这点。我希望你用心感受她的经历。"汉姆医生说。然而我听得出来，他手足无措，不得不接受现实——女儿今天是无法实现对话的目标了。

然而突然之间，就在所有人毫无准备的时候，仿佛是上帝之手触碰了这位父亲，他的嗓音从犹豫和惧怕变得饱满有力。"现在，我只觉得非常爱她。"他说。他的声音在颤抖，但并不是因为害怕说错话，而是因为他无法用言语形容爱之深刻。"我在等她看我一眼。"他高兴地说。他并不记恨女儿无法正眼看他，而是笑着享受亲爱的女儿在身边的感觉。现在的他看起来风度翩翩。"我只想拥抱你。我就在这里，永远等着你，我想拥抱你，为你做一切你需要我做的事情。"

甚至都不用说那些话，他的语调早已迅速打破了僵局。女儿怒气已消，投入了父亲的怀抱。父女二人相拥在一起，用衣服遮住脸，不停地啜泣。

虽然父亲只说了区区几句话，但还是达到了治愈的效果。

"回答正确。"汉姆医生骄傲地说。

我往后坐了坐，关掉视频，脑海中联想到的画面是海伦·凯勒的家庭教师安妮·沙利文让海伦把手伸到水龙头下，并在她的手掌上拼出"水"的英文单词。这段视频犹如醍醐灌顶，让我在惊讶中明白了一个真理：惩罚无益。

我所受的教育是，做错事就会招致惩罚和羞辱，这既合理又必要。惩罚有利于抑制我不羁、低劣的天性，让我感到耻辱，改过自新。归根结底，"公正是好政府最坚实的基础"，而公正就意味着为错误付出代价。一旦有问题出现，就必须揪出犯错的人，予以惩罚。

如今我知道自己错了。惩罚不仅无济于事，还会弄巧成拙。视频中那位父亲的自我惩罚并未让他得到女儿的宽恕，也没能帮助他痛改前非。相反，自我惩罚令他与家人更疏远。他把自己关进自我责备的牢笼，听不到女儿的诉求，更无法满足她。他承受了大量责备和痛苦，但这反而令他无法弥补过失，无法修补与女儿的关系。

在莫特哈文学院，将薇洛、杰瑞米和其他孩子带回朋友圈的也不是惩罚。惩罚意味着排斥和去除，将会破坏关系、摧毁群体。

小时候，我母亲常常问我，"妈妈和爸爸你更爱谁？"我从小就学会以委婉的辞令予以答复："你们两个我都爱。"说实话，这句回答带给他们的并不是安慰，而是失望。这个问题会出现在全家人正高兴时，比如我们三个人一起窝在床上的早晨。也会出现在父母激烈争吵时，他们会三更半夜把我从床上拉起来，仓促地试图决定监护安排。有一天我终于受不了了，抑或只是累了，当母亲问"你更爱谁"时，我回答说："应该是妈妈，因为她对我的惩罚更多，所以她肯定更爱我。"

难以置信的是，过了这么久，我才明白惩罚不是爱，而是与爱正好相反。

原谅是爱。宽恕是爱。

视频中的父亲唯有在逃脱自我惩罚后才明白了事情的原委。他摘下黑暗的眼镜，看见女儿耀眼而绚烂的模样。她是个了不起的女孩，但很孤单，需要父亲的照顾。他这才发现自己有能力满足女儿的需要。正是与耻辱相反的一股力量把他带回现实，带到他女儿身边。

一次又一次，答案都是爱。唯有爱才能拯救和治愈。

为了成为更好的人，我必须做一件与本能反应相反的事情：驳斥惩罚自己就能解决问题的想法，找到那份爱。

之后那一周，一位跟我搭档的记者不愿意继续合作了。我负责编辑她的稿件，但她拒绝接受我的修改意见，还一口气发给我三份不完整的草稿。我要求她多加入一些描述，结果她发来邮件表示难以合作，要另找编辑。这封邮件让我的坏情绪爆发了。我无法胜任这份工作，又把事情搞砸了。天哪，真是一团糟。如果我更耐心友善，或许她就不会讨厌我。天哪。当时我的本能反应是终止一切，就此逃离。如果她讨厌我，就别再跟她共事了。谢天谢地，她可以另请高明。再见。

不过，我还知道一点：自我惩罚是浪费时间，完全不解决问题，我需要弄清楚的是到底发生了什么。

我已练就十八般武艺，可以多管齐下地解决这个问题。我吃了点东西，坐下冥想了一会儿，让自己冷静下来，果然感觉好多了。但我依然满肚子的自我怀疑，于是决定打电话给前上司马克，听听他的意见。我相信他，也知道他为人宽厚。他说我是个优秀编辑，业务能力肯定没问题，难以接受来自他人的负面评价是人之常情，根本不值得为此而自我谴责。总而言之，在这件事上我没什么错。

我沉静地待了一会儿，回想起复杂性创伤后应激障碍患者如何假定问题出在自己身上——并非出于自私或自恋，而是因为他们希望能控制局面并解决问题。然而，如果这件事的问题不在于我，那么症结又在哪里？那位记者需要什么？我能否帮助她？我做好了心理准备，自己未必能够帮到她，那也没什么大不了的。

我重读了她之前的邮件，感受到字里行间的焦虑。我能感同身受，截稿日期逼近，还有一大堆访谈要完成，她倍感压力。我安排了一个电话会议听取她的意见。一开始她就滔滔不绝，诉说着各种想法、怨言、愤怒和怀疑。我突然意识到自己听懂了她的需求。我一直在要求她做修改，却从未问过她为什么不愿意修改。她需要的其实是聆听。

我静静地听她诉说，她说完时已上气不接下气。我告诉她："我明白你的意思，我就是想听听你的想法。还有什么想要告诉我的吗？"听得出来，电话那头的她相当讶异。她原本准备大吵一场，却发现我并无此意，便放下了戒心。她开始列举自己担忧的事，以及一些难缠的私人问题。之后的那十五分钟里，我继续听她发泄，重复说"我明白你的意思，你需要什么才能完成这件事"。最后我们决定调整工作模式，面对面地共同修改稿件。她为自己的最后通牒道歉，并做好了重新投入工作的准备。

这是一件小事，但意义非凡，标志着个人的一大胜利。这次我通过真正意义上的当场补救，维护了一段关系。这种补救无须卑躬屈膝，相当微妙。

成功一次后，我更有信心分析周遭发生的一切，从对话中的微小细节入手消除误解。当他人总是看向别处、不接话头或转换话题时，我就会意识到出现了问题。我不再为此感到内疚和缺乏信心，而是提醒自己，拿出好奇心，而非自我责备。这种改变似乎微不足道，却让充斥着复杂行为的世界变成一架发着光的秘密飞机飞进我的视野。我和A正在聊天，正说到他姐姐的事，他突然转换了话题。啊，原来是因为他在跟姐姐闹别扭，这令他愧疚不已。B为什么突然这么不自在？啊，一谈起花生酱，她整个人就放松了。哦，我明白了！一提起事业，她就会焦虑。

有一天，朋友珍跟我聊起带孩子的事，说那令她苦恼万分。突然，她话锋一转，开始不断问我的近况。为什么？是因为她在困惑时缺乏自信吗？我该如何处理这种情绪呢？我将其"心智化"，并展开了"元交流"——汉姆医生教我的专业术语，大致意思是边想边说。"我有点担心，你把话题转移到我身上是因为你不想让自己的问题烦扰到我。但我想说的是，你的问题不会烦扰我，我很想知道到底发生了什么。最近生活很沉闷，我也希望多花些时间了解你！"

"好吧。"珍开始分享近期遇到的难题，并接受我的安慰。能为挚友提供这样的空间，我深感荣幸。

在与汉姆医生的咨询过程中也是如此，他明察秋毫，微笑着对我说："你今天充满好奇心。"他不如直接说我是他最喜欢的病人，因为那是赞赏的溢美之词。

当然，我并不总是心怀好奇。如果有人对我无礼，我有时也无法这样设身处地，给对方以充分的理解。甚至可以说，我大部分时间都做不到。不过，我比以前有更多的好奇心，去问这样一个充满魔力的问题——你需要什么。这五个字能打开心门，解除隔阂。理解万岁，我们不再是两片孤独的浮萍，独自漂浮在话语的河流之上。我们在相互给予和接受，就像两个互惠的原子，在一片嘈杂中互相拥抱。

不过在人际交往中，还要考虑一件事。对于这件事，简单地问一声"你需要什么"可未必有用。并且，这件事可能远远超越了大多数人对于现实真相的理解。

我在调研过程中接触了埃默里大学神经心理学家尼加尔·法尼的相关研究。她专门研究创伤后应激障碍对有色人种产生的影响。她曾邀请过几位在私人生活和工作环境中都遭遇过轻微种族歧视的女性参与一项研究。扫描这些女性的大脑后，尼加尔发现，虐待改变了她们的大脑构造。更重要的是，她们大脑经历的结构性变化类似于复杂性创伤后应激障碍患者的大脑变化。作为被压制的少数群体（比如性格古怪或身有残疾的人）中的一员，如果你因为自己的身份感到不安全，那也会出现复杂性创伤后应激障碍。贫困同样会导致复杂性创伤后应激障碍。这些因素让人们经历创伤，变得更容易焦虑和自我责备。这些大脑的改变令受害者将自己的错误和失败归咎于自身。他们认为自己笨拙、懒惰、令人讨厌或愚蠢，但事实上，他们不过是生活在一个充满歧视的社会，系统本身成了施虐者。

41

"我过了个美好的周末,但现在又恼火起来。"我说。汉姆医生一脸迷惑地看着我,我叹了口气。

周六,我们和乔伊的家人享受了一顿丰盛的野餐。第二天,我跟好朋友们一起出去吃饭,在曼哈顿的夜色中漫步。我连过了两天欢乐日子。然而到了周一,宴席散去,我感到很孤单。不论有多少好事发生,讨厌的复杂性创伤后应激障碍都会让我觉得形单影只。

我说:"真惭愧,谁会在被亲朋好友包围后还觉得孤单?"

"所有人。"汉姆医生回答道。

"什么?但那是不是很奇怪?"

"不,人就是这样。你的身体比你更清楚。"

"真的吗?感觉孤单不是件怪事?"

"不,特别是在生活非常美好的时候。周末你享受了美食,现在却只能靠饼干和白开水度日。你肯定会觉得,难道不应该想念那些好东西吗?你应该停止批判自己的身体和其自然反应。"

还有一次,我提起上推特后的沮丧心情。看到同行们事业有成,我觉得更没信心了,于是发了些不敬之词,又担心会被误解为故意冒犯,于是立刻就删了。

"只是上了一会儿推特,我的坏情绪就发作了,真是典型的复杂性创伤后应激障碍。"我抱怨道。

"社交媒体令人紧张，每个人都有这种感觉。"汉姆医生说，"但事实真的是如此吗？"

"是的，千真万确。如果你不负责任地发推特，就会招致严重后果。害怕说错话是有理由的。"

有那么一段时间，一连好几次咨询，我都在为鸡毛蒜皮的事而痛苦，甚至不想提及自己的感受，因为那似乎很傻、很渺小，根本不值得一提。我怎么能因为重读一篇令人沮丧的旧博客，或申请研究基金不成功，就难过起来呢？

不过，汉姆医生看穿了我的伪装，知道我有事瞒着他。即使我努力集中注意力，他也知道我并不坦诚。他会一直追问我是不是出了什么问题，直到我厉声回答他："我没事！你并不是无所不知、无所不晓的，你知道吗？你没有特异功能。"

有一次，我心情不错。汉姆医生让我想象如何培育儿时的自己。

"很好，"我面无表情地说，"我会告诉她，一切都不是她的错，她无法控制事情的走向，但这没关系，还是有人爱她的，等等。"

他看看我，对我的怒气有些惊讶："等一下，你刚才是怎么了？"

怎么了？又让我想象怎么养育童年的自己。这些该死的虚假治疗方法，花费了我那么多时间和精力，有时候甚至丝毫不起作用。还有就是……

"我只是觉得很累，"我说，"我讨厌进行这些治疗。这么久了，我一直很努力，我来你这儿也有几个月了（确切地说是八周）。我到底能不能复原？"

汉姆医生转过身来："好吧，有个非常俗气的活动，俗气到我都不好意思提。不过……你喜欢做美工吗？要不要来画个圆？"他递给我一个本子、一支笔。

我很泄气地看了他一眼。我讨厌做美工，不过还是让步了，拿起笔画了个圆。至少这种方式我以前没试过，还算有些新意。

"然后呢？"我问。

"在圆圈里面写下你允许自己拥有的感觉，在圆圈外面写下你不允许自己拥有的感觉。"

"好吧。"我在圆圈里写下"幸福""偶尔生气"，在圆圈外面写下"焦虑""悲伤"。"我不允许自己悲伤。"我一边写一边说，"因为我想让自己有能力主导自己的思想，而不是愚蠢无助。"

汉姆医生看着我笑了。

我继续在圈外写下更多内容，接着就递给汉姆医生看。"给你。喜欢这张图吗？大部分都在圈外，但你看到圆圈中央那个超大的'聪明能干'了吗？我基本上只允许自己有这种感觉。"

汉姆医生往前靠过来，眯起眼看着我画的圆圈："看来你以后会是个虎妈。"

我把本子转过来仔细看了一眼。讨厌！又是母亲的烙印！"天哪，你说得对。"

"现在，我们做一件傻乎乎的事情吧。想象你有个小孩，你会允许你的孩子有些什么感觉？"

我知道，这只不过是另一个版本的"如何照顾小斯蒂芬妮"，但汉姆医生试图让我明白的道理相当有说服力——如果我把对待自己的方式套用到孩子身上，那就会给未来的孩子也留下创伤。"我的天！"我呻吟道，"这就是一场噩梦！太可怕了！"

"你绝对不会这样对待你的孩子。"汉姆医生坚定地说。

"对，我会这样做。"我一边说一边画出一个巨大的圆，把所有情绪包括在内。

汉姆医生跟我一起静静地坐了一会，然后说："对，你会允许他拥有所有的感觉。其实你一直在以虎妈育儿的方式对待康复这件事，你在告诉自己必须一直保持快乐的心情，一旦觉得悲伤就是有哪里做得不对。你还没有复原。"

"对。"我轻声说。

"这样是行不通的。"又是一阵沉默。汉姆医生接着说,"听着,我想跟你聊聊人心。"

我翻了个白眼,对此嗤之以鼻,准备听又一个假想出来的、纯洁的佛教故事。

"不,你别误会,我的意思是聊聊人的心脏,作为人体器官的心脏。"他说,"健康的心脏不会保持完全一致的心率。如果心跳的速度不变,那心脏实际上很不健康。最健康的心脏有很强的适应能力,适应得越快就越好。开始跑步时,心率最好能迅速提升;休息时,心率应该很快减缓。你的情绪也是如此。当悲哀的事发生时,如果你还觉得很开心,或者坐在那里毫无反应,那不是很奇怪吗?当悲哀的事发生时,你就应该感受到悲哀。路见不平,你就应该觉得恼火。然而,你在这些情绪中沉浸了一段时间后——那可以是一个小时、一天,或几个月,得看事态的严重程度——就可以回到放松、快乐或其他状态。得到治愈并不在于无所感觉,而是在恰当的时间产生恰当的情绪,且依然可以做回自己。生活就是如此。"

身处快乐至上的社会,负面情绪当然可怕。然而,现代精神病学将一切问题病理化的完美主义哲学更是雪上加霜。我最初读的那些书都说,复杂性创伤后应激障碍患者情绪起伏不定,无法自我安慰。在过去的两年中,我一旦进入充满感恩、幸福感爆棚的状态,就总感到或多或少的羞愧。

诚如汉姆医生所说,我们不应该只是忍受和否定负面情绪,因为它有意义、有好处,让我们看到自己所需要的。气愤能引发行动,悲伤是面对悲痛经历的必要环节,恐惧让我们更好地保护自己。根除这些情绪是不可能的,也不利于健康。

只有在阻止我们产生积极情绪时,这些负面情绪才有毒害。比如，悲伤阻挡了生活中的所有欢愉、气愤，让我们无法温和对待身边的人。真正的精神健康是正面情绪和负面情绪的平衡。正如心理咨询师洛莉·戈特利布在其著作《也许你该找个人聊聊》中写的那样："许多人来进行心理治疗是为了得到解脱，从此不再悲伤。但最终他们会发现无法将某种情绪排除在外。不想痛苦下去？那么你也不会再感受到快乐。"

之后的那一周，我依照这条定律调整了自己。当一个糟糕的司机突然切入我的车道时，乔伊探出窗外大叫，说要把那人狠狠揍一顿。那一刻，我充分感受到了紧张和焦虑，因为当时的局面确实紧张。然而那个糟糕的司机加速离开，也就带走了我的焦虑。当得知一个亲人的病情恶化时，我给自己充分的时间和空间感受悲伤。我第一次不再为负面情绪的产生而感到愧疚。我看电视、吃曲奇，尽情享受，不带负罪感。奇迹发生了。第二天，我感觉好多了。我依然为亲人的遭遇感到难过，但还是能够体会到生活中的乐趣。

这些似乎都是微不足道的小细节，但确实带来了更大的变化。仿佛所有的负面情绪都不再那么沉重，我痛苦的时间也缩短了。负面情绪会出现，但过一会儿就自然退潮，不再像从前那么排山倒海，让人难以招架。之后，它们就会流向大海。所有的情绪都变得恰如其分。我似乎终于攻克了致命的"3P"——"个体的"（personal）、"无所不在的"（pervasive）、"永久的"（permanent）。

之后的那个星期，我告诉汉姆医生："你给了我允许一切发生的勇气，告诉我很多东西都是人之常情，这让我受益匪浅。我给生活的方方面面都贴上了创伤的标签，致使我所做的一切看起来都很奇怪，一切都成了病症。能够将普遍人性的东西和创伤导致的问题区分开来相当重要。"

"这些感受都是正常的。你知道痛苦和折磨之间的区别吗？"

"呃……不太知道。"

"痛苦是在不幸发生时，你恰如其分地感受到的真实、合理的伤害。折磨是在痛苦之上雪上加霜，你因为感到痛苦而越发痛苦。"

"双重惩罚。"我说。

"对。消除折磨意味着你不往痛苦里添油加醋。那场晚餐聚会气氛尴尬，确实让你感到难堪和懊悔，朋友的拘谨表现自然也会让你觉得恼火。你只要接受这些情绪就可以。如果它们挥之不去，你就得问问自己为什么。把自己当成一个无所不能的智者，大胆询问吧。这是怎么回事？我的身体怎么了？我想传递什么信息？"

"我不是个女孩，我是一把剑。"我一度这样告诉自己。我左劈右砍，拒绝向抽打过来的皮带、高尔夫球杆和阻挡我的任何人低头。我要活下去，实现自己的梦想。

然而，作为一把剑，你永远不能缴械投降，永远不能感受放弃时的狂喜。

从某种角度来看，汉姆医生成了关爱我的"家长"（他唠叨个不停，不时严厉，很像一个家长），总是游刃有余地与我大脑中父母的声音进行对抗。母亲局限了我对于许多事物的认知，给我的行为和思想立下各种规矩，迫使我在那条狭窄、危险的意识通道中行走。我挥舞着剑，向通道两壁砍去，想要创造一些空间来顺畅呼吸。然而汉姆医生却彻底废除了那些规矩，也解除了障碍。你可以这样做，可以那样做，那并不意味着你有问题。去吧，放下一切束缚。

汉姆医生准许我在朋友不回短信时感到恼怒。一天早上，我在地铁站里目睹一个女人试图跳轨自杀（最后被另一个女人拉了回来）。我当场情绪崩溃，哭着打电话给他。他说我可以选择当天暂停手头工作，休息一下，看看电视。他说"你已经完成了任务，回家吧,放轻松",还让我以甜点款待自己。我无须在自我完善的道路上左劈右砍——卡路里很高怎么办?都是碳水怎么办?诱发炎症怎么办?相反,我遵从了自己的本能反应,完全放下焦虑——能怎样?我就是想吃。能怎样?现在似乎就应该这么做。我吃了块曲奇,又吃了一块。下午三点,我躺在床上,哭了一个小时。经过一周的无法释怀后,我终于放下了。我做了所有糟糕的事情,却不觉得愧疚。

天没有塌下来。实际上,正相反。我工作效率还是很高,甚至比从前更高,因为我的思想更为自由。我依然健康,依然维护着和朋友们的良好关系。没什么大不了的。

那条通道变宽了,我的人生有了更宽广的空间。那个圆扩大了,它涵盖着所有情绪。

汉姆医生花了十五周(三个月出头)时间改变了我的想法,让我从一个充满仇恨、挥着鞭子的暴君,变成一个松弛的冲浪汉。这种转变的发生一开始很缓慢,之后便会一下子达成。现在,我正在做早餐。我起晚了,一不小心错过了今天早上的电话会。已经十一点了,还有工作要完成,但我依然不慌不忙。我在煎土豆、洋葱和甜椒,并准备炒点鸡蛋,再切一些香菜来搭配墨西哥玉米卷。我精心装盘,特地把奶酪捏碎撒在上面。早餐真美味。我决定等我想要洗盘子的时候再洗,等我想要做某件事的时候再去做。管他呢,地球还在转动。玉米卷真好吃,所以我要慢慢享用。一边吃,我还一边在想:哦,或许我的人生最终会非常美好。

42

我告诉乔伊,婚礼不该只考虑我俩。如果这段婚姻只涉及两个人,我们大可私奔到拉斯维加斯,找个小教堂举行仪式。

我们之所以决定办这场婚礼,准备餐前凉菜、餐桌装饰,还邀请嘉宾,就是为了把一群人拉到一起。我希望这个仪式以感恩和团结为目的。我们参加过一些婚礼,仪式不过进行了十分钟——一首诗和几个"我愿意"。我们的仪式必须是整场婚礼的焦点。我希望它有互动性、感人至深,并且是为我俩以及所有亲朋好友设计的。

在纽约办婚礼的平均成本是77000美元。我2019年的收入根本没这么多,所以预算大约只是这个平均水平的十分之一。朋友的婚礼都聘用服务员帮忙传菜,再请婚庆公司摆放椅子、设计餐桌摆设。我以为我们也得聘请一班人马,乔伊一笑置之,对我不切实际的想法感到相当惊讶:"家里的十二个人就是我们的婚庆团队!"

"我说的互动并不是指这个!"我反驳道,"如果你的家人愿意帮忙,事后不会怨恨你,也不觉得你很吝啬,那很好,但我没有家人。"我请了一个堂妹和一个阿姨,但并没邀请父母。这一决定相当痛苦,但归根结底,我希望来参加婚礼的都是爱我的人。

"我不是很想叫朋友们帮忙,那有些强人所难。"我说。

他耸耸肩,态度坚决地说:"我确信他们愿意帮忙,先问问吧!"

于是,我们找来我的朋友和乔伊的家人一起帮忙折一千只纸鹤,作为婚礼的装饰。为了在婚礼上表演，他的弟弟专门去学习竖琴演奏。那一天终于到了，婚庆团队的一部分成员在婚礼前几个小时就来到现场摆放桌椅，帮我穿婚纱，用胶带固定手花，还准备好气球。我就是一股肾上腺素，在现场指挥大家，每提一个要求都带着愧疚和感恩："请做这个。对不起！谢谢！"

接着，时间像是静止了。我听到竖琴的乐声，然后独自踏上红毯。乔伊以拥抱欢迎我。我们站在户外的白色木拱门下，拱门上挂着纸鹤花环。时值九月，我们的运气很好，天气棒极了，气温只有二十五摄氏度，而且阳光灿烂。在我们举办婚礼的花园里，盛放的花朵在微风中摇摆，树枝仿佛在呢喃私语。一只肥硕的猫悄悄接近乔伊，亲昵地拱着他。我以颤抖的手抓起麦克风，开始发言：

"爱不会枯竭，它不像一包奥利奥饼干那样，需要小心地一块一块分发出去。给予爱后反而会得到爱，爱会源源不断。

"在座的许多人都知道，我在成长中缺乏关爱，十五年前就成了孤儿。这过程听起来很糟糕，实际上有时候也确实很糟糕，但大部分时候并没那么糟，因为我并不孤单，就像此时此地我毫不孤独一样。

"我的朋友们，即使在我最孤单、最痛苦的岁月里，你们的爱也能照亮黑暗。你们的爱让我活了下来，也养育了我。敞开心扉、接受你们的爱时，我就能成为更好的自己，学会如何慢慢变得宽容与温和。或许爱就是这样，它还会不断增加、开花结果。我学会了如何爱自己和他人，以及爱这个出色的男人……给他成筐的爱，他值得拥有的爱。我真心感激你们今天来到这里，见证爱的成果。正是因为你们，才有了今天的我们。谢谢你们。

"今天，我就要加入乔伊的家庭。非常感谢你们让我看到一个真正充满爱的家庭。即使有时很混乱，家人难免吵架，狗还会在地上拉屎，但这家人宽容、忠诚，与人赤诚相待。虽然每个人都有小怪癖，但都很善良。从一开始，你们就热情欢迎我加入这个充满爱的大家庭。你们说，'你如今是我们的一分子了'。奶奶，您的母亲领养了一个失去母亲的婴儿，视他为己出，您也把他当作亲兄弟对待。三代人都长大成人，这个大家庭没有忘本。爱爱相生。跟你们一起闲聊、相互体谅，跟兄弟姐妹玩游戏并放声大笑，接起电话时说'妈，你好'，这些都对我意义重大，简直难以言喻。谢谢你们今天的参与及每天的陪伴。作为回报，我会尽全力让家族慷慨、善于接纳的传统一直流传下去。"

读完稿子后，我抬起头看着大家。有很多人在抽鼻子。泪水洗刷着达斯汀的脸，凯西和珍的脸与她们粉红色的裙子很相称。泪水在乔伊的眼眶里打转，他让大家伸手往椅子下面摸。

当我告诉乔伊，希望婚礼以亲朋好友为主时，他不仅表示赞同，还建议我们给每位来宾都写封信，告诉他们为何我们很珍惜与他们的相遇。就在这一刻，每个人都找到了用胶带固定在座位下方的信，咕哝着表示吃惊。

有人大声问："乔伊，我们可以打开吗？"

他伸出双臂说："打开吧！"

刚开始，乔伊的主意让我眼前一亮。但实际上，写这些信并不容易，每一封都各有难度。跟一些新朋友间的友谊像脆弱的玻璃球，如果我用力过猛就会破碎。有些友谊似乎宽广到无法用言语表达：从九岁起，我就和凯西、达斯汀是好朋友了。有些友谊在大学时代和我二十岁出头时非常宝贵，但之后就不再那么浓烈。还有像我在《迅速判断》节目组的前上司马克这样的朋友，我很喜欢他，但我们的友谊基本上是靠善意的口水战发展出来的。他总嘲笑我是个小气鬼。有一次他受伤了，我特别致电慰问他，却一直在电话里吐槽他受伤的原因——玩滚轴溜冰摔的。我取笑他说："这可不是九十年代了，老先生！"他反驳说："哈哈，滚你的吧。"我要怎样描述我对这个浑蛋的感激之情，又不至于表现得多愁善感和无聊呢？

最终，我决定全力以赴写好每一封信，以真诚的爱去写，尽可能诚恳、诚实，于是难免有些伤感。"你就像我给你取的昵称——马克叔叔。"我写道，"谢谢你总是容忍我的神经质，总为我担心，总想着怎么保护我，给予我那么多关爱和仁慈。能拥有这样的叔叔，我感到很幸运。"

有那么几分钟，大家都在读我们写的信。这短暂的时间给了我一个机会，好好看看眼前的这群人。他们或低着头，或浅笑，或大笑，有些还在哭。不只哭，还痛哭。从小到大的挚友达斯汀把一张湿透的纸巾折了又折，几乎坐不直。我的堂妹递给他一张新纸巾，自己也抽出一张来擦鼻涕。坐在他们旁边的大姑妈很久没有那么平和满足了。曼苏尔和马克在微笑，诺亚对着我傻乎乎地咧嘴笑，珍在抽鼻子，凯西流着泪抬起头看我，我也看着她，那一刻我们既腼腆又感动。

看着这群亲朋好友第一次聚集一堂，我想，天哪，这些都是多么好的人！每个人都给了我和乔伊无尽的爱和关怀——那些深夜的电话、自家烘焙的糕点、冰凉的啤酒和温暖的拥抱。这些笑容给了我们一生一世的喜悦。我内心的空洞终于被填满，甚至要往外溢了。

我很高兴给他们写了信，还想写更多信。我希望每天都能以一千亿种方法不断告诉他们我有多爱他们，再给他们发十亿条信息，抓住他们的手好好捏捏，一直看着他们，直到我变老，脸上长满皱纹，白内障让我无法再看到他们美好的脸庞。

创伤后应激障碍一直让我觉得自己很孤单，不值得被爱，会荼毒他人。而现在，我确信它欺骗了我：我被它蒙住了双眼，看不清真相。

真相就是，在座的人不介意我对叉子的摆法过分讲究，达斯汀不介意在制作餐桌摆设时被热熔枪烫伤，凯西不记恨我在十五岁时骂她贱人。这里没有内疚和耻辱，只有最纯粹的爱的表达。我的朋友当中有许多互不相识，如今却都在大庭广众之下哭了起来。那是因为他们爱我，也因为他们感受到了我的爱。这简直就是个奇迹。真相就是我们彼此施受恩惠。

我在众目睽睽下流泪，是因为假睫毛太重了。我刚才不该吃比萨，搞得肚子胀鼓鼓的，婚纱穿得不好看，还得拍这么多照片。在亲朋好友以及一些陌生人面前，我展现了最脆弱的自己。在真相面前，我感受到了前所未有的爱护、真实和自信。

该宣讲结婚誓言了。乔伊还未开口，那无比温柔的眼神已让我心慌意乱地哭了。"这就是我们的家，"他一边说一边眺望纽约，"回家真好。"他夸张的表演惹得大家哈哈大笑，随后风度翩翩的演讲更是引人入胜。这份精心准备的誓言娓娓动人，中心思想是一起建造和修补我们的家。他既现实又乐观，对于不乏困难却备受祝福的未来兴奋不已。"从未有人像你一样如此透彻地懂我并爱我。"他在结尾处说，"我会忠实于你，与你坦诚相见，因为与你相知让我如此感动。我会确保你知道自己是我生命中最重要的人，你被深深爱着。我要让这些话飘散在风中，因为在你今后生命中的每一天，我都会用行动说话。"他顿了顿，耸了耸肩，接着说道："或许不是每一天，大部分时候，或很多时候，我都会用行动证明。"我们都破涕为笑。

轮到我了。我告诉乔伊，有很长一段时间，我因为童年的创伤而无法理解什么叫"无条件的爱"。现在不同了，因为他源源不断、坚定不移的爱以我无法想象的方式治愈了我。因为有了他，我明白一个人可以犯错，但依然值得被爱；两个人可以争吵，然后和好。通过他的爱，我学会了如何无条件地爱自己。

大姑妈和乔伊的祖母上前将婚戒递给我们进行互换。我俩紧紧相拥，拿起戒指，互相承诺了若干"我愿意"后亲吻对方，并在亲友的掌声中一起走下红毯，来到阁楼。在那里，我们拉着彼此的手哭泣，不敢相信眼前的幸福。我们共同创造了这个时刻，我确信自己选对了人生伴侣。

接着，我们端出抹了黄油的咖喱角、腌制的小排和辣印尼炒面招待大家。这些菜肴都来自我最喜欢的华人街马来西亚餐馆。乔伊的弟弟们逐一发表演讲，热烈欢迎我成为家庭一员。其中一位后来把我拉到一边说："要知道，你真的很善于和家人相处。你早就成了我的好朋友，如今成了我的嫂子！"

一整晚，不断有人走过来告诉我仪式对他如何意义重大，远道而来是如何值得，如何感觉自己焕然一新，或至少是因为爱的力量而再次精神焕发。他们说，我应该为办出这么美好的婚礼而万分骄傲，还分享了一些逸事，描述我对他们的意义——我如何在他们艰难的时刻予以陪伴，或加深他们对爱的理解。高中时，凯西不得不横跨美国搬家到另一个州，在新城市举目无亲，我每天都亲笔写信给她。达斯汀的祖母过世时，我每天熬夜在网上陪他聊天。我和大姑妈互诉衷肠，聊我自己如何成了西方化的马来西亚人，这拉近了彼此的距离。对许多人而言，我在他们最需要帮助的时候陪伴了他们。当他们需要关怀的时候，我就是他们的家人。

马克也发了言。他说有时候，在我面前他的心变柔软了，仿佛我就是他的女儿，写这段演讲稿的时候还忍不住哭了好几次。他说，好几年前，在他遭遇痛苦经历时，我每周打电话慰问他。我还记得那些对话。基本上都是我在跟他抱怨工作上的不顺心，用我惨不忍睹的约会故事逗他笑，并唠唠叨叨地叫他好好休息、好好吃饭。当时他并不理会我，但今天，在所有人面前，他却告诉我那些对话对他意义重大，帮助他走出了可怕的情绪。

我有一条理论：或许一直以来我并不是那么残缺不全，或许我一直都不过是个普通人，即使有缺陷、还在成长，也还是散发着光亮。一直以来，我得到了许多爱，也付出了爱。我没有意识到，在世间行走的过程中我一直在做好事,每件事就像一块块巧克力,意外地从我的包里掉了出来。或许真正破碎的是我想象中的自己——为人苛刻不公、狭隘、吹毛求疵。虽然我不尽完美,但或许我一直是个奇迹,且还在延续。我就是那个有趣而可靠的朋友,永远都不会忘了回电给你,会为你做饭,并且不顾一切捍卫你的尊严。我就是那个全心全意的姐姐和女儿,珍惜家人并以家庭为先,或许这种做法是很多未经历重大创伤的人难以理解的。我就是那个勤劳能干的雇员,能为我所驻扎的工作环境注入轻松活力。我慷慨地付出爱,在发短信、打电话和给别人以肯定时都全心全意,因为我非常清楚那种爱的力量。

我当时写下的"爱爱相生"其实有点像是从别人的故事里总结出来的假说。然而,有些话说着说着就会成真。我不仅觉得自己嫁给了一生至爱,还与一大帮人都结合在了一起,仿佛我永远都和他们绑在一起,每次互相宣誓真诚以待,圈住我们的黄金链就更坚实。爱越来越多,成就了爱的毛毯、爱的田野、爱的世界,帮助我们战胜伤害、惧怕、分裂、偏见和微小的缺点,超越时间和死亡。

这或许能成为一个好的结尾。原来,今生最美好的一天昭示了一个圆满结局。

然而,最终帮助我逐渐接受自己是一个复杂性创伤后应激障碍患者这一事实的,并不只是爱。

还有不幸。

43

当然,事情没这么简单。世界末日即将来临。

超市货架上面包都已售罄,报复性犯罪事件频频发生,专门无情攻击人类肺部的狡猾恶性病毒肆虐……新闻评论员都已疲惫不堪,在直播过程中对着镜头摇头,张口结舌地说:"这档节目太糟糕了。"

然而,这次我没事,甚至可以说很好。

我一边教书一边写作,工作效率很高,还画了些鼓舞人心的小画送给充满危机感的朋友们,甚至在电话里一连数小时安慰紧急撤离住所的加州朋友,因为他遭遇火灾,野火把一切烧成了灰烬。

网络上坏消息不断,朋友们都说自己几乎无法集中精力读完一本书,更别提工作了。有人整天啜泣,出现在视频电话里时眼睛发肿,躺在床上。我发信息安慰他们,以同情的心态为他们的发文点赞。我还会在睡前轻拍乔伊的脑袋。

刚开始,我因为这种"没事"的状态感到不安。之所以没事,是因为我可以在家工作?养尊处优?不够敏感?人格分离?

就在一周前,我散步时看到一台24小时取款机上贴着一张纸,上面写着"危机解除后方可使用"。可回家后,我却做了一锅美味的土豆韭葱汤,加一小团酸奶,真的特别好喝。

我花了几周时间才想明白:啊,我没有失控是因为我已经适应了这样的环境。

汉姆医生说，创伤后应激障碍其实是为了在生死关头救你一命而存在的。只有在一切太平时，它才是一种心理问题。父母的虐待训练了我，让我更有准备地面对危险四伏的邪恶世界。然而，成年后的我面对的世界截然不同，就像羽绒被一样松软舒适。在这样一个世界里，我的恐惧是多余的偏执。然而当坏事发生时，我的创伤后应激障碍一举从缺陷变成了"超能力"。客观而言，创伤后应激障碍是一种适应机制，神奇的人体通过这种途径不断演化，帮助我们生存。

突然之间，我的警惕成了正常反应。我将家中的罐头食品定量配给，开始种蔬菜，一丝不苟地在浴缸里对买来的食品杂货进行消毒。这样做不再代表我很古怪，而是颇有担当。

"它有时是祸因，有时是福祉。"匹兹堡大学心理学家和精神科学家格雷格·西格尔这样说。他研究了复杂性创伤后应激障碍患者的脑部，并告诉我，我的怀疑是对的——复杂性创伤后应激障碍在多个层面都可以被视为一种财富。"我称其为'超能力'。"他告诉我，"所谓的精神机能障碍往往是技能和才能的误入歧途。"

我读到的资料都声称创伤后应激障碍患者的前额皮质产生了萎缩，在经历多次刺激后，大脑的逻辑中枢停止运作，让人变得不理智，也无法处理复杂的思绪。然而，西格尔告诉我，他发现这一研究存在问题，其实许多复杂性创伤后应激障碍患者的经历正相反，在面临巨大的压力和创伤时，他们的前额皮质居然异常活跃。

在正常情况下，一旦出现威胁，你的身体就会立即做出反应，心脏将大量血液输送到身体各处，脖子上的汗毛会竖起来。这是为了让血液直达双腿，利于你迅速逃跑。另外，心跳会加速，让你意识到自己被吓坏了。这令你更加焦虑，心脏跳得更快。然而，西格尔告诉我："据我们所掌握的信息，复杂性创伤后应激障碍患者具备一项应对极端紧急状况的本领——前额皮质会高度活跃，终止我们通过进化得来的惊慌反应。因此,身体不会被惊慌影响。"

换言之,在极端压力下,复杂性创伤后应激障碍患者非常善于人格分离。我们的心脏不会跳得那么厉害,大脑切断与身体的联系,不会在焦虑时产生增加焦虑的反馈回路。相反,我们的前额皮质只是闪烁个不停——整个人变得高度理性,精神高度集中,且非常镇静。西格尔这样解释:"如果你无法逃跑,那就必须得高度机智,想别的办法,把所有资源都调配起来,好逃过这一劫。"

复杂性创伤后应激障碍患者可能会对家里的一只蟑螂或某人脸上的微愠产生扭曲的过激反应。然而,当真正的危险来临,比如有人手持大刀怒气冲冲地向你冲过来准备大开杀戒时,我们会在其他人都畏缩的时候直接面对问题。很多时候,我们才是最后完成任务的人。

我记得,当初为大学校报工作时,有一个月的广告收入低到不足以支付印刷费用。学生媒体负责人将主编、广告销售负责人和我叫到她的办公室,对着我们大发雷霆。她尖声骂我们无能、不负责任,说我们在这行不会有前途。广告销售负责人彻底惊呆了,主编在啜泣,但我冷静而直白地告诉她生气无益,我们还是学生,现在正是从错误中学习的好时机,我们需要她的支持,共同解决问题。谁知她竟开始向我们道歉,承认自己行为过火。事后,我的编辑一边擦拭哭红的眼睛,一边惊异地看着我说:"你是怎么做到的?居然是你?"当时,我们谁也不明白。如今,我明白了。

这也解释了为什么乔伊把碗扔进水槽里的时候我会发脾气,但如果他跟家人大吵大闹,我反而能不时从中调停。

这也能解释为什么世界在崩塌,而我却能冷静地分析现状。

西格尔将这种现象——你产生的情绪并不总与处境相匹配的分离状态——称为情感反应迟钝及倒错综合征(BADASS,badass 在英文中还有"狠角色"的意思)。

"我总想象着,有个小女孩在经历虐待后备受伤害,甚至丧失自尊,而医师则说,'哦,或许你只是有点 BADASS'。那就是我的用意。"他说。

"真是的,我确诊后先找你聊就好了。"我笑了,自然流露出天性中"狠角色"的那一面。

拨开病理学的迷雾,我更清楚地看到自己的"超能力",开始觉得复杂性创伤后应激障碍确实带来了"狠角色"的益处。

2020年夏天,莱西跟一位超级帅哥谈起了恋爱。不幸的是,就像大多数超级帅哥一样,他总说自己特别忙,经常取消约会,也不改约别的时间,说好会打电话却又食言。他的不靠谱让莱西实在受不了。

"这正常吗?"她每过几天就会发短信给我,"我不希望自己柔弱古怪,但我睡不着,一肚子焦虑和怒气,一心想着这事。"

"你有这些感觉完全正常!大部分人遇到这种情况都会痛不欲生。然而,你的复杂性创伤后应激障碍让你特别在乎稳定和可靠!"我回答说,"有需要很正常,那是你的一部分,完全可以说出来。如果他可以让步,满足你的需求,还能算好男人。如果他因此惊慌失措,就跟他分手吧。"

结果,他真的是个顶级渣男。天气转凉后,莱西就开始与让她更有安全感的男人约会了。她给我发了一条语音信息——她忙得没空或实在没心情发短信的时候,就喜欢发这些热情真诚的语音。

"还记得我为那个人焦虑的日子吗?"她的声音听起来很轻快,有些气喘吁吁,或许是在某个沙滩上散步,海风吹着手机话筒。她说:"我曾询问所有'正常的'、没有复杂性创伤后应激障碍的朋友,他们都只会问我为什么对那个男人这么迷恋,但你立刻明白了,我之所以产生那些情绪,不仅是因为那个男人。你促使我以真实的自我面对他。从没有其他任何人如此深刻地理解我，包括心理治疗师！你从来不会让我感到耻辱。真是太安慰人心了。现在，我又可以谈恋爱了，又在享受人生了！你简直是我的救星！"

或许复杂性创伤后应激障碍带来的困苦让我变得更富有同理心，能更好地聆听别人的需要，并以独特的方式安慰他们。

即使是复杂性创伤后应激障碍的负面作用，也能给人带来一丝安慰。的确，当乔伊生气或不安的时候，我无法忍受他痛苦的样子，也绝不容许他含怒不语。我会一直缠着他唠叨个不停，直到他告诉我事情原委。有一次，我又像一只松鼠研究果仁一样不停烦他，他崩溃着吼道："为什么你就不能简单说一句'我理解，那真糟糕'，而是非要帮着解决我所有的问题呢？并非一切都需要解决！"

然而，乔伊在几天后走出阴霾时往往会感谢我："最后，就因为你不停地烦我，我把永远不会告诉别人的事情告诉了你。那些有关我感受的对话帮助我走出了情绪的低谷，没有人像你这样在乎我。"

也正因为患有复杂性创伤后应激障碍，我才得到了爱。

另外，我并不是唯一在疫情期间发现自己有"超能力"的人。

那年夏天，我通过网课形式教授了一门播客课程。有个学生采访了一位患有严重细菌恐惧症和强迫症的女性。她长期把自己关在家里，用漂白水洗手，直到双手出血。亲友一度以为她疯了。但疫情期间她收到好几通电话——亲友为曾经对她评头论足而道歉，纷纷对她说："现在我们算是明白了。"她的反应是，想要走出去看看。当她发现所有人都像她一样为病菌而烦恼不已时，她反而想用手指去触碰世界，想要亲一亲别人。

我认识一位患有复杂性创伤后应激障碍的女性，她与父母的关系很僵。她的父母花了许多年时间，也没搞明白自己的女儿到底怎么了。在疫情期间，当父母向她表达无助、沮丧和惊慌时，她回应说:"对,我总有那种感觉。"在那一刻,她与父母似乎互相理解了。

"他们不完全明白,但至少是加深了对我病情的理解。这几十年来我一直努力想要他们明白这一点。"她这样告诉我,"我不希望别人得这种病,但在我讲述过去经历的时候,别人能听得懂,就不会让我充满羞耻感。"

最后,我在这段糟糕的日子里反而活得更好还有一个原因,它关乎汉姆医生对痛苦与折磨的不同定义:前者是感受到合理的痛苦,后者是因为痛苦带来的耻辱而备受折磨。当我看到新闻里的护士崩溃流泪时,我也哭了起来,那是感受合理的痛苦,如果还有别的什么负面感觉,那就是折磨。

我觉得,我似乎得到了治愈、找回了自由。

疫情初期,我去杂货店时总是戴着墨镜,用围巾裹住自己的脸,心里害怕货架上没有鸡蛋和意大利面。我还有另一种熟悉的感觉,仿佛我曾经历过这一切。

事实就是如此。

祖母的卵子不仅包含了父亲的基因,还包含了他未来精子的基因。从某种精微的角度来看,我的基因包含了祖母当年到杂货店却买不到米的经历。

我的个人经历显然无法与祖辈承受过的巨大悲剧相提并论,我也永远做不到姑姑说的忍辱负重。

作为家族最年轻的一代,我似乎既为所欲为又异常脆弱,双手娇嫩,内心喜怒无常。然而,我现在不也度过了时艰?我活了下来,而且是坚强优雅地活了下来。

我努力过。

中国有句古话:"三才者,天地人。"意思是成事与否有三分之一靠天、三分之一靠地、三分之一靠人。我之所以有今天,要感谢运气、父母、糟糕的老板和靠谱的男友们。但我不仅接受了天地赋予的一切，还运用了自己的三分之一，治愈了家族遗传下来的伤口。

我清除了碎石和杂草，竭尽所能地为下一代提供更肥沃的土壤。

正如一首叫《金子》的诗中所写的："告诉我 / 我不是那一劫 / 我的孩子们必须逃过 / 告诉我 / 我的家族遭遇的暴民不会侵扰 / 我的儿子 / 是的，那骑兵队 / 试图杀了我 / 在我大脑中留下永远的创伤，但要知道 / 在我母亲的母语中 / 代表裂痕、裂缝的那个字 / 也代表金子。"

未来某一天，我会拿出她曾祖母的玉石——那只有红宝石眼睛的金兔子给她看。我会告诉她，以后这归她所有。我会跟她讲家族历史：我们如何经历战争、赌窝，以及高尔夫球杆的挥打。我会跟她说："天塌下来，就当被子盖。"

最后，我还会给她那样闪闪发光的东西，那是我通过不懈努力才争取到并且可以给予他人的东西。所有的痛苦赋予了我那样东西。我会告诉她，我爱她胜过全世界，她有任何事情都可以来找我。我会帮她排忧解难，或只是仔细聆听。只要我活着，就永远不会弃她而去。

截至 2022 年 2 月，我确诊已有四年。我的复杂性创伤后应激障碍说不上已经得到治愈，甚至很难说病情有所好转。

我发现复杂性创伤后应激障碍是个诡计多端的变形人。就在我以为看清他的真面目时，他又似一阵烟般消散，并通过另一条裂缝钻进我的脑袋。我知道在一个月、一周或两个小时后他会再次出现。人生在世难免失落，我的创伤总是因悲伤而复发，因此复杂性创伤后应激障碍注定无法彻底治愈。我说话时永远会带有一丝愤怒，永远会风声鹤唳地待人处事，在陌生人面前永远无法笑得轻松自然，且永远做好随时逃跑的准备。在过去几年中，我的关节继续在生锈、肿胀。我无法将血液中的残暴输送出去。

野兽每每归来，我都得调整策略对付它。战斗的时间在缩短，且老方法通常都能奏效。数颜色、好奇心、与童年的我对话，都可以让野兽安静下来，滚回它的老巢。有时，对付它需要新武器——新的内在家庭系统和认知行为疗法、新的观念、新的界限。有时，野兽会在被制止前，咬我一口或损害我的人际关系；有时，我会重犯凡事往坏处想和人格分离的老毛病；有时，我会遇到新问题。每一回合都是由过去、现在和未来交织而成的漫长而曲折的探索，需要我不断拿出勇气，并不断进行心理治疗。

不过，我的人生出现了两大转变：希望和外援。我了解自己的情感，无论多么沮丧，它们都是暂时的。我知道，无论它多么难以驾驭，我都是野兽的主人，且每次斗争之后，我都会坚毅地站在那里，插上我的旗帜：我依然活着，很骄傲也很快乐。

因此，这就是疗愈，它带给我完整感，与模棱两可的惊恐正相反。我完整拥有一切——愤怒、痛苦、和平与爱，那些可怕的玻璃碎片和精致美好的东西。我此生的挑战就在于平衡，把一切继续留在我的那个大圆圈里。疗愈永远是进行时，永远都有进步的空间，但在失落的同时，也会有胜利。

如今，我全盘接受这终生的斗争及其局限性。虽然我必须永远背负悲伤的包袱，但我已经变得坚强，双腿和肩膀的肌肉狭长而坚实。包袱已不那么沉重，我不再需要畏缩着匍匐而行。现在，我能提起背囊行走。就在等待野兽再次到来的间隙，我自由舞蹈。

致谢

首先要感谢所有给过我爱的人,你们教会我如何爱、如何信任、如何存在。你们一直在聆听和谅解我。当我在你们的卧室和黑漆漆的酒吧聊起创伤时,你们就是我最初的、温和而慷慨的听众。你们为这本书中所提及的治愈提供了坚实的基础。所有过去和现在的朋友,你们知道我说的是谁,我爱你们。

感谢我的经纪人简·迪斯特尔给我写作的自由,亦深谢百龄坛图书、兰登书屋以及我的编辑萨拉·维斯。

谢谢凯特·周给我讲解书的出版流程,你就是这本书的精神向导。谢谢在我写作初期提供宝贵意见的瑞贝卡·斯鲁特、苏珊·扎尔金德和艾萨克·菲茨杰拉德,以及我的第一批读者:珍·李、汉娜·裴、内达·阿夫萨曼尼施、妮娜·劳克林以及凯洛琳·孙。感谢所有读过这本书并提供意见的人:梅·莱恩、克莉丝汀·赫曼、丹尼尔·阿拉孔、凯洛琳·克劳斯-埃勒斯、马修·德福和克里斯汀·布朗。感谢塞娅·S.阿利亚提出的重要修改意见。谢谢萨拉·杜尔曼和她的工作坊"深入破碎",我因此深受启发,写出了整本书中我最喜欢的几个章节。

谢谢约瑟夫·弗里德曼就本书涉及的科学知识给予帮助。感谢所有慷慨帮助我的科学家、心理治疗师和心理学家,包括博帕尔·彭、达林·瑞切特、加德纳·希尔斯、尼加·法尼、温迪·德安德利亚、格雷格·西格尔、乔·安德里亚诺、贝卡·尚斯基、瑞克·多博林、凯西·托马斯、芝·阮、凯瑟琳·加里森、西蒙娜·丘弗里尼、琳达·格里菲斯、贝斯·塞梅尔和丽莎·费德曼·巴瑞特。谢谢莫特哈文学院允许我借用学校的宝地。感谢许多受童年创伤和复杂性创伤后应激障碍折磨的人与我分享故事——感谢你们的信任，对我敞开心扉。感谢你，莱西。

感谢雅各布·汉姆和艾米丽·布兰顿，你们为我提供了超乎寻常的医疗服务。

感谢罗莎琳·卡特精神健康报道奖学金的整个团队提供的支持和关系网络。

感谢《美国生活》在 2015 年播放《宠幸》(*The Favorite*)。谢谢在那里保护过我的同事们。感谢《迅速判断》全力支持我的广播工作，并鼓励我更上一层楼。特别要感谢马克·里斯蒂克，你当时对我的力捧或许有点过头，但你很有眼光。感谢我高中时代的新闻老师肯·克劳瑟，是你让我学会书写自己的故事。

感谢与我相识最久的好朋友们。凯瑟琳，谢谢你让我明白真正的家庭应该是什么样子。达斯汀，谢谢你以智慧给予我肯定，我们十五岁时，我不确定自己是否太过直接，而你却说，"你能想象世界上没人讲真话吗？"谢谢你，珍，非常感谢你一直给我注入"强心针"。

大姑妈和欣欣，感谢你们相信、原谅、鼓励我，并帮助我了解自己的历史。姑姑，谢谢你一直以来给我的指引。

奶奶和玛格丽特，感谢你们告诉我，爱我一点也不难。玛格丽特，我想念你。谢谢迪科、吉米和凯蒂收养了我，视我如己出。你们是我的啦啦队。感谢你们。

谢谢纽约公立图书馆主馆，以及米克和普尔·贝德-斯图咖啡馆，这本书的写作和调研工作基本是在这两个地方完成的。

最后，感谢乔伊在这本书的创作过程中一直照顾我。感谢你不懈、开放、慷慨地聆听有关每次治疗、冥想、怀恨在心的细节。感谢你洗碗、洗衣服。感谢你如此相信我。感谢你的情感支撑和思维缜密的批评。感谢你的爱。因为你，这本书才成为可能。

（全书完）

注：本书中提到的伪麻黄碱、来士普、百优解、安非他酮等药物，在国内均为处方药，需遵医嘱使用。

斯蒂芬妮·胡
Stephanie Foo

美籍华裔作家,广播节目制作人
曾任教于哥伦比亚大学
2015年获得美国电视界最高奖项——艾美奖

我的骨头没有忘记

作者 _ [美] 斯蒂芬妮·胡   译者 _ 高语冰

产品经理 _ 谭思灏   装帧设计 _ 何月婷   产品总监 _ 阴牧云
技术编辑 _ 白咏明   责任印制 _ 刘世乐   出品人 _ 贺彦军

营销团队 _ 毛婷、石敏、王立、礼佳怡

果麦
www.guomai.cn

以 微 小 的 力 量 推 动 文 明

图书在版编目（CIP）数据

我的骨头没有忘记 /（美）斯蒂芬妮·胡著；高语冰译. -- 广州：广东经济出版社，2024.8（2024.11重印）. -- ISBN 978-7-5454-9331-3

I. I712.55

中国国家版本馆CIP数据核字第2024HJ2850号

What My Bones Know
Copyright @ 2022 by Stephanie Foo
This edition arranged with Dystel, Goderich & Bourret LLC
through BIG APPLE AGENCY, LABUAN, MALAYSIA.
由果麦文化传媒股份有限公司与企鹅兰登（北京）文化发展有限公司 Penguin Random House (Bejing) Culture Development Co., Ltd. 合作出版
All rights reserved.

"企鹅"及其相关标识是企鹅兰登已经注册或尚未注册的商标，未经允许，不得擅用。
封底凡无企鹅防伪标识者均属未经授权之非法版本。

版权登记号：19-2024-119

责任编辑： 刘健华
策划编辑： 吴泽莹
责任校对： 张刘洋
封面设计： 何月婷

我的骨头没有忘记
WO DE GUTOU MEIYOU WANGJI

出版发行：	广东经济出版社（广州市环市东路水荫路11号11～12楼）
印　　刷：	嘉业印刷（天津）有限公司
	（天津市静海区八号路岩峰西道）

开　　本：	710毫米×955毫米　1/16	**印　张**：	18.5
版　　次：	2024年8月第1版	**印　次**：	2024年11月第4次
书　　号：	ISBN 978-7-5454-9331-3	**字　数**：	232 千字
定　　价：	59.80 元		

发行电话：（020）87393830　　　　编辑邮箱：gdjjcbstg@163.com
广东经济出版社常年法律顾问：胡志海律师　法务电话：（020）37603025
如发现印装质量问题，请与本社联系，本社负责调换。

版权所有 · 侵权必究